A sangre y fuego

Héroes, bestias y mártires de España

A*

Manuel Chaves Nogales

A sangre y fuego

Héroes, bestias y mártires de España

Introducción de María Isabel Cintas

Libros del Asteroide

Primera edición en Libros del Asteroide, 2011
Duodécima edición, 2019

Fotografía de cubierta: *España. Ministerio de Cultura. Centro Documental de la Memoria Histórica (Archivo Agustí Centelles, Desfile en Barcelona, 1936).*

Publicado por Libros del Asteroide S.L.U.
Avió Plus Ultra, 23
08017 Barcelona
España
www.librosdelasteroide.com

ISBN: 978-84-15625-57-5
Depósito legal: B. 15.393-2013
Impreso por Liberdúplex
Impreso en España - Printed in Spain
Diseño de colección y cubierta: Enric Jardí

Este libro ha sido impreso con un papel ahuesado, neutro y satinado de ochenta gramos y ha sido compaginado con la tipografía Sabon en cuerpo 11.

FSC
www.fsc.org
MIXTO
Papel procedente de fuentes responsables
FSC® C109440

Índice

Introducción de María Isabel Cintas IX

Fotografías XXIII

A sangre y fuego 1

Prólogo 3
¡Massacre, massacre! 13
La gesta de los caballistas 15
Y a lo lejos, una lucecita 75
La Columna de Hierro 105
El tesoro de Briesca 135
Los guerreros marroquíes 161
¡Viva la muerte! 187
Bigornia 215
Consejo obrero 255
El refugio 285
Hospital de sangre 301

Introducción

En el fuego cruzado

Demócrata antes de cualquier otra consideración política; enemigo de los extremismos de izquierdas y derechas; partidario del diálogo que había sido pisoteado por ambos bandos contendientes; herido en su alma por la contemplación de la masacre causada por la guerra, Manuel Chaves Nogales defiende una postura que muy pocos se atrevían a defender en el momento: encuentra que, por encima de todos los problemas que acosaban a la sociedad, dos fuerzas se habían enfrentado en el suelo español para imponer sus criterios, ambas extrañas al país y ambas seno de acogida de todo tipo de seres deplorables, que se amparaban en los miles de combatientes, de uno y otro lado, que actuaban movidos por convicciones, ellos sí. Dos ideologías, foráneas ambas, prepotentes y ambiciosas, que utilizaron el suelo español para medir sus fuerzas y dirimir sus diferencias. Eran estas fuerzas el Imperio contra la Revolución, fascismo contra comunismo y anarquismo. Hitler contra Stalin. Y en medio, el español inerme, que estaba sufriendo en sus carnes el envite brutal que causó, sobre la pérdida de tantas vidas humanas, el inmenso dolor de la guerra. Por ello insistía en que, fuera cual fuese el resultado, el triunfo se asentaría sobre la sangre de los inocentes, los propios españoles.

Permaneció en España hasta que sintió que todo estaba perdido. Había trabajado como director de *Ahora*, periódico de ideología moderada incluso cuando fue incautado por las Juventudes Socialistas Unificadas, haciendo con ello el último intento de colaborar en la solución del conflicto que se había enconado con el levantamiento de Franco contra la República legítimamente instaurada. Continuó informando hasta mediados de noviembre de 1936, tras la puesta en marcha de la Junta de Defensa de la capital y los terribles bombardeos de los rebeldes sobre la población civil. Salió al exilio con lo que llevaba encima, acompañado de su familia, que desde julio le esperaba en Barcelona. En París contactó con personajes de embajadas hispanoamericanas y publicó en la editorial chilena Ercilla, en 1937, la obra literaria que había escrito entre los últimos días de España y los primeros del exilio, y que contiene nueve novelas cortas referidas a la Guerra Civil española: *A sangre y fuego. Héroes, Bestias y Mártires de España. Nueve novelas cortas de la guerra civil y la revolución.*

La salida al exilio debió producirse a mediados de noviembre. En Barcelona se reunió con su familia, que se había alojado para la espera en casa de Gonsanhi, fotógrafo de *Ahora*. Una hija de Gonsanhi acababa de morir a causa de una tuberculosis y su dormitorio lo ocupó una de las hijas de Chaves, Pilar. Salieron en tren para

París. Nada más llegar se alojaron en dos habitaciones de una pequeña pensión propiedad de Madame Cahiet. Allí se escribieron los relatos que venían pergeñados desde España. Manuel intentaba publicarlos en la prensa francesa y salía cada día a recorrer agencias y entrevistarse con amigos de la profesión a los que ya conocía de anteriores estancias. Y alternaba esta ocupación con visitas al hospital del doctor Katz, donde comenzaron a hacer lavados de estómago a su hija Pilar, que enfermó de la tuberculosis que finalmente había contraído en Barcelona, al tiempo que se encargaba de que la joven se animara a ingerir unas terribles bolas de carne de caballo crudas que, junto con las inyecciones de «sales de oro», constituían su tratamiento. Y la chica mejoró, ya que su padre requirió su colaboración como traductora para acudir a Londres a entrevistarse con Luis de Baeza, corresponsal de *Ahora* en la capital inglesa, quien junto a su compañera, Dolores Harding, realizaba la traducción al inglés de los relatos para darles salida en el mercado editorial y en la prensa. El libro debió ser compuesto en la celeridad de la partida al exilio, ya que su autor estaba en España todavía en noviembre de 1936 y el prólogo aparece datado entre enero y mayo del año siguiente. Sus episodios fueron conocidos de cerca por el periodista e inmediatamente escritos. Sus personajes, tomados de la vida, en ocasiones aparecen con nombres ficticios. Los acontecimientos que se narran no dejan lugar a la fantasía; todo lo que se cuenta está sacado de la realidad, de la propia realidad personal del escritor y lo que había visto y oído en sus últimos días en España, y de las noticias que le llegaban al exilio parisino, traídas por otros exiliados a los que sus ideas democráticas y republicanas arrastraron a los arrabales de París. De ahí su grandeza: ser capaz de conservar la calma, de ejercer la reflexión, en medio de la conflictiva situación que junto a su familia estaba viviendo.

Al presentar esta nueva edición, que incluye dos relatos inéditos: «El refugio» y «Hospital de sangre», puede resultar clarificador repasar el proceso de recuperación de la obra del escritor. En 1993 la Diputación de Sevilla dio a la luz pública el texto de *A sangre y fuego* por vez primera desde las ediciones de 1937 y 1938. Porque fue este trabajo de la Diputación de Sevilla el que puso en marcha el proceso de recuperación de Chaves con la compilación, puesta a punto y organización de una obra oculta y dispersa, en la edición de la *Obra Narrativa Completa* (1993, reeditada en 2009) y de su *Obra Periodística* más *La agonía de Francia* (2001, nueva edición en 2013), que recogía en cuatro volúmenes la totalidad del trabajo del periodista que con tanto reconocimiento público se recibe en la actualidad. Las ediciones de obras de Manuel Chaves de distintos sellos nacionales y extranjeros que se han producido de entonces acá han sido realizadas a partir de los textos limpios, procesados y sistematizados de las citadas obras de la Diputación de Sevilla; y los pocos textos inéditos del autor que se han descubierto posteriormente han sido localizados dentro de la labor de investigación promovida por la Diputación de Sevilla y dirigida por mí. Con las citadas ediciones se abrió un nuevo tiempo en la divulgación y conocimiento de la obra del periodista, tras cincuenta y cinco años de olvido, desconocimiento y abandono.

Desde el final de la guerra civil española y la condena de Chaves por el Tribunal Especial para la Represión de la Masonería y el Comunismo, la ceniza del tiempo había caído sobre él y lo había sepultado. A pesar de la extrema necesidad de la reconciliación y de buenas letras que paliaran la sequía creativa de más de medio siglo, España no supo durante ese tiempo ni del escritor ni de su palabra, haciendo siempre excepción de la biografía del torero Juan Belmonte.

Algo similar conviene aclarar con respecto a los textos de los relatos que en esta nueva edición se incorporan a la serie de *A sangre y fuego* titulados «El refugio» y «Hospital de sangre», y cuyo proceso de recuperación paso a relatar a continuación. Encontré el primero de ellos, como final de la serie, publicado en *Evening Standard* (Londres) y *Weekly News* (Nueva Zelanda), en inglés. Como en otras ocasiones, los textos de Chaves, siempre vertidos al inglés por Luis de Baeza, habían sufrido en mi opinión un cierto deterioro al conservar la información pero carecer de la fuerza expresiva y del jugo vital del texto en español. Esas traducciones eran siempre coyunturales y producto de la prisa y las necesidades del exilio, poco cuidadosas y menos esmeradas. Por ello guardé el relato hasta encontrar el texto en español. Por fin en la revista mexicana *Sucesos para todos*, así como en la cubana *Bohemia*, el texto, más otro nuevo titulado «Hospital de sangre», aparecía en español. El caso es que los dos relatos son contundentes y plenos de interés, capaces de justificar por sí mismos una nueva edición de *A sangre y fuego* que los incluya. Ambos llevan un antetítulo, «Guerra total», y los subtítulos «Episodios y escenas de la conquista de Vizcaya» y «Episodios y escenas de la conquista de Bilbao», respectivamente. No conocemos relatos de la guerra civil que tengan los rasgos que ellos presentan y que los hacen peculiares: cuentan acontecimientos ocurridos en el País Vasco y presentan una cara del desarrollo de los hechos poco usual.

Los nueve relatos, que fueron escritos en el primer año de la guerra, y en Montrouge, barrio de París donde la familia consiguió un digno acomodo tras pasar por pensiones y alojamientos de emergencia, tuvieron la fortuna de ser rápidamente publicados en prensa y en libro: *La Nación* de Buenos Aires, el semanario francés *Candide,* la revista mexicana *Sucesos para todos,* la cubana *Bohemia,* el diario inglés *Evening Standard* y el neozelandés *Weekly News*, entre 1937 y 1938; ediciones inmediatas en libro fueron las de Ercilla, en Chile, y las de Nueva York, Londres y Toronto, en inglés (ésta última con el título *And in the Distance a Light)*, también entre 1937 y 1938. Pero tan sólo en las ediciones en español de *Sucesos para todos* y *Bohemia* aparecían los dos nuevos relatos, aquellos donde el periodista dirige su mirada a una región de España, el País Vasco, cuyas peculiares características no han sido muy retratadas en la cultura española del momento.

Respecto al primer relato añadido a esta edición, el titulado «El refugio», hay que tener presente ciertos acontecimientos. El día 23 del mes de abril de 1937 las tropas de Franco bombardearon la provincia de Vizcaya. Era lunes de mercado y la gente transitaba por la plaza pública de Guernica. Aviones alemanes, pilotados por pilotos también alemanes y puestos por Hitler al servicio de las fuerzas rebeldes a la República, 33 bombarderos de la Legión Cóndor al servicio de Franco, llevaron a cabo sistemáticos bombardeos que arrasaron la ciudad y la convirtieron en el símbolo de la masacre civil por excelencia; y continuaron en Bilbao, iniciándose una escalada de destrucción que, según Paul Preston, supuso la primera aniquilación de un objetivo civil indefenso mediante bombardeo aéreo, siendo luego estos bombardeos actos de guerra habituales para la devastación de ciudades en la segunda guerra mundial. «La invasión más brutal que ha conocido la historia», titulaba el periódico *Euzko Deya*.

El relato lleva el subtítulo «Episodios y escenas de la conquista de Vizcaya». Los hechos históricos nos sitúan en el Bilbao de los bombardeos sobre la ciudad y sobre Guernica a que antes aludíamos. Estos acontecimientos, ocurridos entre abril y junio, fueron relatados por Chaves en los últimos meses del año, y para lectores latinoamericanos que estaban muy alejados geográficamente de los acontecimientos y de la situación de sufrimiento extremo que vivían los protagonistas. A aquellos tenía que transmitirles el horror de la caída de las bombas sobre la población civil, en concreto la destrucción producida en un refugio por una acción bélica que causó la muerte de un número considerable de personas. El dramatismo de la situación no ha sido superado en otros relatos de Chaves Nogales. Con la «Guerra total» de estos relatos se han superado las líneas rojas de la guerra.

El periodista ha realizado un trabajo previo a la edición. Si bien es cierto que los hechos son anteriores, el narrador no los ha contemplado en persona, sino que ha recurrido a la entrevista o la indagación histórica o sociológica, y hace en ellos una llamada de atención a la conciencia colectiva. Manuel Chaves está en ese momento en

París, refugiado. El relato tiene la inmediatez y emoción propia de todos sus otros relatos y, por supuesto, el habitual mensaje ejemplarizante; los lectores se ven retratados en él, porque advierten su propia dimensión vital y participan de esa naturaleza compartida por todas las personas de todas las épocas. Cuando el protagonista del relato ha pasado por el inmenso dolor de ir viendo muertos a todos los miembros de su familia a causa de las bombas, la conclusión transciende el momento y la víctima. Una vez pasada la situación de mero testimonio documental informativo, el hecho permanece en la conciencia de los ciudadanos y de la sociedad como un alegato, en este caso contra la miseria y la crueldad humana, y una exaltación de la dignidad del individuo frente a ellas.

En cuanto al segundo relato, el titulado «Hospital de sangre», posee el carácter excepcional de retratarnos la situación de los religiosos durante la guerra civil en el País Vasco. Muchos perfiles se advierten en él: la monja cuidadora de heridos en un hospital de sangre cuya presencia en procesos de espionaje la lleva a la reflexión; los contactos entre heridos de izquierdas y las enfermeras laicas y sospechosas de maniobras secretas; la exposición de situaciones que pueden levantar ampollas en una región que se ha vanagloriado siempre de no seguir a los golpistas y enfrentarse abiertamente al alzamiento de Franco... Aquí aparecen en carne viva los comportamientos humanos, los perfiles ideológicos y las acciones contradictorias de aquellos que manifiestan una consideración y connivencia hacia y con el enemigo que no coincide con los hechos divulgados. La iglesia del País Vasco no apoyó el golpe, pero también había entre sus seguidores espías que no tenían reparos en dar información al bando rebelde. Por el contrario, después de ser ocupado el territorio se reprimió duramente a muchos religiosos con largas condenas y se asesinó a un grupo de ellos porque una parte importante del clero apoyó la República y al nacionalismo vasco. Faces contradictorias y opuestas, producto de los comportamientos humanos en situaciones extremas. Por eso es ilustrativo leer un relato como éste, donde el narrador presta especial atención al hecho de que Indalecio Prieto, ministro de Defensa del Gobierno de la República, tenía tres sobrinos religiosos, uno cura y dos monjas, y ese detalle humano no escapa a Chaves.

Respecto a las razones que el autor pudiera haber tenido para incluir estos dos relatos tan sólo en las ediciones de la revista mexicana *Sucesos para todos* y de la cubana *Bohemia* (que es la que se utiliza aquí por tener algún añadido que no aparece en la primera), no caben sino especulaciones. Es posible que fueran simplemente razones de espacio y su inclusión o no dependiera exclusivamente del interés del editor.

Chaves Nogales se definió a sí mismo como «intelectual liberal». Era el suyo un trabajo de periodista siempre al servicio de la República y ese trabajo estaba presidido por la reflexión, no realizado a la ligera. Y se declara liberal. Quizá en ello esté la parte de su esencia más difícil de cumplir y que se presentaba con más devastadoras consecuencias. Porque la palabra liberal no debe ser manipulada; ya Larra, maestro espiritual para Chaves, cuyo nombre usó como simbólico en su adscripción a la Masonería, había dicho: «Ser liberal en España es ser un emigrado en potencia». Y las raíces de ese liberalismo se hundían en los ilustrados que habían seguido una línea de actuación muy castigada en España: Blanco White, Olavide, el propio Larra... Personas que defendían el libre desarrollo de la personalidad, la autonomía de pensamiento, la capacidad de decisión independiente y soberana, como parte esencial del ser humano. Y esta autonomía había de ser ejercida desde el diálogo y la tolerancia, tras la puesta en marcha del libre raciocinio y la no menos libre actuación del contraste de pareceres. Fue liberal como tantos otros españoles de su tiempo (Salvador de Madariaga, Gregorio Marañón, Luis Araquistáin, José Castillejo, Josep Trueta, Pablo de Azcárate, Luis Cernuda, Manuel Azaña, Francisco Ayala y tantos otros), compendio de una serie de características inconfundibles y decididas, muy alejadas de los presupuestos que manejan muchos de los que hoy se dicen liberales y lo reivindican. Porque como decía Francisco J. Laporta en un afortunado y clarificador artículo* «el liberal es veraz, independiente, imparcial y limpio».

«Ciudadano de una república democrática y parlamentaria.» Eso dice de sí mismo el autor en el prólogo de este libro que no necesita de otro prólogo. A sabiendas de mi incursión en un territorio suficientemente explícito en sí mismo, quiero hacer hincapié en la visión que Chaves tenía del pueblo español como pueblo adulto. Este pueblo, que no queriendo la guerra, había pedido insistentemente la paz. Pacifista convencido él mismo, no dejó de clamar por ella. Vio claro que España no sería nunca ni comunista ni fascista. El 6 de enero de 1939, ya

* Francisco J. Laporta, «Ser liberal», *El País*, 18 de marzo de 2006.

en el exilio, había dirigido una carta a Alfredo Mendizábal adjuntándole una copia firmada de un «Manifiesto por la paz» que decía entre otras cosas: «Un grupo de españoles, que por hallarse en tierra extranjera han podido conservar la libertad de expresión que hoy falta a casi todos sus compatriotas, tiene la firme convicción de que expresa el sentir de la casi totalidad de los españoles al dirigirse a los jefes de ambas partes contendientes para pedir la paz. Queremos la paz porque es menester que cese la tortura de España. Vamos camino del cuarto año de la guerra civil más atroz que la historia conoce. Los muertos son innumerables, los enfermos del cuerpo y de la mente, los niños nacidos y crecidos en la necesidad, todo el déficit biológico que la guerra ha infligido a España es ya tan espantoso que las consecuencias de aumentarlo sobrepasan con mucho las peores que unos u otros puedan temer de una paz sin victoria.

»Queremos la paz porque la ruina económica a que la guerra ha reducido a un país próspero y rico, a un país que, salvo alguna que otra sombra en su cuadro, era de los más felices de la tierra, es tan grande, que el aumentarla es mucho más grave que el peor de los inconvenientes que de una paz inmediata puedan desprenderse según el sentir de uno u otro...»

El desenlace es de todos conocido. Y para el propio periodista, este desenlace de los hechos vino a confirmar las palabras finales de Daniel, protagonista del episodio titulado «Consejo obrero» y trasunto de sí mismo, partidario del diálogo y de la causa de la libertad, aspirante a vivir libre y en paz, despreciado por ambos bandos precisamente por «miedo a la libertad». Era pues el propio Chaves Nogales quien manifestaba con ello su opinión sobre los acontecimientos que se estaban desarrollando, al tiempo que explicaba las razones de su salida de España. Porque había una razón suprema para este abandono: «Su causa, la de la libertad, no había en España quien la defendiese».

María Isabel Cintas
Tomares, primavera de 2013

Fotografías

El autor y su mujer, Ana Pérez Ruiz, en París, hacia 1937. (Archivo Pilar Chaves.)

Primera edición de *A sangre y fuego* en la editorial chilena Ercilla, en 1937.

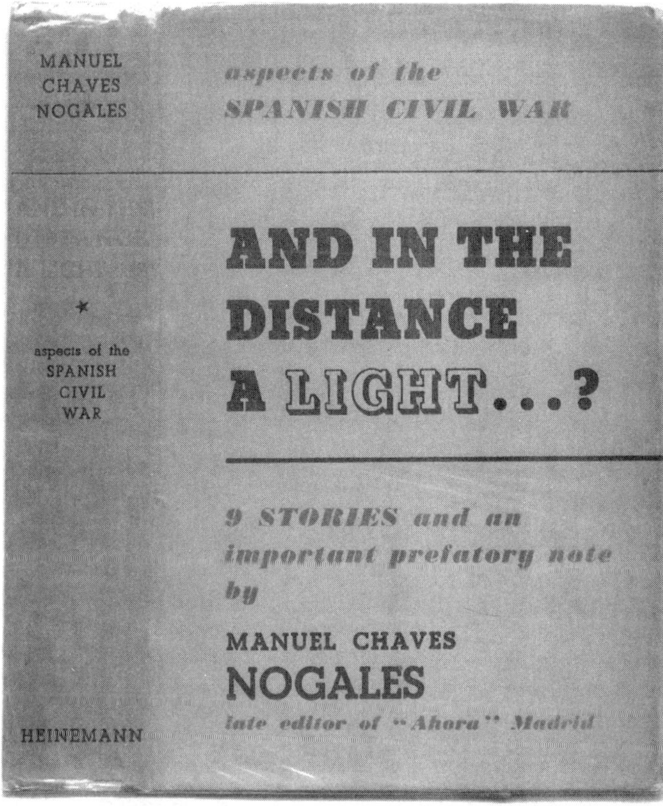

Cubierta de la edición en lengua inglesa de Heinemann, Londres-Toronto, 1938. En 1937 había aparecido la edición de Doubleday, Doran & Co., Nueva York, con el título de *Heroes and Beasts of Spain*.

A sangre y fuego

Héroes, bestias y mártires de España

Prólogo

Yo era eso que los sociólogos llaman un «pequeñoburgués liberal», ciudadano de una república democrática y parlamentaria. Trabajador intelectual al servicio de la industria regida por una burguesía capitalista heredera inmediata de la aristocracia terrateniente, que en mi país había monopolizado tradicionalmente los medios de producción y de cambio —como dicen los marxistas—, ganaba mi pan y mi libertad con una relativa holgura confeccionando periódicos y escribiendo artículos, reportajes, biografías, cuentos y novelas, con los que me hacía la ilusión de avivar el espíritu de mis compatriotas y suscitar en ellos el interés por los grandes temas de nuestro tiempo. Cuando iba a Moscú y al regreso contaba que los obreros rusos viven mal y soportan una dictadura que se hacen la ilusión de ejercer, mi patrón me felicitaba y me daba cariñosas palmaditas en la espalda. Cuando al regreso de Roma aseguraba que el fascismo no ha aumentado en un gramo la ración de pan del italiano, ni ha sabido acrecentar el acervo de sus valores morales, mi patrón no se mostraba tan satisfecho de mí ni creía que yo fuese realmente un buen periodista; pero, a fin de cuentas, a costa de buenas y malas caras, de elogios y censuras, yo iba sacando adelante mi verdad de intelectual liberal, ciudadano de una república democrática y parlamentaria.

Si, como me ocurría a veces, el capitalismo no prestaba de buen grado sus grandes rotativas y sus toneladas de papel para que yo dijese lo que quería decir, me resignaba a decirlo en el café, en la mesa de la redacción o en la humilde tribuna de un ateneo provinciano, sin el temor de que nadie viniese a ponerme la mano en la boca y sin miedo a policías que me encarcelasen, ni a encamisados que me hiciesen purgar atrozmente mis errores. Antifascista y antirrevolucionario por temperamento, me negaba sistemáticamente a creer en la virtud salutífera de las grandes conmociones y aguardaba trabajando, confiado en el curso fatal de las leyes de la evolución. Todo revolucionario, con el debido respeto, me ha parecido siempre algo tan pernicioso como cualquier reaccionario.

En realidad, y prescindiendo de toda prosopopeya, mi única y humilde verdad, la cosa mínima que yo pretendía sacar adelante, merced a mi artesanía y a través de la anécdota de mis relatos vividos o imaginados, mi única y humilde verdad era un odio insuperable a la estupidez y a la crueldad; es decir, una aversión natural al único pecado que para mí existe, el pecado contra la inteligencia, el pecado contra el Espíritu Santo.

Pero la estupidez y la crueldad se enseñoreaban de España. ¿Por dónde empezó el contagio? Los caldos de cultivo de esta nueva peste, germinada en ese gran pudridero de Asia, nos los sirvieron los laboratorios de

Moscú, Roma y Berlín, con las etiquetas de comunismo, fascismo o nacionalsocialismo, y el desapercibido hombre celtíbero los absorbió ávidamente. Después de tres siglos de barbecho, la tierra feraz de España hizo pavorosamente prolífica la semilla de la estupidez y la crueldad ancestrales. Es vano el intento de señalar los focos de contagio de la vieja fiebre cainita en este o aquel sector social, en esta o aquella zona de la vida española. Ni blancos ni rojos tienen nada que reprocharse. Idiotas y asesinos se han producido y actuado con idéntica profusión e intensidad en los dos bandos que se partieran España.

De mi pequeña experiencia personal, puedo decir que un hombre como yo, por insignificante que fuese, había contraído méritos bastantes para haber sido fusilado por los unos y por los otros. Me consta por confidencias fidedignas que, aun antes de que comenzase la guerra civil, un grupo fascista de Madrid había tomado el acuerdo, perfectamente reglamentario, de proceder a mi asesinato como una de las medidas preventivas que había que adoptar contra el posible triunfo de la revolución social, sin perjuicio de que los revolucionarios, anarquistas y comunistas, considerasen por su parte que yo era perfectamente fusilable.

Cuando estalló la guerra civil, me quedé en mi puesto cumpliendo mi deber profesional. Un consejo obrero, formado por delegados de los talleres, desposeyó al propietario de la empresa periodística en que yo trabajaba y se atribuyó sus funciones. Yo, que no había sido en mi vida revolucionario, ni tengo ninguna simpatía por la dictadura del proletariado, me encontré en pleno régimen soviético. Me puse entonces al servicio de los obreros como antes lo había estado a las órdenes del capitalista, es decir, siendo leal con ellos y conmigo mismo. Hice constar mi falta de convicción revolucionaria y mi protesta contra todas las dictaduras, incluso la del proletariado, y me comprometí únicamente a defender la causa del pueblo contra el fascismo y los militares sublevados. Me convertí en el «camarada director», y puedo decir que durante los meses de guerra que estuve en Madrid, al frente de un periódico gubernamental que llegó a alcanzar la máxima tirada de la prensa republicana, nadie me molestó por mi falta de espíritu revolucionario, ni por mi condición de «pequeñoburgués liberal», de la que no renegué jamás.

Vi entonces convertirse en comunistas fervorosos a muchos reaccionarios y en anarquistas terribles a muchos burgueses acomodados. La guerra y el miedo lo justificaban todo.

Hombro a hombro con los revolucionarios, yo, que no lo era, luché contra el fascismo con el arma de mi oficio. No me acusa la conciencia de ninguna apostasía. Cuando no estuve conforme con ellos, me dejaron ir en paz.

Me fui cuando tuve la íntima convicción de que todo estaba perdido y ya no había nada que salvar, cuando el terror no me dejaba vivir y la sangre me ahogaba. ¡Cuidado! En mi deserción pesaba tanto la sangre derramada por las cuadrillas de asesinos que ejercían el terror rojo en Madrid como la que vertían los aviones de Franco, asesinando mujeres y niños inocentes. Y tanto o más miedo tenía a la barbarie de los moros, los bandidos del Tercio y los asesinos de la Falange, que a la de los analfabetos anarquistas o comunistas.

Los «espíritus fuertes» dirán seguramente que esta repugnancia por la humana carnicería es un sentimentalismo anacrónico. Es posible. Pero, sin grandes aspavientos, sin dar a la vida humana más valor del que puede y debe tener en nuestro tiempo, ni a la acción de matar más trascendencia de la que la moral al uso pueda darle, yo he querido permitirme el lujo de no tener ninguna solidaridad con los asesinos. Para un español quizá sea éste un lujo excesivo.

Se paga caro, desde luego. El precio, hoy por hoy, es la Patria. Pero, la verdad, entre ser una especie de abisinio desteñido, que es a lo que le condena a uno el general Franco, o un kirguís de Occidente, como quisieran los agentes del bolchevismo, es preferible meterse las manos en los bolsillos y echar a andar por el mundo, por la parte habitable de mundo que nos queda, aun a sabiendas de que en esta época de estrechos y egoístas nacionalismos el exiliado, el sin patria, es en todas partes un huésped indeseable que tiene que hacerse perdonar a fuerza de humildad y servidumbre su existencia. De cualquier modo, soporto mejor la servidumbre en tierra ajena que en mi propia casa.

Cuando el gobierno de la República abandonó su puesto y se marchó a Valencia, abandoné yo el mío. Ni una hora antes, ni una hora después. Mi condición de ciudadano de la República Española no me obligaba a más ni a menos. El poder que el gobierno legítimo dejaba abandonado en las trincheras de los arrabales de Madrid lo recogieron los hombres que se quedaron defendiendo heroicamente aquellas trincheras. De ellos, si vencen, o de sus vencedores, si sucumben, es el porvenir de España.

El resultado final de esta lucha no me preocupa demasiado. No me interesa gran cosa saber que el futuro dictador de España va a salir de un lado u otro de las trincheras. Es igual. El hombre fuerte, el caudillo, el triunfador que al final ha de asentar las posaderas en el charco de sangre de mi país y con el cuchillo entre los dientes —según la imagen clásica— va a mantener en servidumbre a los celtíberos supervivientes, puede salir indistintamente de uno u otro lado. Desde luego, no será ninguno de los líderes o caudillos que han provocado con su estupidez y su crueldad monstruosas este gran cataclismo de España. A ésos, a todos, absolutamente a todos, los ahoga ya la sangre vertida. No va a salir tampoco de entre nosotros, los que nos hemos apartado con miedo y con asco de la lucha. Mucho menos hay que pensar en que las aguas vuelvan a remontar la corriente y sea posible la resurrección de ninguno de los personajes monárquicos o republicanos a quienes mató civilmente la guerra.

El hombre que encarnará la España superviviente surgirá merced a esa terrible e ininteligente selección de la guerra que hace sucumbir a los mejores. ¿De derechas? ¿De izquierdas? ¿Rojo? ¿Blanco? Es indiferente. Sea el que fuere, para imponerse, para subsistir, tendrá, como primera providencia, que renegar del ideal que hoy lo tiene clavado en un parapeto, con el fusil echado a la cara, dispuesto a morir y a matar. Sea quien fuere, será un traidor a la causa que hoy defiende. Viniendo de un campo o de otro, de uno u otro lado de la trinchera, llegará más tarde o más temprano a la única fórmula concebible de subsistencia, la de organizar un Estado en el que sea posible la humana convivencia entre los ciudadanos de diversas ideas y la normal relación con los demás Estados, que es precisamente a lo que se niegan hoy unánimemente con estupidez y crueldad ilimitadas los que están combatiendo.

No habrá más que una diferencia, un matiz. El de que el nuevo Estado español cuente con la confianza de un grupo de potencias europeas y sea sencillamente tolerado por otro, o viceversa. No habrá más. Ni colonia fascista ni avanzada del comunismo. Ni tiranía aristocrática ni dictadura del proletariado. En lo interior, un gobierno dictatorial que con las armas en la mano obligará a los españoles a trabajar desesperadamente y a pasar hambre sin rechistar durante veinte años, hasta que hayamos pagado la guerra. Rojo o blanco, capitán del ejército o comisario político, fascista o comunista, probablemente ninguna de las dos cosas, o ambas a la vez, el cómitre que nos hará remar a latigazos hasta salir de esta galerna ha de ser igualmente cruel e inhumano. En lo exterior, un Estado fuerte, colocado bajo la protección de unas naciones y la vigilancia de otras. Que sean éstas o aquéllas, esta mínima cosa que se decidirá al fin en torno a una mesa y que dependerá en gran parte de la inteligencia de los negociadores, habrá costado a España más de medio millón de muertos. Podía haber sido más barato.

Cuando llegué a esta conclusión abandoné mi puesto en la lucha. Hombre de un solo oficio, anduve errante por la España gubernamental confundido con aquellas masas de pobres gentes arrancadas de su hogar y su labor por el ventarrón de la guerra. Me expatrié cuando me convencí de que nada que no fuese ayudar a la guerra misma podía hacerse ya en España.

Caí, naturalmente, en un arrabal de París, que es donde caen todos los residuos de humanidad que la monstruosa edificación de los Estados totalitarios va dejando. Aquí, en este hotelito humilde de un arrabal parisiense, viven mal y esperan a morirse los más diversos especímenes de la vieja Europa: popes rusos, judíos alemanes, revolucionarios italianos..., gente toda con un aire triste y un carácter agrio que se afana por conseguir lo inasequible: una patria de elección, una nueva ciudadanía. No quiero sumarme a esta legión triste de los «desarraigados» y, aunque sienta como una afrenta el hecho de ser español, me esfuerzo en mantener una ciudadanía española puramente espiritual, de la que ni blancos ni rojos puedan desposeerme.

Para librarme de esta congoja de la expatriación y ganar mi vida, me he puesto otra vez a escribir y poco a poco he ido tomando el gusto de nuevo a mi viejo oficio de narrador. España y la guerra, tan próximas, tan actuales, tan en carne viva, tienen para mí desde este rincón de París el sentido de una pura evocación. Cuento lo que he visto y lo que he vivido más fielmente de lo que yo quisiera. A veces los personajes que intento manejar a mi albedrío, a fuerza de estar vivos, se alzan contra mí y, arrojando la máscara literaria que yo intento colocarles, se me van de entre las manos, diciendo y haciendo lo que yo, por pudor, no quería que hiciesen ni dijesen.

Luchando con ellos y conmigo mismo por permanecer distante, ajeno, imparcial, escribo estos relatos de la guerra y la revolución que presuntuosamente hubiese querido colocar *sub specie æternitatis*. No creo haberlo conseguido.

Y quizá sea mejor así.

Montrouge (Seine), enero-mayo de 1937

Nota

Estas nueve alucinantes novelas, a pesar de lo inverosímil de sus aventuras y de sus inconcebibles personajes, no son obra de imaginación y pura fantasía. Cada uno de sus episodios ha sido extraído fielmente de un hecho rigurosamente verídico; cada uno de sus héroes tiene una existencia real y una personalidad auténtica, que sólo en razón de la proximidad de los acontecimientos se mantiene discretamente velada.

¡Massacre, massacre!

Al sol de la mañana la bomba de aviación que cae es una pompita de jabón que en un instante raya el cielo azul de arriba abajo. Vibra al sentirse herido el gran diapasón del espacio y, luego, si se está cerca, se sufre en las entrañas un tirón de descuaje como si le rebanasen a uno por dentro y le quisieren volcar fuera. El estómago, que se sube a la boca, y el tímpano, demasiado sensible para tan gran ruido, son los que más agudamente protestan. Esto es todo. Mientras, el pajarito niquelado que ha puesto en medio del cielo su huevecillo brillante y fugaz como una centella, remonta el vuelo y pronto no es más que un punto perdido en la distancia.

Después, comienza el espectáculo de la tragedia. ¿Dónde ha caído la bomba? Nadie lo sabe, pero todos suponen que ha sido muy cerca, allí mismo, dos casas más allá a lo sumo. Resulta que siempre es un poco más lejos de lo que se suponía. La gente acude presurosa al lugar de la explosión. Los milicianos han cortado la calle con sus fusiles, y los curiosos han de contentarse con ver desde lejos los vidrios hechos añicos de balcones y ventanas y los cierres metálicos de las tiendas arrancados de cuajo. Se espera el paso de las ambulancias sanitarias venteando con malsana fruición el olor de la sangre. En el casco de la ciudad las bombas de los aviones hacen carne siempre. Cuando en una camilla llevan a una pobre muy despanzurrada o a un niño que ya no es más que un revoltijo de trapos y sangre, la muchedumbre de curiosos se siente estremecida por el horror. Cuando el que pasa exánime en las parihuelas es un varón adulto, el hecho, por esperado, parece naturalísimo y nadie se siente obligado a conmoverse. La capacidad de emoción, limitada, exige también economías. En la guerra no se administra el sentimiento con la misma largueza que en la paz.

Ocurre también que para este pueblo de jugadores de lotería que es Madrid, el albur del avión en el cielo dejando caer sobre una pacífica familia su carga de metralla tan a ciegas como el bombo de la Lotería Nacional dispara la bolita de los quince millones de pesetas sobre un grupo de gente humilde y oscura, es un azar al que todos se someten sin gran repugnancia. Los bombardeos aéreos son una lotería más para los madrileños. Una lotería en la que resultan premiados los miles y miles de jugadores a quienes no ha tocado la metralla. El júbilo general de los que en este horrendo sorteo no han sido designados por el destino se advierte en las caras alegres de la gente que anda por las calles a raíz de cada bombardeo. ¡No nos ha tocado!, parece que dicen con alborozo. Y se ponen a vivir ansiosamente sabiendo que al otro día habrá un nuevo sorteo en el que tendrán que tomar parte de modo inexorable. Pero ¡es tan remota la posibilidad de que le toque a uno la lotería!

Esta de las bombas toca, sin embargo, con impresionante prodigalidad, y los madrileños que juegan despreocupadamente al azar del bombardeo han tenido que ir aprendiendo a protegerse. Los sótanos, en los que a veces hay que permanecer durante toda la madrugada, se han ido haciendo habitables y ya hay en ellos colchones, mantas, cabos de vela y estufas; en todas las casas los inquilinos montan por turno una guardia nocturna que avisa a los que duermen cuando las sirenas de la policía esparcen la alarma por calles y plazas; los comerciantes han cruzado con tiras de papel las lunas de sus escaparates; desde que una bomba cayó en un garaje y destruyó cincuenta automóviles se ha adoptado la precaución de que los autos pasen la noche al relente arrimados a las aceras por acá y por allá como perros vagabundos, y en vista de que los aviones fascistas consiguieron un día meter el cascote y los vidrios arrancados por la explosión de una bomba de ciento cincuenta kilos en el plato de sopa que se estaba comiendo el presidente del Consejo, en los sótanos de los ministerios se han preparado confortables refugios; en el vetusto edificio de Gobernación hay entre los pasadizos de los cimientos, poblados de ratas y telarañas, un impresionante sótano de ministro con un sillón de terciopelo y purpurina y unas alfombras en desuso que cuelgan de los rezumantes muros a guisa de tapices.

Madrid sobrelleva con alegre resignación los bombardeos. Un día, un pobre profesor que estaba en la terraza de una cervecería se ha muerto de miedo al oír una explosión cercana; a las casas de socorro, cada vez que suena la señal de alarma, llevan docenas de mujeres accidentadas para que les suministren antiespasmódicos;

hay gente que se mete en las bocas del Metro arrollando a los niños y a los viejos con una precipitación indecorosa, y durante la madrugada, para las madres, es un tormento insufrible el tener que arrancar a sus hijitos de la cuna en que duermen y llevarlos, aprisa y corriendo, medio desnudos, a los sótanos, donde las criaturitas se pasan las horas llorando porque tienen frío y están asustadas. Todo este dolor y esta incomodidad y la espantosa carnicería de las explosiones, y aun la certeza de que cada vez será mayor el estrago y más horrible el sufrimiento, no han conseguido abatir el ánimo y la jovial resignación de la gran ciudad más insensata y heroica del mundo: Madrid.

Hay quienes no lo sobrellevan con tan buen ánimo. Y no son precisamente los más débiles ni los más indefensos. Este grupo de milicianos que con el impresionante remoquete de la Escuadrilla de la Venganza colabora por propia y espontánea determinación en lo que con gran prosopopeya llaman «el nuevo orden revolucionario», ejerciendo funciones de vigilancia, investigación y seguridad que ningún poder responsable les ha conferido, es, evidentemente, uno de los núcleos que con más saña y ferocidad reaccionan contra los bombardeos aéreos. Hundidos en los butacones del círculo aristocrático de que se han incautado, los milicianos de la Escuadrilla de la Venganza se muerden los puños de rabia e imaginan horrendas represalias mientras las sirenas alarman a la ciudad dormida y suenan lejanos los estampidos de las explosiones.

—Hay que hacer un escarmiento terrible con esa canalla; por muy bestias que sean llegarán a comprender que cada bomba que tiran sobre Madrid les hace a ellos más bajas que a nosotros. Es el único procedimiento eficaz —afirmó convencido un miliciano que se paseaba a lo largo de la estancia balanceando una enorme pistola ametralladora que, enfundada en una caja de madera, le colgaba desde la pretina a la rodilla.

—Lo más eficaz sería que llegasen de una vez esos malditos aviones rusos y espantasen a los Caproni de Franco. ¿Cuántos aviones tenemos para la defensa de Madrid? —preguntó otro.

—Creo que nos quedan cinco en total —le contestó Valero, un muchacho comunista con aire de universitario que, también con su pistola al cinto, presidía la tertulia de los milicianos.

Típico intelectual revolucionario de los que se forjaron en la escuela de rebeldías que durante la dictadura fueron las universidades españolas, Valero no pertenecía a la Escuadrilla de la Venganza. Sus relaciones con ella eran estrechas y constantes, pero no estaban bien definidas.

—Y esos cinco aviones que nos quedan —añadió— no pueden salir al encuentro de los trimotores italianos y alemanes. Se los comen. Nuestros sargentos de aviación han caído como mosquitos, y los pilotos extranjeros han dicho ya que si no llegan aparatos más modernos y potentes no salen a volar. Remontarse es un suicidio. Hoy he visto en Gobernación al intérprete de los aviadores ingleses que iba a despedirse...

—¿El intérprete? ¿Por qué?

—Porque se ha quedado sin ingleses. Uno tras otro han muerto todos en combate. Formaban una escuadrilla de voluntarios que se ha batido heroicamente. Hasta que ayer cayó el último. ¡Unos tíos jabatos los ingleses!

—Es inútil —arguyó el miliciano del pistolón—; con los aviones de Italia y Alemania no podremos nunca. No hay más táctica que la mía, el terror. Por cada víctima de los aviones, cinco fusilamientos, diez si es preciso. En Madrid hay fascistas de sobra para que podamos cobrar en carne.

El corro de milicianos asentía con su silencio. Aquellos diez o doce hombres que formaban la Escuadrilla de la Venganza consideraban legítima la feroz represalia y se habrían maravillado si alguien se hubiese atrevido a sostener que lo que ellos consideraban naturalísimo era una monstruosidad criminal. Al cabo de cuatro meses de lucha la psicosis de la guerra producía frecuentemente tales aberraciones. La vida humana había perdido en absoluto su valor. Aquellos hombres que el 18 de julio abandonaron su existencia normal de ciudadanos para lanzarse desesperadamente al asalto del cuartel de la Montaña, donde se inició la rebelión militar, y que luego habían estado batiéndose a pecho descubierto en la Sierra contra el ejército de Mola, cuando regresaban del frente traían a la ciudad la barbarie de la guerra, la crueldad feroz del hombre que, padeciendo el miedo a morir, ha aprendido a matar, y si la ocasión de hacerlo impunemente se le ofrece, no la desaprovechará. Es el miedo el que da la medida de la crueldad. De entre estos milicianos que no tenían alma bastante para afrontar indefinidamente el peligro de la guerra en la primera línea, de entre los que volvían del frente íntimamente aterrorizados, se reclutaban los hombres de aquellas siniestras escuadrillas de retaguardia que querían imponer al gobierno, a los partidos políticos y a las centrales sindicales un régimen de terror, el pánico terror que íntimamente padecían y anhelaban proyectar al mundo exterior. Huyendo del frente se refugiaban en los servicios de control revolucionario de los partidos y los sindicatos que, recelosos de la lealtad de la policía oficial y de las fuerzas de seguridad del Estado, toleraban la injerencia de estas escuadrillas insolventes y autónomas en las funciones policíacas. Cada una de ellas tenía su jefe, un aventurero, a veces un verdadero capitán de bandidos, por excepción, un místico teorizante de cabeza estrecha y corazón endurecido que, con la mayor unción revolucionaria, decretaba inexorablemente los crímenes que consideraba útiles a la causa. El jefe de la Escuadrilla de la Venganza, Enrique Arabel, era un tipo característico de hombre de presa, un tránsfuga relajado de la disciplina comunista, que al frente de aquel puñado de hombres sin escrúpulos había logrado rodearse de un siniestro prestigio. Erigido en poder irresponsable y absoluto, Arabel desdeñaba la autoridad del gobierno, desafiaba a los ministros y hacía frente a los aterrorizados comités de los partidos republicanos. A su lado, el universitario Valero, militante de las Juventudes Unificadas, ejercía, con la cautela y la doblez típicas del comunismo, la difícil misión de controlar políticamente aquella fuerza incontrolable de hombres sin freno en sus pasiones e instintos, que, en nombre del pueblo y valiéndose del argumento decisivo de sus pistolas, sembraban a capricho el terror. Arabel, jefe indiscutible de la escuadrilla, hubiese querido deshacerse del intruso Valero, pero sabía que éste tenía detrás al Partido Comunista y comprendía que el poder y el prestigio revolucionario de que él y sus hombres gozaban desaparecerían el día que entrase en colisión con los comunistas, que, sin hacerse solidarios de su actuación terrorista, se limitaban a vigilarla de cerca y a servirse de ella políticamente.

Media hora hacía que había cesado el bombardeo de los aviones fascistas. Todavía sonaba de vez en cuando el superfluo y pueril disparo de algún miliciano alucinado que creía descubrir en el cielo oscuro la sombra casi imperceptible de un avión enemigo volando a dos o tres mil metros de altura; sin vacilar se echaba el arma a la cara y fusilaba a la noche. Ponían tal fe en este insensato ademán que frecuentemente después de hacer el disparo se revolvían furiosos por haber marrado un golpe que consideraban seguro:

«¡Qué lástima! ¡Por qué poco se me ha escapado!», decía lamentándose el cándido miliciano. Cazar aviones a tiros de pistola se le antojaba la cosa más natural del mundo.

Arabel y sus hombres rumiaban mientras tanto la venganza que por su mano estaban dispuestos a tomarse aquella misma noche; había que hacer entre los fascistas un escarmiento terrible. Valero, más frío y sereno, al parecer, escuchaba en silencio los planes criminales de la escuadrilla como si se tratase de fantasías irrealizables. Sabía por experiencia, sin embargo, que aquellos hombres eran harto capaces de llevar a cabo sus amenazas.

Uno de los milicianos que estaba de guardia en el portal vino a prevenir al jefe:

—Se ha presentado una mujer que quiere hacer una denuncia contra unos fascistas.

—Será un cuento —dijo Valero.

—Dice que puede probar la actividad contrarrevolucionaria de un comandante del ejército que celebra reuniones misteriosas con otros jefes y oficiales.

—Que pase; vamos a interrogarla.

Entró una mujer joven, guapa y vestida con un lujoso mal gusto. Era gordita y tenía un aire afectadamente ingenuo. Aunque se presentaba un poco desaliñada y se advertía que se había echado a la calle poniéndose lo primero que tuvo a mano, se adivinaba que era una mujer acicalada y presumida.

—Vengo —dijo de sopetón— a denunciar por fascista al comandante de artillería don Eusebio Gutiérrez.

—¿Cómo sabe usted que es fascista? ¿Tiene pruebas?

—Todas las que quieran. Sin ir más lejos, hace media hora, mientras volaban sobre Madrid los aviones facciosos, estaba en mi propia casa con dos amigos suyos, también fascistas, y apenas sintió la señal de alarma dijo rebosante de alegría: «¡Ya están ahí los nuestros! ¡Saludémosles!». Y los tres permanecieron firmes con el brazo extendido durante un rato.

—¿De qué conoce usted a ese individuo? —interrogó Valero.

—Era un antiguo amigo mío —contestó la gordita ruborizándose—; yo soy huérfana y me ha protegido durante algún tiempo titulándose mi padrino, pero desde hace unos meses ese miserable no ha hecho más que infamias conmigo. Es un fascista peligrosísimo, sí, señor. Desde el balcón de mi casa, a la que iba todas las tardes de visita, estuvo disparando su pistola contra el pueblo el día que se tomó el cuartel de la Montaña.

—¿Por qué no le denunció entonces?

—Porque le tenía miedo.

—¿No se lo tiene ahora?

—Ahora estoy desesperada y dispuesta a afrontarlo todo. Es un viejo ruin que se porta como un canalla conmigo.

—¿Han tenido ustedes algún altercado esta tarde?

—... ¡Sí!

—¿Y dice usted que es comandante de artillería en activo?

—Sí, sí; en activo. Esta misma mañana fue a cobrar su paga. Me he enterado por... casualidad.

—Cobró... y no le ha dado a usted dinero, ¿no es eso? ¿No ha sido ése el motivo del altercado? —preguntó Valero levantándose y volviendo la espalda a la gordita sin esperar respuesta.

Se puso ella hecha una furia. Protestó de su decencia y de su lealtad a la República. Ella había ido allí a denunciar a un enemigo del régimen y no a que la insultasen sin motivo. Su amigo era un fascista de cuidado. Celebraba reuniones misteriosas con otros militares en una casa de la calle de Hortaleza en la que se quedaba a dormir muchas noches.

—Ahora mismo debe de estar allí —agregó.

—¿No será que tiene en esa casa otra amiguita?

La joven hizo un mohín de desprecio y altanería.

Arabel tomó nota del nombre y de la casa.

—Habrá que ir a ver quiénes son esos pajarracos.

Valero advirtió:

—La denuncia puede ser falsa; chismes de alcoba, seguramente. No sería superfluo que esta jovencita quedase detenida hasta que se averigüe lo que haya de cierto.

Arabel miró a la gordita de arriba abajo y le pareció excelente la idea de retenerla.

—Sí; lo mejor será que pase aquí la noche.

Ella protestó, pero no demasiado. Y dos milicianos buenos mozos la llevaron al bar del círculo, donde la obsequiaron con un cóctel explosivo y luego otro y otro.

Cazaron al viejo comandante en una pensión equívoca de la calle de Hortaleza. Estaba muy arrebujado entre las sábanas, la cara amarilla, lacios los bigotes, cuando el portero y la dueña de la pensión, traicionándole, condujeron a los milicianos de Arabel hasta el borde de la cama en que dormía. Dio unas explicaciones inverosímiles de su presencia en aquel lugar. Se veía claramente que era el miedo a las escuadrillas de retaguardia lo que le hacía huir durante la noche de su domicilio para poder dormir con cierto sosiego en lugares donde se imaginaba que no habían de buscarle. Así, con esta angustia, vivían en Madrid miles de seres. Todo militar, por el hecho de serlo, era un presunto enemigo del pueblo. El general Mola había dicho por radio que sobre Madrid avanzaban cuatro columnas de fuerzas nacionalistas, pero que además contaba con una «quinta columna» en Madrid mismo que sería la que más eficazmente contribuiría a la conquista de la capital. Pocas veces una simple frase ha costado más vidas. Cada vez que a los milicianos se les presentaba un caso de duda, cuando no había pruebas concretas contra un sospechoso o cuando el inculpado creía haber desbaratado los cargos que se le hacían, el recuerdo de la amenaza de Mola fallaba en su daño y «por si era de la quinta columna» se votaba invariablemente por la prisión o el fusilamiento. Ha sido la frase más cara que se ha dicho en España.

«Por si era de la quinta columna» se llevaron los milicianos al comandante de artillería. Mientras se levantaba y vestía anduvo balbuceando unas torpes protestas de adhesión al régimen y de lealtad al pueblo. Su triste figura de Quijote en paños menores, humillado y temeroso, no apiadó a los milicianos, que, marcándole el camino con sus pistolas, le hicieron salir, le metieron en un auto y le llevaron hacia las afueras. En el trayecto el viejo comandante consiguió recobrar la serenidad y el decoro ante la evidencia de lo inevitable. Cuando al llegar al kilómetro nueve de la carretera de La Coruña le hicieron apearse del auto y le empujaron hacia un paredón blanco de luna que había al borde de la carretera, se le vio erguirse y marchar con paso firme y rígido hasta el lugar que él mismo consideró más adecuado.

—Allí —dijo secamente a los milicianos.

No consintió que ninguno se le acercase. A uno que fue tras él con el propósito de abreviar dándole un tiro en la nuca le contuvo con un ademán diciéndole:

—Espera.

Se puso de espaldas al paredón y ordenó:

—¡Apunten!

Los milicianos, un poco desconcertados, se alinearon torpemente y obedeciendo a la voz de mando le encañonaron con sus armas dispares. El viejo alzó el brazo derecho y gritó:

—¡Arriba España!

Sintió que las balas torpes de los milicianos le pasaban rozando la cabeza sin herirle. Pero le habían acribillado las piernas. Dobló las rodillas y cayó a tierra. Aún tuvo coraje para erguir el busto indemne y gritar golpeándose furiosamente el pecho:

—¡Aquí! ¡Aquí! ¡En el corazón! ¡Canallas!

Tirado en el campo le dejaron. Largo, flaco y con las ropas en desorden, era un grotesco espantapájaros abatido por el viento.

—Ha muerto bien el viejo —notó un miliciano cuando ya regresaban en el auto.

—¿Te has convencido de que era fascista? Al final, cuando lo vio todo perdido, se quitó la careta —apuntó otro.

—No; si no falla uno.

—Habrá que hacer una redada con todos y fusilarlos en masa —concluyó Arabel.

Al volver al círculo se encontraron a la gordita, que seguía encaramada en un taburete del bar en compañía de sus dos buenos mozos: el alcohol y el sofoco de sentirse acosada por los milicianos le habían pintado de un carmín excesivo las mejillas redondas y lustrosas como las de una muñeca barata. Borrachita y gachona se fue hacia Arabel cuando le vio entrar.

—¿Qué? ¿Habéis dado con ese viejo miserable? —preguntó sonriendo—. Yo no quiero que le pase nada malo, eh, pero sí que lo asusten. Es muy soberbio y cree que en el mundo no hay más hombre que él. ¡Me gustaría más que le hubieseis dado una bofetada delante de mí! Si consiguieseis que me pidiera perdón, debíais soltarle luego. Porque en el fondo, aunque sea fascista, no es malo. Ni yo quisiera que le ocurriese por mi culpa alguna desgracia.

Valero, que contemplaba silencioso la escena, sintió el deseo de golpear con la culata de su pistola aquella cabeza linda de *poupée* de serie, seguro de que sonaría a hueco y de que por dentro, al romperla, no habría nada:

el envés grosero de una mascarilla de escayola pulida y pintada.

La captura del viejo comandante había hecho meditar a Arabel. Madrid —pensaba— está plagado de tipos así; hay muchos centenares de militares retirados que, haciendo protestas de adhesión a la República, están espiritualmente al lado de los rebeldes y llegado el momento crítico se echarían a la calle para batirse contra el pueblo. Son la famosa «quinta columna». Cazarlos uno a uno ahora que andan recelosos y huidos de sus casas es una tarea lenta y difícil. ¿Si se les pudiera preparar una encerrona? El gobierno podía hacerlo fácilmente si quisiera, pero, como todos los gobiernos, tendrá miedo a las medidas radicales y no se atreverá. Bastaba con convocarlos a todos por medio del *Diario Oficial de Guerra* o de la *Gaceta*.

—No irían —replicó Valero.

—Pues a cobrar sus pagas y retiros bien que acuden. ¿Y si se les convocase con el pretexto de pagarles?

—El gobierno no hará eso nunca.

—Pero podemos hacerlo nosotros. Si no disponemos del *Diario Oficial* podemos hacerles caer en la trampa con una simple convocatoria publicada en los periódicos.

—¿Y con qué pretexto se les cita?

—Con el de darles dinero, desde luego. En una nota que enviaremos a la prensa con una firma y un sello cualesquiera se anuncia que todos los militares retirados que quieran cobrar su haberes deberán pasar a una hora precisa por un determinado centro oficial que no les inspire sospechas, el Ministerio de Hacienda, por ejemplo, y se advierte que el que no acuda puntualmente será declarado faccioso y no podrá cobrar. Ya verán ustedes cómo acuden al reclamo y los cazamos a docenas.

La idea fue puesta en práctica aquella misma noche, y a la mañana siguiente los periódicos publicaban la falsa convocatoria. Los milicianos de Arabel, apostados en el patio del Ministerio de Hacienda, fueron aprehendiendo a los retirados de Guerra que se presentaban. La afluencia fue tal, que los milicianos no daban abasto a prenderlos y a meterlos en las camionetas en que los conducían a las prisiones. Llegó a formarse una cola de incautos que esperaban pacientemente a que les llegase el turno de caer en el garlito. Los funcionarios del ministerio advirtieron el tejemaneje que se traían los milicianos en el patio, y se apresuraron a comunicar a los que aún esperaban que el departamento no había cursado ninguna convocatoria. Gracias a esta advertencia hubo muchos que pudieron salvarse. Así y todo, los militares capturados pasaban de quinientos.

—¡Hubiéramos podido cazar dos mil! ¡Esos idiotas del gobierno nos han malogrado la operación! —exclamaba Arabel—. ¡Quinientas bajas en la quinta columna! —añadía jubiloso.

—Bueno, bueno: todos no van a ser fascistas —objetó Valero.

—Todos, todos. Algún caso tengo que consultarte, sin embargo.

Le hizo una señal y se lo llevó tras él discretamente a otra pieza cuya puerta cerró con llave. Cuando estuvieron a solas y frente a frente dijo Arabel:

—Ya sé que debemos sacrificarlo todo por la causa y

que para nosotros no debe haber inmunidades ni excepciones, pero a veces se le presenta a uno un caso de conciencia difícil de resolver.

—Para mí no hay más conciencia que la estrictamente revolucionaria —replicó secamente Valero.

—No te precipites; ya sé que presumes de incorruptible. No pretendo, como seguramente has pensado ya, escamotear por compromisos particulares a ninguno de los detenidos de hoy.

—Y si lo intentases, no te lo consentiría, Arabel.

—Basta; no se trata de nada que me interese personalmente. Te interesa a ti. En la lista de militares detenidos hoy por mi gente he encontrado este nombre: Mariano Valero Hernández, sesenta y dos años, comandante de infantería retirado. ¿Lo conoces?

—Es mi padre —replicó sin inmutarse Valero.

—¿Fascista?

—¡Pudiera serlo! No lo sé. No vivo con mi padre hace tiempo y ni siquiera le veo más que ocasionalmente.

—Bien. Sea fascista o no, es lógico y disculpable que tú quieras salvarle. Yo estoy dispuesto a servirte y puedo suprimir su nombre de la lista de los detenidos antes de que se hagan más averiguaciones que pudieran ser fatales para él. Tú vas entonces a la cárcel y te lo llevas. Hoy por ti y mañana por mí. ¿Estamos?

Valero advirtió con una sorda ira la maniobra de Arabel. Quería venderle la libertad de su padre a cambio de su complicidad en el tráfico de detenidos a que con toda seguridad se dedicaba a espaldas suyas. Arabel sabía que Valero podía, en cualquier momento, ser su perdición y quería tenerlo ligado a él. Valero frunció el ceño y repuso:

—Los asuntos de mi padre no me interesan ni poco ni mucho. Si es fascista, allá él. Si algo debe, que lo pague.

Y volvió la espalda altivamente al logrero.

Salió a la calle. Con las manos en los bolsillos y el cigarrillo en los labios anduvo vagando al azar. Al atardecer, la aglomeración de las calles céntricas contrastaba con la soledad impresionante del resto de la urbe. Una muchedumbre abigarrada y arbitrariamente vestida, de obreros, milicianos, campesinos fugitivos, provincianos despistados, gente de toda clase y condición, uniformemente desaliñada, se apretujaba en el recinto de la Puerta del Sol, la Gran Vía y las calles de Alcalá, Montera, Preciados, Arenal y Mayor ante los escaparates de las joyerías inverosímilmente repletos de oro, plata, brillantes y piedras preciosas, las tiendas de modas que exhibían aún los más provocativos y costosos modelos de *robes de soirée* y los grandes almacenes en los que, por raro contraste, empezaban a verse vacíos los anaqueles donde antes estaban los objetos de más humilde e indispensable consumo. Iba oscureciendo, y aquella muchedumbre agolpada en el corazón de Madrid empezaba a dispersarse. Una hora después no habría un alma en las calles oscuras donde los faroles de gas pintados de azul echaban un ojo lívido al transeúnte descarriado.

Valero fue a refugiarse en la tabernita vasca donde habitualmente comía y cenaba. Aún no habían comenzado a llegar los clientes, un centenar de milicianos que desde que comenzó la guerra comían y bebían allí sustituyendo a la antigua clientela. El patrón había conseguido reservar un saloncito interior del establecimiento para los comensales que aún pagaban en contante y sonante moneda burguesa; avisadores, oficiales de las milicias, diputados, «responsables», periodistas extranjeros, intelectuales antifascistas y unos tipos raros que nadie sabía quiénes eran ni a qué se dedicaban.

Cuando llegó Valero el comedor estaba aún desierto. Se sentó en un rincón y ante un vaso de cerveza se quedó en ese estado de inhibición y ausencia en que a veces cae el hombre de acción en medio del torbellino de los acontecimientos. En esos momentos no es cierto que se recapacite ni que se piense en nada. Al rato de estar allí Valero, entró un tipo desbaratado y vacilante que fue a echarse de bruces sobre la mesa del rincón opuesto. Era un hombre joven, delgado, blando, los brazos largos y colgantes, un mechón de pelo de muerto caído sobre la frente pálida, el ojo turbio y rastrero, el cuello huidizo y un alentar fatigoso en la faz. Encajaba nerviosamente las mandíbulas y expulsaba el aire con mucho esfuerzo por la nariz, cuyas aletas se dilataban ansiosamente cuando levantaba la cabeza para coger aire con un movimiento de rotación desesperado. Durante algún tiempo el hombre aquel estuvo con la cabeza caída sobre el brazo doblado como si sollozase. Valero le contempló con lástima. Era la imagen fiel y patética del esfuerzo sobrehumano, la representación plástica de la debilidad que saca fuerzas de flaqueza, la encarnación de Sísifo, el dramático espectáculo del hombre que quiere y no puede. Tuvo lástima de aquel hombre y de él mismo y de todos los hombres que como ellos guerreaban, morían y mataban, héroes, bestias y mártires sin vocación heroica, sin malos instintos y sin espíritu de sacrificio o santidad.

Al cabo de un rato el desconocido fue serenándose y se quedó al fin sosegado. El camarero, que le miraba también compasivo, dijo confidencialmente a Valero:

—Todas las tardes vuelve del frente deshecho; es un francés que ha venido a España para batirse por la revolución. Está al frente de una escuadrilla de aviones, pero no es aviador. En su país creo que era poeta, novelista o algo así.

Comenzaban a llegar los clientes. Un grupo de intelectuales antifascistas en el que iban el poeta Alberti con su aire de divo cantador de tangos, Bergamín con su pelaje viejo y sucio de pajarraco sabio embalsamado y María Teresa León, Palas rolliza con un diminuto revólver en la ancha cintura, fue a rodear solícito al desolado francés, que instantáneamente cambió la expresión desesperada de su rostro por una forzada y pulida sonrisa.

—Salud, Malraux.

—Salud, amigos.

El espectáculo emocionante del hombre tal cual es en su debilidad y su desesperación había sido sustituido por la divertida comedia de la vida bizarra. Discutían brillantemente los intelectuales, llegaban nuevos comensales bulliciosos y optimistas, se comía con apetito y se bebía con ansia; los que venían directamente del frente eran acaso los más alegres.

Valero se levantó y se fue. Vagabundeó otra vez por las calles, ahora desiertas y jalonadas por el alerta de los milicianos. Dio muchas vueltas por los mismos sitios, y era ya muy tarde cuando se decidió a franquear el portalón del recio convento que los milicianos habían convertido en prisión. Habló con el camarada responsable que estaba de guardia y pasó a la galería que le indicó.

A lo largo del muro había de quince a veinte petates y acurrucados en ellos yacían los presos. Buscó al viejo con la mirada a la luz amarillenta y tenue de la única bombilla eléctrica que alumbraba la galería. Allá estaba sentado al borde del camastro con la cabeza de pelo cano e hirsuto doblada sobre el pecho y los brazos caídos entre las piernas. Se le acercó lentamente. El viejo al levantar la cabeza le vio y pareció que se alegraba, pero ni se movió siquiera.

—Hola, padre.

—Hola.

—¿Cómo estás?

—Ya lo ves.

—He venido por si querías algo.

—No; nada.

—Estaré un rato contigo.

—Bueno; siéntate.

Le hizo un lado en el borde del petate.

Como ni el padre ni el hijo eran capaces de decirse nada, sacaron unos cigarrillos y se pusieron a fumar. El joven mientras encendía el suyo pensó: ¿Cuánto tiempo hace que mi padre me permite fumar delante de él? ¿Tres años? ¿Cinco? ¿Le parecerá ahora mismo una falta de respeto que fume en su presencia? ¡Qué extraño ha sido siempre el viejo! ¡Y así será hasta que se muera... o hasta que le maten!

Cortó el curso de su pensamiento y se distrajo mirando la pared desnuda de la galería. El viejo, con la cabeza baja, le miraba de reojo y pensaba orgulloso: «Es fuerte. Más fuerte que yo». Al compararse con el hijo le subió a la boca un agrio resentimiento. Él también había sido fuerte y sano en su juventud. Cuarenta años antes, cuando sentó plaza en el ejército de Cuba soñando aventuras y heroísmos imperiales, nada hubiera tenido que envidiar a aquel mocetón presuntuoso. La campaña, la fiebre, el hambre y la derrota le devolvieron a la Península después de la catástrofe colonial convertido en el espectro de sí mismo. Le habían sacrificado a la Patria. No le quedaba más consuelo que el de sentirse orgulloso de su sacrificio. Por eso siguió en el ejército rindiendo un culto idólatra a los mitos gloriosos que destrozaron su juventud y le amarraron luego a una vida triste de oficial con poca paga destinado siempre en ciudades viejas y míseras de escasa guarnición. El uniforme y la supeditación al Estado en un pueblo vencido que odiaba a los militares fueron su cruz y su blasón. Cuando le nació un hijo, quiso librarlo de aquella servidumbre sin gloria ni provecho e hizo de él un universitario, un intelectual. El hijo se le hizo comunista. Y ahora, cuando al final de su vida sonaba la hora ansiada de la reivindicación, cuando los militares habían encontrado al fin un caudillo invicto, Franco, y un ideal nuevo que galvanizaba los viejos ideales periclitados, el fascismo, el hijo aquel se alzaba frente a él oponiéndole la barrera infranqueable de su voluntad juvenil, más fuerte que su viejo resentimiento. ¡Más fuerte!

El viejo dio unas chupadas voraces a su cigarrillo y se quedó mirando de hito en hito a su adversario. El joven sostuvo imperturbable la mirada. Y como ni el padre ni el hijo eran capaces de decirse nada, se levantaron silenciosos del camastro cuando hubieron apurado la colilla.

—¿No necesitas nada, de verdad?

—No; nada.

Se abrazaron y besaron con recíproca ternura.

—Adiós.

—Salud.

Había un gran alboroto en aquel preciso instante porque, al parecer, un miliciano se obstinaba en alinear a las mujeres jóvenes que había en la cola empujándolas por el pecho con las palmas de las manos, y ellas no se lo querían consentir por muy miliciano que fuese. Por esta coincidencia, en los primeros momentos de estupor nadie supo exactamente lo que había ocurrido. Se oyó una gran detonación y se vio que algunas mujeres de las que estaban en la cola se desplomaban súbitamente.

Las demás echaron a correr aterradas. Entre el amasijo de cuerpos ensangrentados que quedaron en la acera sólo permaneció enhiesta una viejecilla con un pañuelo negro por la cabeza y un capacho entre las manos que, ajena a todo lo que no fuese su anhelo de que le llegase el turno antes de que se acabasen los huevos, aprovechó el revuelo para correrse suavemente por la pared salpicada de sangre y de metralla hasta el portal de la tienda, dichosa de encontrarse con que había pasado a ser el número uno de la cola.

La cosa fue tan inesperada que nadie se la explicaba. Hubo quien dijo que el miliciano había disparado su fusil y que esto era todo. Otros, que vinieron luego, al darse cuenta de que había en el suelo seis u ocho mujeres acribilladas, aseguraban ya que un automóvil fascista, aprovechándose del alboroto, había pasado a toda marcha ametrallando a la gente. Acudieron al fin los milicianos, que, aunque a medias, dieron con la verdad: en medio de la cola de mujeres que había a la puerta de la tienda, los fascistas habían tirado una bomba, que al explosionar había hecho una terrible carnicería entre las infelices. Esto era evidente. Pero, en cambio, sin que nadie pudiera precisar el fundamento de tal cosa, se creyó, unánimemente, que la bomba la habían tirado desde uno de los pisos altos de cualesquiera de las casas próximas. Alguien llegó a señalar el balcón preciso desde donde la habían arrojado, y los milicianos, sin más averiguaciones, estuvieron fusilando a placer la fachada del inmueble.

Resultó luego que no era así; que la bomba, cosa que a nadie se le ocurrió pensar, había caído del cielo. Eran los aviones de Franco, volando a oscuras sobre Madrid sin que los descubrieran, los que la habían arrojado. Simultáneamente, en diez o doce lugares de la capital había ocurrido lo mismo. Una escuadrilla de aviones de caza volando a más de tres mil metros cuando ya oscurecía, aunque todavía no fuese noche cerrada, había arrojado sobre el centro de Madrid una veintena de bombas pequeñas, de cinco o diez kilos a lo sumo, que habían hecho una mortandad espantosa. Hasta entonces, los madrileños estaban acostumbrados al aparatoso bombardeo de los trimotores, que, precedidos de la señal de alarma, llegaban volando bajo y se limitaban a dejar caer dos o tres artefactos de cien kilos sobre objetivos determinados, el Ministerio de la Guerra, el cuartel de la Montaña o la estación del Norte. Aquel bombardeo a granel y por sorpresa era increíble. Nadie se explicaba cómo no había sonado siquiera la señal de alarma. Se ignoraba que aquella misma mañana un avión faccioso había incendiado en la floresta de la Casa de Campo el globo cautivo que con los aparatos registradores del ruido de los motores se elevaba todas las tardes en el cielo de Madrid para velar el sueño de los madrileños.

A la hora del bombardeo, las seis de la tarde, las calles céntricas estaban invadidas por una gran muchedumbre, y cada bomba produjo docenas de víctimas; si una sola hubiese caído en la Puerta del Sol, habría hecho un millar de bajas. La mortandad fue terrible. En los zaguanes de las casas de socorro, muertos y heridos confundidos, en su mayor parte mujeres y niños, se alineaban en el suelo esperando inútilmente a que los médicos y practicantes pudieran, al menos, reconocerles. A las diez de la noche se calculaba que las víctimas del bombardeo, entre muertos y heridos, pasaban del medio millar.

Cuando el alumbrado público se extinguió totalmente y la urbe se hundió en las tinieblas, un agudo presentimiento de que la hecatombe no había terminado pesaba sobre el ánimo de los madrileños. Cada cual fue a meterse temeroso en su agujero. La vida huyó de calles y plazas: ni una luz, ni un ruido en el ámbito fantasmal de la gran ciudad. En las entrañas febriles de Madrid estaba fraguándose, sin embargo, una pavorosa reacción. Se estremecían de odio, desesperación e impotencia las células nerviosas de la revolución; hervían de furor los corrillos de milicianos y obreros en cuarteles, sindicatos, puestos de guardia, consejos obreros, comisarías y círculos políticos; en aquellos centros neurálgicos que bajo la apariencia mortal de la noche conservaban una vida intensa y reconcentrada, iba modelándose por instantes la imagen monstruosa de la represalia. Una idea criminal germinada al mismo tiempo en mil cerebros atormentados por abrirse camino y conquistar los últimos reductos de la humana conciencia. Las cabezas más claras vacilaban batidas por la turbia marea. Aquella mala idea que se enseñoreaba rápidamente del ámbito aterrorizado de la ciudad plasmó al fin en una palabra que fue luego un grito unánime.

«*¡Massacre! ¡Massacre!*»

Lo gritaban sin comprenderlo centenares de hombres a quienes el lúgubre sentido del término colmaba de esperanzas de vindicación.

«*¡Massacre! ¡Massacre!*»

Decía con voz nueva la ancestral crueldad del celtíbero. «*¡Massacre! ¡Massacre!*»

Se preparaba un asalto a las cárceles. En las comisarías de vigilancia, en los ateneos libertarios y las radios comunistas, se operaba el tránsito del verbo a la acción, del verbo nuevo a la vieja acción cainita. Los hombres de acción se aprestaban a la matanza.

Aún había algo que resistía. Las centrales sindicales y los «responsables» de los partidos vacilaban todavía y, por su parte, el gobierno había mandado reforzar las guardias de las prisiones. Era una precaución inútil: los guardianes y los refuerzos mismos estaban ganados por la sugestión criminal.

A medianoche en todos los centros vitales de la revolución se reñía la misma desesperada batalla. Las escuadrillas de milicianos de retaguardia, concentradas y arengadas por sus jefes, se disponían al asalto de las cárceles. Arabel aleccionó secretamente a sus hombres de confianza, que fueron marchándose mezclados con los demás en pequeños grupos.

—¿Adónde mandas a tu gente? —le preguntó Valero.

—Van a la cárcel de San Román. A cobrar lo que se nos debe. ¿Te enteras? ¡A cobrar!

—Yo no tengo ninguna orden del partido.

—Ni nosotros la necesitamos. La voluntad del pueblo es más fuerte que la de los partidos —replicó Arabel enfáticamente, sintiéndose aquella noche en terreno más firme que el de su rival.

—Yo no sanciono esa *massacre*, que puede tener un sentido demagógico.

—Pues quédate aquí. No te enteres. Y déjanos de teorías y monsergas. Mañana nos lo agradeceréis.

Se dispuso a salir. Valero, después de un instante de vacilación, le retuvo.

—Espera. Voy con vosotros.

Se ciñó el correaje y la pistola y salió con Arabel. El soberbio Hispano del jefe de la escuadrilla se deslizó por las calles desiertas y fue a detenerse ante la puerta del viejo convento transformado en prisión. En la penumbra se distinguían unos bultos que merodeaban por las proximidades o se estacionaban ante el edificio formando grupos amenazadores. Valero y Arabel, al descender del auto, pasaron junto a unos cuantos que se hallaban a la puerta misma de la cárcel rodeando a los milicianos que estaban de guardia.

—*¡Massacre!* —dijo una voz sorda a la espalda de los jefes.

Entraron aprisa. En el cuerpo de guardia el responsable de la prisión se declaraba impotente para contener a los de fuera y desconfiaba de los de dentro.

—¡Es inevitable! ¡Es inevitable! —decía—. Pasarán por encima de nosotros si nos oponemos.

Valero hizo telefonear a los centros oficiales y a los sindicatos. Las respuestas eran débiles y tardías. «Resistir, esperar, disuadir, tantear el ánimo de la gente adicta, no emplear la fuerza sino en último extremo...» Finalmente, las nerviosas llamadas telefónicas de Valero y del responsable se perdían en el espacio. Mientras, habían ido filtrándose hasta el cuerpo de guardia muchos milicianos que rondaban por los alrededores. Cuando

Valero quiso desalojar, era temerario intentarlo. Un puñado de hombres más audaces acabó de arrollarlos, y una masa compacta de gente armada con pistolas y fusiles llenó el zaguán y el cuerpo de guardia gritando:

—¡A las galerías! ¡A las galerías!

—*¡Massacre! ¡Massacre!*

Iban ya a forzar las puertas de la prisión cuando Valero, hendiendo a viva fuerza aquella masa humana, se colocó de espaldas a la puerta amenazada y con un grito feroz que dominó el tumulto y un ademán resuelto se hizo escuchar.

—¡Camaradas! —dijo—. La revolución va a hacer justicia. Estad tranquilos. Veinte hombres, sólo veinte hombre, capaces de ejecutar la voluntad del pueblo, son necesarios. Elegid vosotros mismos los veinte hombres en que tengáis confianza. Los demás, fuera.

—¡Justicia! —gritó uno.

—Se va a hacer —respondió Valero.

—¡Ahora!

—Ahora mismo. ¡Veinte hombres que sean capaces de hacerla!

Hubo primero un murmullo de desconfianza, y luego se vio que de entre la confusa muchedumbre de milicianos se destacaba un jovencito pálido con la hoz y el martillo simbólicos en el gorrillo de cuartel.

—Yo soy uno.

—Yo otro.

—Otro.

Tras los comunistas, fueron los recelosos hombres de la CNT y la FAI con sus insignias rojinegras. Cuando estuvieron cabales los veinte, Valero ordenó con voz imperiosa:

—¡Fuera los demás! Vuestros compañeros os dirán cómo hace su justicia la revolución. ¡Fuera!

Llamó al responsable y dispuso que los veinte voluntarios entrasen en las galerías y condujesen al patio, custodiados, a cuantos jefes y oficiales del ejército hubiese en la prisión. Mientras se cumplía la orden y el responsable iba tachando con un lápiz rojo en la lista de presos los nombres de los que eran conducidos al patio, Valero, sentado frente a él, permaneció silencioso y sin contraer un músculo de la cara.

Los militares que había en la prisión eran ciento veinticinco. Cuando vinieron a decirle que todos estaban ya en el patio formados se puso en pie y después de pasarse la mano por la frente echó a andar. Al salir al patio no pudo distinguir más que el cuadrilátero intensamente azul del cielo estrellado y una línea borrosa de seres humanos a lo largo de uno de los negros paredones.

—Habrá que traer luz —dijo el responsable.

—No; no hace falta —replicó Valero que sentía la penumbra como un alivio.

El ascua del cigarrillo de un miliciano le sirvió de punto de mira. Su voz dura hendió las sombras.

—¡Ciudadanos militares! —gritó.

Hubo una pausa.

—¡Ciudadanos militares! —repitió—. La República os ha privado de la libertad que disfrutabais en su daño. Estáis en prisión por haber sido acusados de enemigos del pueblo y del régimen. En circunstancias normales los delitos que se os imputan serían sometidos a los tribunales ordinarios, pero la guerra, que ha llegado ya a las puertas mismas de Madrid, impide la función normal de la justicia. Se os va a someter inmediatamente a una justicia de guerra inexorable. Sabedlo bien. Pero sea cual fuera la índole de los delitos contra el Estado republicano que hayáis cometido, podréis reivindicaros en el acto y recobraréis la libertad. El ejército del pueblo necesita jefes y oficiales competentes y valerosos que le lleven a la victoria. Los que quieran eludir la dura sanción que por su pasada conducta ha de recaer sobre ellos, los que deseen recobrar su libertad y su categoría dentro del ejército, los que no quieran ser juzgados como traidores a su Patria y a su gobierno legítimo, los que acepten el honor de defender la revolución con las armas en la mano, ¡un paso al frente!

En la línea borrosa de los prisioneros pudo percibirse un débil estremecimiento. Nadie se movió, sin embargo. Ni una de aquellas sombras osó destacarse. Valero recorrió con la mirada la fila inmóvil. ¿Blanqueaba en la penumbra una cabeza cana? No quiso saberlo y cerró los ojos.

—¡Ciudadanos militares! —agregó—. La República os hace su último requerimiento. ¡Los que quieran salvar sus vidas, un paso al frente!

Nadie se movió. Cada vez más rígidas y distintas, aquellas sombras parecían de piedra.

—¡Aún es tiempo! —gritó por vez postrera Valero con patética entonación—. ¡Los que no quieran morir, un paso al frente!

Ninguno lo dio. Valero se echó hacia atrás horrorizado. En aquel momento la voz de Arabel susurró en su oído:

—Basta ya. Has hecho todo lo que podías por esa canalla. Déjame a mí ahora.

Los milicianos empezaron a maniobrar en el patio. Petardearon la noche los motores de los camiones. Y ya hasta que fue de día los perros estuvieron aullando y ladrando desesperadamente.

El parte oficial consignaba al día siguiente que a consecuencia del bombardeo aéreo habían muerto doscientas veintidós personas. Figuraban en el parte los nombres y apellidos de un centenar de víctimas y al final decía textualmente: «Los ciento veinticinco cadáveres restantes no han sido identificados».

La gesta de los caballistas

Cogidas del diestro por Currito, el espolique del marqués, piafaban y herían con la pezuña los guijarros del patio las cuatro jacas jerezanas de los señoritos, lustrosa el anca, cuidados los cabos, vivo el ojo, estirada la oreja, espumeante el belfo, prieta la cincha, el rifle en el arzón de la silla vaquera.

Volteaba alegre el esquilón en la espadana del caserío. En la gañanía y sus aledaños, los mozos, con el sombrero de ala ancha echado sobre el entrecejo sombrío y la escopeta entre las piernas, aguardaban sentados en los poyos de piedra y con los caballos arrendados a que se dijese la misa de los señores.

Repantigado en su sillón frailuno, cuando el pasaje de la misa se lo permitía, de pie o con una rodilla en tierra y la noble testa inclinada, cuando el misal lo mandaba, el señor marqués presidía el oficio divino teniendo a su derecha a la tía Conchita y detrás, tiesos como husos, a sus tres hijos varones, José Antonio, Juan Manuel y Rafaelito, tres hombres como tres castillos con sus chaquetillas blancas, sus zahones de cuero, la calzona ceñida, las espuelas de plata, la fusta jugueteando entre las manos cuidadas. El *pae* Frasquito iba y venía a pasitos cortos haciendo sus rituales simulacros delante de una hornacina abierta en el muro del amplio comedor, donde de ordinario se decía la misa de los señores en un altarcito portátil que Oselito, el sacristán, ponía y quitaba todas las mañanas después de haber servido allí mismo el desayuno. Al otro extremo de la vasta pieza oían también la misa el administrador, don Felipe, el aperador Montoya y el manijero Heredia. Por el hueco del torno asomaban la cabeza las mujeres de la cocina, una vieja y dos mocitas ganosas de recoger siquiera fuese de refilón la bendición del *pae* Frasquito. Una gran espiral de humo azul, atravesada por un rayo de sol muy tendido, perfumaba el tibio ambiente con el olor de la alhucema fresca que Oselito quemaba en el incensario. En la misa de los señores se quemaba alhucema y no incienso porque al señor marqués le molestaba el olor del incienso y el *pae* Frasquito no era demasiado intransigente en estas menudencias litúrgicas.

Con los últimos amenes y persignados se fueron a fregar las mujeres, se quitó el «traje de luces» el cura, blandió Oselito el apagavelas y el señor marqués y sus tres hijos se calaron los anchos sombreros cordobeses, sujetándoselos con los barboquejos, y salieron al patio, donde Currito, el espolique, les esperaba con los caballos. José Antonio, el hijo mayor, le tuvo la silla al padre mientras montaba. A una distancia respetuosa evolucionaban los cuarenta mozos de la mesnada con sus caballos de labor y sus escopetas. Los dos guardas jurados, bandolera y tercerola, se metían entre la tropa de caballistas para darles las últimas instrucciones. El señor marqués, a caballo en el centro del patio, presenciaba cómo se organizaba y ponía en marcha su tropilla. Sus hijos le daban escolta mientras el aperador y el manijero, sus lugartenientes, iban y venían resolviendo las dificultades que a última hora se presentaban. Cuando ya todo estuvo dispuesto salieron a despedir a los expedicionarios el *pae* Frasquito y la tía Concha. Detrás de ellos, el coro de las mujeres de la cocina lloriqueaba discretamente.

La tía Conchita, con sus setenta años, era la única mujer de la ilustre familia que quedaba en el cortijo. Las hijas y las nueras del marqués estaban en Biarritz, Cascaes y Gibraltar desde antes de que comenzase la guerra. Pero la tía Concha, que no le tenía miedo a nada ni a nadie, no había querido marcharse.

—¿Qué, *pae* Frasquito, no se atreve usted a ser de la partida?

—Mucho me gustaría ir a la caza de esos bandidos rojos, pero no me atrevo por temor de los hábitos. Luego dicen que los curas somos belicosos y sanguinarios...

—Vamos, *pae* Frasquito, déjese de escrúpulos y véngase con nosotros. Si los rojos le cogen a usted, no van a andarse con muchos miramientos para rebanarle el pescuezo.

Ni corto ni perezoso, el *pae* Frasquito, que lo estaba deseando, pidió una escopeta y una canana que se ciñó sobre la sotana, cambió el bonete por un sombrero cordobés y saltó gallardamente al lomo de un caballejo.

—Conste —dijo— que el *pae* Frasquito no le tiene miedo ni a los rojos ni a los negros.

El marqués, torciendo el busto desde la silla, se encaró

con su gente que ya se ponía en marcha. Hubiese querido pronunciarles una brillante arenga. Temió hacerlo mal y se contentó con un ademán y un grito.

—¡Viva España!—exclamó.

—¡Y la Virgen del Rocío! —añadió el cura.

Contestaron los caballistas tremolando los sombreros y la tropilla se puso en marcha. Delante, en descubierta, iban los dos guardas jurados seguidos por los tres hijos del marqués con el aperador y el manijero. Luego marchaba el marqués llevando a un lado al cura y al otro al administrador, y tras ellos, a pie, Currito, el espolique, y Oselito, el sacristán. Venía después la masa compacta de los caballistas, todos ellos asalariados del marqués, vaqueros, yegüerizos, pastores, gente del campo nacida y criada a la sombra del cortijo y del marquesado.

El marqués, el cura y el administrador conversaban:

—El general Queipo —decía el marqués— me llamó para decirme que si le ayudábamos estaba dispuesto a dejar limpia de bandidos rojos la campiña del condado. Ayer tarde salió de Sevilla un centenar de moros y otro de legionarios que con media docena de ametralladoras van a ir barriendo por la carretera general hasta la provincia de Huelva. Yo me he comprometido a ir con mi gente limpiando estos contornos hasta reunirnos con ellos.

—De Sevilla ha salido también el Algabeño con su tropa de caballistas, en la que van los mejores jinetes de la aristocracia sevillana y los hombres de su cuadrilla, sus banderilleros y picadores, tan valientes como él y capaces de lidiar lo mismo una corrida de Miura que un ayuntamiento del Frente Popular.

—Detrás de los moros y los legionarios deben de haber

salido de Sevilla esta mañana tres camiones con cuarenta o cincuenta muchachos de la Falange. Vamos a darles a los rojos una batida que no va a quedar uno en todo el condado.

No parecía que hubiese muchos rojos en el paraje que iba cruzando la tropa de caballistas. Por los caminos desiertos apenas se veía algún viejo o alguna mujer que tan pronto como les divisaban levantaban el brazo saludándoles a la romana.

—Estos perros —decía el administrador— son los mismos que antes nos metían el puño por las narices, los que robaban el ganado del señor marqués o lo desjarretaban cuando no podían otra cosa y los que a toda hora nos amenazaban con degollarnos.

—El pueblo —replicó el marqués— siempre es cobarde y cruel. Se le da el pie y se toma la mano. Pero se le pega fuerte y se humilla. Desde que el mundo es mundo los pueblos se han gobernado así, con el palo. De esto es de lo que no han querido enterarse esos idiotas de la República.

Y como no tenía nada más que decir, se calló. Las nubes blancas y redondas caminaban por el azul al mismo paso lento de la cabalgata. La campiña desierta, sin un árbol, sin una casa, sin una loma, patentizaba la esfericidad de la Tierra. A la cabeza del cortejo, los tres hijos del marqués charlaban con el aperador y el manijero.

—¿Qué gente tenemos enfrente? —preguntaba Rafael, el benjamín de la familia, un muchacho simpático y alegre al que tuteaban todos los viejos servidores de la casa.

—Poca, Rafaelito. Si no ha venido gente de las minas de Riotinto, los campesinos de estos contornos que se han ido con los rojos son pocos. Eso sí: los mejores.

—¿Cómo los mejores? —preguntó con mal talante el mayorazgo.

—Hombre, los mejores para la pelea, quiero decir; los más rebeldes, los que son más capaces de jugarse la vida.

—También nosotros tenemos gente brava. Ahí vienen el Picao, el Sordito y el Lunanco.

—Psé, guapos de taberna. Pídale usted a Dios, señorito, que las cosas vayan bien y los rojos no acierten a darle al señor marqués o a uno de ustedes; ellos, los rojos, tienen su idea y por ella se hacen matar; los nuestros, no; van a donde el señor marqués les manda. ¡Que él no nos falte!

—¿Quién manda a los rojos? —preguntó Rafael.

—A ésos no los manda nadie. Estaba con ellos el Maestrito de Carmona, aquel muchacho comunista...

—¿Julián?

—Amigo tuyo creo que fue.

—Sí; siendo estudiante le conocí.

—Pues entre él y dos o tres obreros mecánicos de Sevilla, de los que venían al campo a conducir los tractores, gobiernan a los gañanes.

—Pensaba bien mi padre cuando no quería que entrasen las máquinas en el campo —replicó José Antonio—. Decía él que antes se arruinaba que meter un hombre vestido de azul en una gañanía. Esos obreritos de la ciudad son los que han envenenado a estas bestias de campesinos.

El ruido de un disparo cortó en seco la charla. Uno de los guardas jurados que iban en vanguardia estaba con la escopeta echada a la cara y ya el otro espoleaba a su caballo para ir a cobrar la pieza. ¿Hombre o alimaña?

Un hombrecillo como una alimaña que se revolcaba y

gemía entre los jarales. José Antonio y Juan Manuel se adelantaron. El tiro de sal del guarda le había dado en la espalda y el cuello, de donde, por la piel reventada, le brotaban unas ampollitas de sangre.

—Le vi cuando estaba acechándonos oculto entre las jaras —explicó el guarda—; le di el alto, y como echó a correr, disparé contra él.

Era un gitanillo negro y enjuto como un abisinio cuyas pupilas, dilatadas por el dolor y el miedo, se fijaban alternativamente en sus dos aprehensores, queriendo adivinar cuál de ellos le daría el golpe de gracia. Le llevaron a rastras al estribo del señor marqués, que echó una mirada dura sobre aquella pobre cosa estremecida y no se dignó dirigirle la palabra.

—Trincarle bien —ordenó—; ya cantará de plano en Sevilla.

Uno de los guardas le maniató a la cola de su caballo y la cabalgata siguió su camino por el sendero polvoriento hacia el caserío de La Concepción, donde, según los confidentes, habían estado aquella misma noche los rojos. Ya a la vista del caserío, los caballistas se desplegaron en semicírculo y, con los rifles y escopetas apoyados en la cadera, se lanzaron al galope. Llegaron hasta los blancos paredones de la finca sin que nadie les hostilizase. En el ancho patio que formaba la casa de los señores, la gañanía, la casa de labor y los tinados, no había un alma. El sol hacía lentamente su camino y unas gallinas picoteaban en un montón de estiércol. Los caballistas, alborozados por su fácil conquista, hacían caracolear a los potros y vitoreaban al señor marqués, al general Franco y a España.

Los hijos del marqués descabalgaron y entraron en la

casona. Nadie. En las grandes cuadras desiertas aparecían despanzurradas las cómodas, arrancadas las puertas de los armarios y violentadas las tapas de los viejos arcones de roble. Cuanto había de valor en la casona había sido robado o destruido. Clavado en la puerta había un papel en el que se leía: «Comité». Dentro, una mesa, papeles, muchos papeles, cajones rotos, casquillos de bala y, en la pared, una bandera rojinegra y unos letreros revolucionarios escritos con mucho odio y con muchas faltas de ortografía. Los señoritos salieron al campo por la puerta trasera de la devastada casona. Por allí habían huido horas antes los rojos. En la corraleta una ternerilla clavada en el suelo con las patas delanteras tronchadas alzaba la testuz al cielo mugiendo tristemente. José Antonio, el mayorazgo, se le acercó y la res volvió hacia él sus grandes ojos cariñosos y estúpidos. La habían desjarretado. Al huir, los rojos habían partido los jarretes a las reses que no tuvieron tiempo o manera de llevarse.

José Antonio, enternecido por el sufrimiento de la pobre bestia, sacó del cinto el cuchillo y, cogiendo a la ternerilla por una de las astas, le dobló la cabeza, le hundió el hierro en el cerviguillo y haciéndola caer descabellada de un solo golpe.

—Para que no sufra, la pobre.

Un ramalazo de furor pasó por sus ojos. Con el hierro todavía en el puño se volvió frenético contra el gitanillo prisionero que seguía maniatado a la cola del caballo.

—¡Canalla! ¡Asesino! —le gritó.

Y la hoja del cuchillo, tinta en la sangre de la bestia, se hundió en la carne del hombre, que al desplomarse quedó con los brazos estirados colgando de la cola del caballo a la que estaba maniatado.

El cura vino corriendo a grandes zancadas y reprochó a José Antonio su arrebato.

—Has hecho mal; debiste avisarme antes. ¿Para qué estoy yo aquí sino para arreglarles los papeles a los que tengáis que mandar de viaje al otro mundo?

Y, medio en serio y medio en broma, se puso a mascullar latines al ladito del gitanillo muerto, que, yacente, tenía el perfil neto de un príncipe de la dinastía sasánida.

El país entero parecía despoblado. Toda la mañana estuvo caminando la mesnada sin encontrar alma viviente que le saliese al paso. A mediodía llegaron los caballistas a las primeras casas de Villatoro. El marqués ordenó que la mitad de su gente descabalgase y, dejando los caballos a buen recaudo, fuese en descubierta dando la vuelta por las afueras del pueblo hasta cercarlo. Los rojos podían haberse hecho fuertes en el interior de las casas.

Al frente de sus hijos, de sus capataces y del resto de su tropa, el propio marqués echó adelante por la calle Real. El paso de los caballeros por la ancha vía fue un desfile solemne y silencioso. Sólo sonaban en el gran silencio del pueblo los cascos ferrados de las caballerías al chocar contra los guijarros de la calzada. Las puertas y las ventanas de las casas estaban cerradas a cal y canto, pero en los tejadillos y terrazas colgaban lacias las sábanas blancas del sometimiento. El marqués y su escolta llegaron a la plaza mayor. Frente al ayuntamiento humeaban aún los renegridos maderos de la techumbre de la iglesia y las tablas de los altares hechas astillas y esparcidas entre el cascote de lo que fueron muros del atrio. El viento se entretenía en pasar las hojas de los libros parroquiales y los grandes misales cuyos bordes habían mordisqueado las llamas.

Parapetados estratégicamente en las esquinas con el rifle o la escopeta entre las manos y dispuestos a repeler cualquier agresión, aguardaron los caballistas a que se les juntaran los que habían salido en descubierta. A nadie encontraron ni unos ni otros. ¿Estaría desierto el pueblo? ¿Les tendrían preparada una emboscada?

Una ventanita angosta del sobrado de una casucha miserable se abrió tímidamente y por ella asomó una cabeza calva con una cara amarilla y una boca sin dientes que gritó: «¡Arriba España!».

—¡Arriba España! —contestaron los caballistas bajando los cañones de las armas.

Aquel hombre salió luego y, haciendo grandes zalemas, fue a abrazarse a una de las rodillas del marqués, que seguía a caballo en el centro de la plaza distribuyendo estratégicamente a sus hombres.

—¡Vivan nuestros salvadores! ¡Vivan los salvadores de España! —gritaba el viejecillo llorando de alegría.

Contó que el pueblo estaba casi desierto. Al principio, cuando los rojos se hicieron los amos, los ricos que tuvieron tiempo se escaparon a Sevilla. A los que no pudieron huir los mataron o se los llevaron presos camino de Riotinto y Extremadura. Él había permanecido oculto en aquella casucha durante muchos días expuesto a que lo fusilasen si le descubrían, pues siempre había sido hombre de derechas. Todos, absolutamente todos los vecinos que quedaron en el pueblo, habían estado al lado del comité revolucionario, unos por debilidad de carácter y otros muy complacidos. Todos habían presenciado impasibles los saqueos y matanzas o habían tomado parte activa en ellos. Eran unos canallas a los que había que fusilar en masa. Ya iría él denunciando las tropelías de cada uno.

—¿Y están aún en el pueblo los responsables?

—Los que estaban más comprometidos se marcharon al amanecer siguiendo al comité revolucionario; se han quedado sólo los que creen que no han dejado rastro de su complicidad con los rojos, pero aquí estoy yo, aquí estoy yo, vivo todavía, para desenmascarar a esos hipócritas. Cada vez que vea con el brazo levantado y la mano extendida a uno de esos que anduvieron con el puño en alto, le haré ahorcar. Sí, señor. Le delataré yo, yo mismo, que no podré vivir tranquilo hasta no verlos colgados a todos.

Y con la crueldad feroz del hombre que ha tenido miedo, un miedo insuperable, más fuerte que él, preguntaba:

—¿Verdad, señor marqués, que los ahorcaremos a todos?

Rafael, que estaba en el corrillo de los que escuchaban al cuitado, tiró de la rienda a su caballo y se apartó entristecido. Miró la calle desierta con las puertas y las ventanas de las casas herméticamente cerradas. ¿Qué pasaría en aquel momento en el interior de aquellas humildes viviendas? ¿Qué pensarían y temerían de ellos? ¿De él mismo? ¿Sería verdad que tendrían que ahorcar a toda aquella gente como quería el viejecillo aterrorizado?

Unos grandes vítores lanzados a coro y un formidable estruendo de cláxones y bocinas venían de una de las entradas del pueblo. Llegaban los camiones que componían la caravana de la Falange Española, salida de Sevilla para tomar parte en la operación de limpiar la campiña del condado. Tremolando sus banderas rojinegras, alzando los fusiles sobre sus cabezas y cantando a voz en grito su himno, los falangistas, arracimados en los camiones, atravesaron el pueblo y llegaron hasta la plaza mayor, donde se apearon y formaron con gran aparato y espectáculo. La centuria dividida en escuadras hizo varias evoluciones a la voz de sus jefes. Los falangistas, irreprochablemente uniformados con sus camisas azules, sus gorrillos cuarteleros, sus correajes y sus pantalones negros, remedaban la tiesura y el automatismo militar con tanto celo, que los propios militares de profesión, al verles evolucionar, sonreían benévolamente. El gusto inédito del pobre hombre civil por el brillante aparato militar había encontrado la ocasión de saciarse. A los militares este remedo no les divertía demasiado.

El jefe de la centuria de la Falange estuvo conversando con el marqués y luego se fue calle abajo acompañado por el viejecillo y seguido de una patrulla de falangistas arma al brazo. El marqués y su gente celebraron consejo sobre la silla de montar. Allí no había nada que hacer. El enemigo había huido. Había que ir a buscarlo. No se conseguía nada aterrorizando a los que estaban encerrados en sus casas mientras las bandas de combatientes armados campasen por su respeto. Había que acosarles y buscarles la cara. Todos los informes señalaban que los rojos en su retirada se concentraban en Manzanar. Allí habría que ir a presentarles batalla cuanto más pronto mejor. Los mayorales salieron para reagrupar a la gente y echarla otra vez al campo.

Los jefes fascistas tenían otra opinión. Antes de seguir avanzando había que limpiar la retaguardia. En Villatoro se podía hacer una buena redada de bandidos rojos con la cooperación de las gentes de derecha del pueblo, que los denunciarían gustosamente. Una simple operación de policía en la que sólo se invertirían unas horas. El marqués replicó desdeñosamente que aquélla no era empresa para él y reiteró a sus mayorales la orden de marcha. Los falangistas decidieron quedarse en el pueblo. Tenían mucho que hacer. Y formando varias patrullas tomaron las entradas y salidas de la villa y se dedicaron a ir casa por casa practicando registros y detenciones. Guiando al jefe de la centuria iba el viejecillo de la ventanita.

Entre tanto, Rafael dejó rienda suelta a su caballo, salió al campo y dando la vuelta por detrás de los corrales de las casas llegó hasta un olivar en el que echó pie a tierra y se sentó en una piedra a fumarse un cigarrillo a solas con sus preocupaciones. Desde aquel lugar veía las blancas casitas del pueblo apiñadas en torno a la torre desmochada y renegrida de la iglesia incendiada. No había penachos de humo en las chimeneas de las casas ni en todo lo que alcanzaba la vista se divisaba un ser humano. ¡Qué soledad! ¡Qué tristeza! Nunca había sentido tan netamente la sensación del vacío.

A sacudir su melancolía vino una escena que ante sus ojos se desarrollaba a lo lejos; una mujer abría cautelosamente la puerta trasera del corral de una casa, oteaba los alrededores y segundos después un hombre salía tras ella, la abrazaba rápidamente y echaba a correr pegado a las bardas de los corrales. Iba el hombre agachándose y llevaba una escopeta en la mano. Rafael requirió el rifle, pero en aquel momento, dos, tres chiquillos, que desde allí se veían menuditos como gorgojos, salían a la puerta del corral y levantando sus bracitos decían adiós al que corría. Éste, sin volver atrás la cabeza, avanzaba rápidamente por el campo raso para ganar cuanto antes la espesura del olivar, donde Rafael, con el rifle echado a la cara, le aguardaba a pie firme. En aquel instante vio que tras la mujer y los chiquillos aparecían cinco o seis falangistas, a los que desde lejos reconoció por la pincelada azul de las camisas. La mujer, al encontrarse con ellos, se tiró a los pies del que parecía ser el jefe, y Rafael quiso adivinar que forcejeaban. Pudo ver cómo el falangista se desasía y, mientras la mujer rodaba por el suelo, se echaba el arma a la cara y disparaba. El silbido de la bala debió de sonar con la misma intensidad en los oídos del hombre que corría y en los de Rafael. Éste, parapetado tras el tronco de un olivo, veía avanzar hacia él al fugitivo, que, atento sólo al peligro que tenía a su espalda, se le echaba encima estúpidamente. Hubo un momento en que pudo matarlo como a un conejo. Acaso su voluntad fue la de apretar el gatillo del rifle. Pero no lo apretó. ¿Por qué? Él mismo no lo supo. Cuando el hombre al pasar junto a él como una exhalación advirtió al fin su presencia, lanzó una maldición, dio un salto gigantesco y, desviándose, corrió con más ansia aún. Rafael le siguió en su huida contemplándole por el punto de mira de su rifle. Ya esta vez no le mató porque no quiso. Y pensando que era así, porque no quería, le perdió de vista.

Los perseguidores avanzaban ya haciendo fuego graneado contra el olivar. Rafael se tiró a tierra tras un grueso tronco y cuando sintió que los falangistas estaban ya cerca les gritó:

—¡Arriba España! No tirar, amigos, que vais a dar a uno de los vuestros.

Le rodearon recelosos apuntándole con los fusiles.

Identificó su personalidad y le reconocieron.

—¿No ha visto usted pasar por aquí a un rojo con armas que huía? —le preguntó el jefe de la centuria que iba al frente de la patrulla.

—No.

—Es raro. Por aquí ha pasado.

—Pues yo no le he visto.

—Es raro, es raro. Tendrá usted que explicarlo.

Rafael se encogió de hombros y dio media vuelta. Él era un señorito. Y por no dejar de serlo se batía.

El viejo marqués y su tropilla no sabían dónde se habían metido. Cada ventana era una boca de fuego para los caballistas. Los rojos, concentrados en Manzanar, les habían dejado llegar confiadamente y cuando les tuvieron en la calle principal del pueblo les cortaron la retirada y desde todas las casas empezó a llover plomo sobre ellos. Se espantaron algunos caballos, cayeron aparatosamente de la silla dos o tres jinetes, y el brillante cortejo se arremolinó en torno a su caudillo, el viejo marqués, provocando una espantosa confusión. Rigiendo con mano firme su caballo encabritado, gritó el marqués:

—¡Adelante! ¡Viva España!

Y rodeado de sus hijos y sus mayorales, que hacían fuego desesperadamente contra los invisibles enemigos, se abrió paso hacia la plaza mayor. Tras él se precipitó el grueso de los caballistas. Cuando desembocaron en la plaza, al galope, los rojos, que apostados en la bocacalle les hacían fuego a mansalva, tuvieron un momento de desconcierto. Esperaban que los caballistas hubiesen retrocedido en vez de avanzar. El no haberlo hecho así les salvó. José Antonio y Juan Manuel, blandiendo los rifles como mazas, se echaron sobre los tiradores rojos y los dispersaron momentáneamente. Aquellos instantes los aprovecharon los caballistas para refugiarse primero en los soportales de la plaza, tirarse de los caballos y entrarse luego en tromba por el caserón del ayuntamiento adelante arrollando a los que quisieron oponerles resistencia. Bajo un fuego mortífero los caballistas fueron llegando hasta allí y parapetándose. Los que se rezagaron cayeron cuando intentaron atravesar la plaza, batida desde las cuatro esquinas por un fuego terrible de fusilería. Los caballos abandonados corrían por la plaza de un lado para otro bajo un diluvio de balas que, uno tras otro, los fueron abatiendo. Las bestias heridas y chorreando sangre emprendían furiosas galopadas alrededor de la plaza buscando inútilmente una salida. Uno de los caballistas que yacía herido en el suelo fue espantosamente pisoteado. Otro, que salió insensatamente a salvar a su caballo, cayó abrazado al cuello de la bestia; la misma bala los había matado a los dos. Cuando no quedó un ser vivo en el ámbito de la plaza y los caballistas que se habían salvado estuvieron atrincherados y en condiciones de impedir momentáneamente cualquier intento de asalto a la casa del ayuntamiento, vieron que del bizarro escuadrón sólo quedaban dos decenas de hombres válidos y ocho o diez heridos. Los demás habían muerto o andaban huidos por el campo. Refugiadas en los sótanos del caserón, encontraron los fugitivos a cinco o seis mujeres y ocho o diez chiquillos que se encontraban dentro al hacer su irrupción los caballistas y que quedaron en rehenes al ser arrollados y expulsados los rojos. Éstos seguían disparando, pero ya los hombres del marqués estaban a cubierto. La casa del ayuntamiento era sólida, estaba aislada y podía intentarse la resistencia durante algunas horas. Se improvisaron parapetos y troneras, se distribuyeron estratégicamente los hombres y se pudo hacer frente a la situación con cierta esperanza. Si podían resistir dos o tres horas, darían tiempo a que llegasen los moros y el Tercio, que los salvarían.

Los rojos, que seguramente lo comprendían así, arreciaban en el ataque. Pronto advirtieron los caballistas que un asalto en toda regla a su improvisado reducto se estaba preparando. Hubo unos minutos de aterradora calma. Aquella pausa sirvió para que los rojos hiciesen a los sitiados una intimación formal a que se rindiesen. El señorito Rafael oyó que le llamaban por su nombre desde el interior de una casa inmediata a la del ayuntamiento. Pegado al muro junto a una ventana convertida en aspillera, contestó:

—Aquí está Rafael. ¿Quién le llama?

—Soy yo, Julián el Maestrito, quien le habla —replicaron del otro lado.

—¿Qué quieres?

—Que convenzas a tu gente de que debe rendirse.

—¿Te has olvidado de quién soy yo y de cuál es mi casta? ¿No me llamaste siempre «el señorito»? Un señorito no se rinde.

—¡Cochinos señoritos! Ya podéis rendiros si no queréis morir todos como perros. Se han acabado los señoritos.

—Antes os rendiréis vosotros, cobardes. No tardarán dos horas en venir en nuestro auxilio las tropas de Sevilla. Huid pronto si no queréis que os machaquen.

—En dos horas nuestros dinamiteros volarán la casa con todos vosotros dentro.

—Volarán también las mujeres y los niños que hemos cogido aquí.

—Pegaremos fuego al edificio y cuando salgáis huyendo de la quema os cazaremos a tiros.

—Llevaremos por delante a vuestras mujeres y a vuestros hijos para que nos sirvan de parapetos.

Hubo un momento de terrible silencio. Los dos hombres sintieron miedo de sus propias palabras.

—Tú no harás eso, Rafael. No tienes corazón para hacer esa infamia —dijo al cabo de un rato el Maestrito.

—Ni tú volarás la casa con dinamita, Julián —afirmó Rafael.

—¿Todo está dicho entonces?

—Todo está dicho.

La gente, de un lado y de otro, se impacientaba. Los rojos emprendieron de nuevo el fuego de fusilería contra los sitiados; éstos, bajo el diluvio de las balas que entraban en la casa por todos los huecos, se defendían mal; no tenían ni hombres ni municiones para cubrir todos los puntos vulnerables.

—Donde no se pueda poner un escopetero se coloca bien visible a una de esas mujeres que hemos cogido y ya veremos si siguen tirando —propuso el Lunanco, viejo jaque campero de piel y corazón curtidos.

—¡Eso no! —replicó Rafael.

—¿Por qué no? —le interpeló con mal ceño su hermano Juan Manuel.

—Porque a mí no me da la gana —respondió Rafael—. Primero abro las puertas a esa canalla roja para que nos degüelle.

—Y yo, como lo intentes siquiera, te descerrajo un tiro.

Los dos hermanos, agazapados cada cual en su tronera bajo el plomo enemigo, se miraron con odio.

Afuera se reñía también una dura batalla. Los mineros de Riotinto preparaban la voladura del edificio metiendo los cartuchos de dinamita bajo los sillares de piedra de los cimientos. El Maestrito se oponía.

—¿Crees que nos los vamos a dejar vivos? —le interpeló uno de aquellos hombres vestidos de azul y con una gran estrella roja de cinco puntas sobre el pecho, uno de aquellos obreritos de la ciudad que en opinión del marqués eran los culpables de la rebelión de los campesinos.

—Están dentro las mujeres y los niños —arguyó Julián.

—Aunque estuviera dentro mi madre. ¡Adelante, muchachos!

Crecían la violencia del ataque y la desesperación de la defensa. Puertas y ventanas acribilladas por los trabucazos saltaban hechas astillas; los cartuchos de dinamita que explotaban en el tejado echaban grandes masas de tierra, leños y cascotes sobre los sitiados; una botella de líquido inflamable había prendido en las maderas de una ventana y las llamas empezaban a invadir el reducto.

Hubo al fin un momento en el que amainó el tiroteo. Sólo algún que otro cartucho de dinamita tirado desde lejos venía a hostilizar. ¿Qué pasaba? ¿Habían minado ya el edificio y los sitiadores se retiraban aguardando de un momento a otro la voladura? Era preciso aprovechar los instantes para hacer una salida desesperada antes de que sobreviniera la explosión.

Ya se disponían a salir cuando Rafael preguntó:

—¿Y las mujeres y los niños?

—Ya se pondrán a salvo cuando vean que nos hemos ido; y si no salen a tiempo, ¿qué más da? ¿Es que sus hombres nos van a dejar que lleguemos con vida al otro extremo de la plaza?

—Nuestro deber es prevenirlas y que se salven si pueden —insistió Rafael.

—Yo iré —dijo el Lunanco, guiñando el ojo al señorito Juan Manuel.

Y, apresurándose, bajó al sótano, amenazó a las mujeres con un ademán para que no chistasen, cerró la puerta dejándolas encerradas bajo llave y se incorporó a sus compañeros.

—Ya está. Vamos ahora a que nos maten esos canallas.

Cuando la gente del marqués salió a la plaza creyendo que antes de pisar el umbral del edificio iba a ser ametrallada implacablemente, se maravilló de ver que sólo saludaban su presencia unos tiros sueltos y mal dirigidos que no les hicieron ninguna baja. El grupo atravesó la plaza a paso de carga bajo el mismo tiroteo espaciado e ineficaz. Indudablemente los sitiadores no pasaban de media docena. ¿Adónde se habían ido los centenares de hombres que una hora antes les acribillaban?

Apenas avanzaron un poco por la calle principal se dieron cuenta los fugitivos de lo que ocurría. Por la parte de la carretera sonaban distantes las descargas continuas de la fusilería. Se luchaba en las afueras del pueblo. Era indudable que habían llegado las fuerzas del Tercio y de Regulares que enviaba Queipo. Estaban salvados.

Cautamente fueron aproximándose hacia el lugar de la lucha. El tableteo de las ametralladoras les indicaba la posición que ocupaban las tropas. Entre ellas y los restos del escuadrón de caballistas estaban los rojos atrincherados en las últimas casas del pueblo y en los accidentes del terreno que les favorecían. Había que atacarles por la espalda antes de que reaccionasen contra ellos al advertir que habían roto el débil cerco que les dejaron puesto. En aquel instante, destacándose del estruendo de las explosiones, llegó hasta los caballistas un confuso rumor de lejana algarabía. Unos gritos inarticulados que recordaban al aullido de las fieras dominaban todos los ruidos del combate. Aquella marea creciente de rugidos amenazadores era inconfundible. Los moros se lanzaban a la lucha cuerpo a cuerpo para desalojar a los rojos de sus posiciones.

Era el instante crítico. Los hombres del marqués atacaron simultáneamente y se produjo una confusión espantosa. La batalla tomó en aquel punto ese ritmo de vértigo que hace imposible al combatiente advertir nada de lo que ocurre a su alrededor. Las batallas no se ven. Se describen luego gracias a la imaginación y deduciéndolas de su resultado. Se lucha ciegamente, obedeciendo a un impulso biológico que lleva a los hombres a matar y a un delirio de la mente que les arrastra a morir. En plena batalla, no hay cobardes ni valientes. Vencen, una vez esquivado el azar, los que saben sacar mejor provecho de su energía vital, los que están mejor armados para la lucha, los que han hecho de la guerra un ejercicio cotidiano y un medio de vida.

Vencieron, naturalmente, los guerreros marroquíes, los aventureros de la Legión, los señoritos cazadores y caballistas. El heroísmo y la desesperación no sirvieron a los gañanes rebeldes más que para hacerse matar concienzudamente. Una hora después los moros sacaban ensartados en la punta de sus bayonetas a los que aún resistían en sus parapetos y cazaban como a conejos a los que por instinto de conservación buscaban un escondite.

Las tropas victoriosas entraban *razziando* por las calles del pueblo. Tras ellas venían la centuria de la Falange y la tropa de caballistas que acaudillaba el famoso torero el Algabeño. La lucha había sido dura y el castigo tenía que ser ejemplar. Las patrullas de falangistas entraban en las casas y se llevaban a los hombres que encontraban en ellas. A los que se cogía con las armas en la mano se les fusilaba en el acto. Un sargento moro de estatura gigantesca que iba abrazado a un fusil ametrallador, a una simple señal de sus jefes regaba de plomo a los prisioneros que le llevaban, pespunteándolos de arriba abajo con el simple ademán de abatir el cañón del arma.

Se fusilaba en el acto a todo el que ofrecía la sospecha de que había disparado contra las tropas. La comprobación era rapidísima. Se le cogía por el cuello de la camisa y se le desgarraba el lienzo de un tirón hasta dejarle el hombro derecho al descubierto. Si se advertía en la piel la mancha amoratada de los culatazos que da el fusil al ser disparado, pasaba en el acto a la terrible jurisdicción del sargento moro.

Y así iba cumpliéndose por casas, calles y plazas la horrenda justicia de la guerra.

Rafael, apartándose de los suyos, volvía de la batalla con una amargura y una tristeza inefables. Las sombras de la noche, que apagando los ramalazos sangrientos del ocaso caían sobre el pueblo, se volcaban también sobre su corazón.

Al doblar la esquina de una calleja solitaria vio el bulto de un hombre que corría hacia donde él estaba y que al verle retrocedía precipitadamente y se parapetaba en el quicio de un portal. Creyó reconocerlo.

—¡Julián!

El fugitivo no respondió.

—¡Julián! —repitió Rafael.

—Déjame paso o te mato —dijo al fin la voz dura del Maestrito.

—Vete —replicó Rafael apartándose—. No creerás que soy capaz de delatarte.

—¡Sois capaces de todo! ¡Asesinos!

Echó a correr el Maestrito y al pasar junto a Rafael le escupió de nuevo.

—¡Asesinos!

Aún no había doblado la esquina cuando se le echó encima una patrulla. Sonaron como palmadas unos tiros de pistola. Las sombras permitieron a Rafael darse cuenta de que los de la patrulla acorralaban al Maestrito y que en pocos segundos caían sobre él y le agarrotaban.

«Ahora le matarán», pensó acongojado.

Pero no. A quien querían matar era a él. Le habían visto ocultándose en el fondo de la calleja y, suponiéndole rojo también y en connivencia con el fugitivo que acababan de capturar, le hicieron una descarga intimándole a que se rindiese.

—¡Soy de los vuestros! —gritó.

Se le acercaron cautelosamente. Esta vez no le valió su

nombre. Junto con el Maestrito se lo llevaron detenido y le hicieron comparecer ante el jefe de la centuria de la Falange, al que no supo explicar satisfactoriamente su presencia en aquella calleja solitaria junto a uno de los más caracterizados cabecillas marxistas, sobre todo después del primer encuentro que por la mañana había tenido con los falangistas en circunstancias análogamente sospechosas.

Y a Sevilla se lo llevaron preso junto con el Maestrito y con los rojos que por azar o por conveniencia de información no habían sido fusilados.

La cárcel que los fascistas de Sevilla habían improvisado en un viejo *music-hall* popular, el pintoresco Salón Variedades de la calle de Trajano, no se parecía en nada a una cárcel. La campaña de represión que las tropas, los requetés y la Falange hacían por los pueblos de la provincia volcaba diariamente sobre la capital una enorme masa de detenidos que tenían que ser alojados en los lugares más inverosímiles, y los grandes salones de baile del Variedades, poblados por una humanidad abigarrada de campesinos, obreros, señoritos rojos —que también los había—, viejos caciques de los pueblos que para su mal habían jugado a última hora la carta del Frente Popular, profesores azañistas, intrigantes, agitadores y periodistas republicanos, ofrecían un aspecto desconcertante y caótico.

Durante el día, la cárcel del Variedades era el lugar más pintoresco del mundo. El buen aire, la compostura y el gracejo de los andaluces excluían toda sensación de tragedia. Una verdadera nube de vendedores ambulantes de chucherías acudía a las puertas de la prisión; los camaroneros con la cesta al brazo voceaban su mercancía por las galerías; en un rincón canturreaba fandangos un limpiabotas comunista; un alcalde de pueblo que había sido primero de la dictadura y luego de Martínez Barrio contaba cuentos verdes y, en un corrillo, un empleadillo afeminado y chismoso ridiculizaba a los jefes fascistas de Sevilla relatando episodios escabrosos de sus vidas con tal agudeza y tan mala intención que sólo por ellas estaba en la cárcel. Un jorobadito al que los rojos habían matado dos hermanos iba y venía en funciones de cancerbero y, aunque estaba allí y había solicitado aquel puesto movido por un odio y un anhelo de venganza feroces, tenía buen cuidado de no hacer nunca un ademán o un gesto que traicionasen su oculta e inextinguible saña. Los fascistas, con esa manía reformadora de las costumbres que ataca a todos los partidarios de las dictaduras, querían imponer a los presos una disciplina aparatosa de origen germánico, a base de duchas, gimnasia sueca y tiesura militar. Pero se aburrían pronto al tropezar con la resistencia pasiva e inteligente de los presos y, a fin de cuentas, les dejaban hacer lo que querían. Canturrear, murmurar por los rincones y mordisquear camarones o patas de cangrejo. Lo que por naturaleza ha hecho siempre el hombre andaluz caído en cautividad o desgracia.

Al anochecer, todas aquellas sugestiones pintorescas se borraban como por ensalmo, y aquellas gentes que durante las horas de sol se mostraban frívolas e indiferentes a su destino se replegaban sobre sí mismas y, acurrucadas junto a los petates, contaban angustiosamente las horas que faltaban para que amaneciese. El conticinio era el quiebro trágico de la jornada. A esa hora el jorobadito recorría las galerías y llamaba por sus nombres a los presos que figuraban en una lista que llevaba en la mano. En la calle gruñían ya los motores de unos camiones. A uno de ellos eran conducidos los presos a quienes el jorobadito requería. No eran frecuentes las rebeldías ni los aparatosos derrumbamientos. Los hombres se dejaban llevar como el ganado. Alguna vez, a lo sumo, se esbozaba un gran ademán trágico que se frustraba en el congelado terror del ambiente.

—¡Salud, camaradas! ¡Viva la revolución social! —gritaba el que se iba.

Nadie le contestaba y el presito doblaba la cabeza y se dejaba conducir mansamente. El camión en que metían a los presos partía en dirección a la Alameda; tras él iba otro con una sección de Regulares y, cerrando la marcha, un tercero cargado de falangistas.

Cuando amanecía, todo había pasado.

—Julián Sánchez Rivera, de Carmona —leyó el jorobadito.

—Presente —contestó con voz firme y lúgubre el reclamado.

Se puso en pie y antes de echar a andar lanzó una mirada lenta y triste a su alrededor. Acurrucados junto a la pared con los codos en las rodillas y la cabeza entre las palmas de las manos había quince o veinte presos que permanecieron inmóviles. Sólo un hombre que estaba tumbado en un camastro se irguió y fue con los brazos abiertos en su busca.

Se abrazaron silenciosos. Pecho contra pecho, sintieron cómo latían a compás sus corazones. Fue un instante no más. Para ambos valió más que la propia vida entera.

—Adiós, Julián.

—Salud, Rafael.

El auto que conducía Rafael dejaba atrás los pueblecitos soleados de Sevilla y Cádiz. Sin detenerse llegó a la frontera. Mostró el viajero a los *policemen* su documentación en regla y pasó. Fue directamente al hotel Rock, situado en una de las laderas del Peñón. Abrió de par en par la ventana del cuarto que le destinaron. Al otro lado de la bahía empezaban a parpadear las lucecitas de Algeciras, anticipándose al crepúsculo. Detrás, un fondo rojo que luego se hacía cárdeno y finalmente negro había ido borrando el contorno de la tierra de España. Ya no se veía nada. Sólo era perceptible en primer término la silueta afilada de los acorazados británicos anclados en la bahía.

Ya tarde, bajó al *hall* del hotel. Unas inglesas silenciosas hacían labor de ganchillo; un viejo magistrado británico correctamente ebrio meditaba sus justicias hundido en un butacón; una norteamericana bonita mostraba las piernas; una dama respetable se dormía con perfecta respetabilidad, y media docena de ingleses no hacían nada, absolutamente nada. Es decir, vivían.

Al cruzar el *hall* advirtió que le miraban; tuvo la sensación de que llevaba un estigma en la frente y de que el ser español pesaba como un agravio. Haciendo acopio de fuerzas soportó sin derrumbarse el peso terrible que sentía caer sobre sus hombros. Cargó con todo. ¡Con todo!

Y aún tuvo alma para levantar la cabeza y seguir adelante...

Y a lo lejos, una lucecita

La calle era una sima honda, larga y negra. Una hendedura en la corteza de un astro muerto. Por su fondo se arrastraba, como único indicio de vida, un gusanito de luz, un auto, que con los haces luminosos de sus faros barría los zócalos de las altas fachadas, moles difícilmente perceptibles, en las que pintaba al relumbrón fantásticas suntuosidades arquitectónicas insospechables en aquella negra cortadura. Todo lo que hay de inhumano y monstruoso en la gran ciudad se veía ahora cuando no había luz, y la calle en sombras y sin vida era como una grieta de indiscutible naturaleza sísmica.

En aquella desolada profundidad alguien estaba vivo todavía. El miliciano Pedro se arrancó del sueño y de la jamba que le servía de parapeto, corrió el cerrojo del máuser y, plantado en el centro de la calle, con las piernas abiertas y el arma terciada, guiñó el ojo de su linterna eléctrica al auto que venía. Acalló éste su resuello y cerró las pupilas indiscretas. La voz dura del miliciano rodó por el ámbito de la noche.

—¡Alto! ¡Alto...!

Chirriaron los frenos.

—La consigna... ¡Venga!

—«Pero la vil canalla...

—... perecerá a nuestras manos.»

—Salud, camarada.

—Salud.

Siguió el auto su camino descubriendo resquicios de ciudad en aquel hondón tenebroso hasta que se lo tragó la distancia. El miliciano Pedro, arrastrando la culata del fusil por el adoquinado, volvió a su portal y a su somnolencia. De la guerra y de la revolución —pensaba— lo peor es el sueño que se tiene siempre. ¡Si se pudiera dormir! La guerra y la revolución serían menos duras y menos crueles si los hombres que las hacen hubieran dormido bien, a gusto, en una cama blanda y grande en la que fuese posible estirar las piernas entre unas sábanas frescas. Cuando se tienen los ojos como si fuesen de cristal y los párpados pesan como el plomo, cuando se siente en la espalda curvada por la fatiga una punzada sutil, no cabe andarse con contemplaciones. Había que ganar la guerra aunque no fuese más que para poder dormir. Luego haríamos todo lo demás. Pero hay que hacerlo todo ahora, sin quitarse nunca el correaje, sin dormir, sin pararse a pensar lo que se hace. ¡Tantas cosas hay que hacer!

La jornada ha sido dura. Entre ayer y hoy —¿cuándo fue ayer y cuándo es hoy?— ha sido preciso que los hombres de confianza se dedicasen a transportar precipitadamente todas las reservas de proyectiles y explosivos que el ejército del pueblo tenía en Madrid. Unos oficiales de aviación que hasta entonces habían permanecido leales levantaron el vuelo y se pasaron a los rebeldes. Como los traidores conocían los depósitos de municiones, se temía que antes de que transcurriesen muchas horas viniesen los trimotores italianos y alemanes a bombardearlos, y había sido necesario buscar nuevos e ignorados lugares donde almacenarlos. El mando había encontrado un lugar inmejorable: los sótanos del antiguo Teatro Real, situados a veinte metros de profundidad. Pero las bombas de ciento cincuenta kilos se abren camino siempre, y en evitación de riesgos se había procurado instalar el nuevo depósito con el mayor secreto. Sólo los hombres de absoluta confianza, los militares mejor probados, habían intervenido en el traslado. El miliciano Pedro estaba desriñonado de cargar con las cajas de municiones, pero, una vez terminada la faena, había acudido como siempre a prestar guardia nocturna en las calles del barrio aristocrático plagado de espías y contrarrevolucionarios a los que había que vigilar noche y día. Estaba rendido, pero le sostenía el orgullo de haber prestado un servicio de confianza a la causa. Ya los oficiales de aviación quc habían traicionado al pueblo no sabrían dónde ocultaba éste sus reservas de explosivos. Otros camaradas se habían encargado, además, de que no hubiese más oficiales de aviación traidores. Se podía, pues, esperar la llegada del nuevo día dando cabezadas en el quicio de aquel portal sin temor a una catástrofe inminente.

En la noche inmensa, la amplia calle del aristocrático barrio de Salamanca, que el miliciano Pedro vigilaba desde su escondite, permanecía silenciosa y oscura. Sólo allá en lo alto clareaba un poco el cielo al resplandor de las estrellas. Pedro, adormecido, estuvo contemplándolas con la mirada perdida en el infinito. Había una, más grande y más próxima, que parpadeaba como si estuviese jugueteando. ¿Qué estrella sería aquélla? No se parecía a las demás. Más roja y más brillante que las otras, lanzaba su lucecita con extrañas intermitencias. ¿Era una estrella o una luz de señales? Perforó Pedro la noche con sus ojos y se convenció de que aquella lucecita, manejada por algún espía, estaba transmitiendo señales. Su primer impulso fue el de todo miliciano: echarse el fusil a la cara y disparar. El latigazo del máuser hendió las sombras y la lucecita se extinguió.

—Soy un idiota —gruñó Pedro, arrepentido—; he debido acechar y cazarlo.

Pero la lucecita no volvió a brillar. Una hora más tarde el relevo sacaba a Pedro de su escondite. Antes de retirarse advirtió al camarada que le sustituía:

—Alguien anda por allá arriba haciendo señales con una lucecita. No lo espantes. A ver si conseguimos cazarlo.

Muerto de sueño volvió Pedro al cuartelillo para cenar y echarse a dormir hasta el alba. Ocupaba el cuartelillo la planta baja de un soberbio palacio en el que, bajo el control de la Federación Anarquista Ibérica (FAI), se había instalado un ateneo libertario con sus cocinas populares y su cuerpo de guardia, que, no se sabe por qué, son las piezas fundamentales en todo ateneo anarquista. Los vastos salones del palacio, cubiertos de ricos tapices, servían ahora de albergue a una oscura masa de familias aldeanas fugitivas de los pueblos invadidos por las tropas rebeldes. Sobre las gruesas alfombras de nudo habían colocado sus sucios petates, sus cacharros de cocina, sus enjalmas y aperos, y allí hacían su vida disparatada de tribu trashumante acampada después de atravesar el desierto de la guerra en un fantástico oasis de las mil y una noches en el que había arañas monumentales, viejos relojes de bronce y doradas cornucopias, pero no había un rinconcito donde encender un buen fuego de retamas o un braserillo, ni un regato donde lavar la ropa, ni un prado donde los niños triscasen a su albedrío. Estupefactas, sin atreverse a nada, con el pañuelo negro sobre la cabeza y los brazos sarmentosos cruzados sobre el vientre, aquellas mujerucas aldeanas se pasaban las horas muertas plantadas en medio de los salones mientras los niños lloriqueaban y se orinaban en las alfombras con gran envidia de sus madres, que de buena gana lo harían también si se atreviesen. Los milicianos anarquistas que las habían llevado a aquel palacio cumpliendo así un acto típicamente revolucionario, las arreaban de un lado para otro con malos modales y empezaban a pensar que aquellas mujeres estarían mejor y más a su gusto en el patio de una posada que en el salón de un palacio. Pero la revolución tiene sus inevitables puerilidades.

El miliciano Pedro atravesó por entre aquellas gentes atónitas y fue a tumbarse en un butacón del cuerpo de guardia, un amplio salón en el que había ocho o diez colchonetas y algunos divanes para que los milicianos descansasen cuando no estaban de centinela y, en el centro, una gran mesa de roble sobre la cual un potente aparato de radio hacía sonar entre tempestuosos ruidos el *Horst Wessel* y después el *Deutschland, Deutschland über alles.*

—Eso es Sevilla —aseguró un miliciano, que, sin saber a ciencia cierta qué himnos eran aquéllos, conocía ya la música habitual de las fanfarrias sevillanas.

—Quítalo; no tengo hoy humor de oír a ese tío.

—Déjalo que se desahogue; siempre es divertido oírle.

«Buenas noches, señores», decía ya por el micrófono la voz cascada del general-*speaker* con su pintoresco tonillo de jaque. Mientras los milicianos se descolgaban las pesadas cartucheras, se arrebujaban en las mantas y se quedaban adormilados con el cigarrillo pegado a los labios, el general rebelde iba volcando, como todas las noches, sus retahílas de injurias. «La canalla marxista...» «Esos hijos de la Pasionaria...» «Esos bandidos rojos...»

Los milicianos lo oían ya como quien oye llover. Jiménez, el «responsable» del grupo, un muchachito pálido y delgado, con ojos de loco disimulados tras unos gruesos cristales, había salido de un despachito contiguo y escuchaba al pintoresco general yendo de un lado a otro de la pieza con las manos en los bolsillos del pantalón y una sonrisa congelada en los labios delgados de tuberculoso.

«... esos idiotas —gritaba el general por el altavoz— no saben que entraremos en Madrid cuando nos dé la gana. ¡Cuando nos dé la gana, ea!»

—¡Que te crees tú eso! —apostillaba uno.

«... porque los días de la resistencia están contados y entonces esos granujas las pagarán todas juntas...»

—Ven aquí, que vas a cobrar —gruñía otro desde un rincón.

«... Sabemos que los rojos cuentan ya con pocos recursos para la defensa de Madrid. Y para que se vea que lo sabemos todo: hemos comprobado que ayer estuvieron trasladando las pocas municiones de que disponen...»

Jiménez, el camarada responsable, se quedó instantáneamente clavado en el centro de la pieza. Pedro se incorporó de un salto. Los demás milicianos se miraron unos a otros estupefactos.

«... Sí, señor; han metido las municiones en los sótanos del Teatro Real con mucho sigilo. Pero aquí se sabe todo. ¡Ja, ja, ja!»

El aparato de radio rodó por tierra de un manotazo.

—Estamos cercados de traidores —chilló el responsable.

—Nos asesinarán impunemente.

Pedro, atónito, miró receloso a sus camaradas.

¿Quiénes serían los traidores? Recordó entonces la extraña lucecita que había descubierto mientras estuvo de guardia. Se incorporó de un salto y cogiendo de un brazo al responsable se lo llevó a un rincón y estuvo cuchicheando con él.

—No debiste espantarle con el disparo.

—Tienes razón. Vamos a ver si le cazamos. Aquella lucecita estaba transmitiendo señales, estoy seguro.

Salieron a la calle. El miliciano que estaba de guardia en el portal se había dormido. Allá a lo lejos, muy alta y muy pequeñita, una luz rojiza seguía haciendo sus guiños a la noche. Procuraron orientarse y localizarla. Fue un trabajo penoso. El que la manejaba debía de hallarse colocado en un lugar desde el que sólo se hacía visible en un estrecho sector. Pedro y Jiménez subieron a los tejados de varias casas infructuosamente, hasta que al fin se asomaron a una buhardilla desde la que descubrieron una terracita próxima en la que indudablemente estaba el que manejaba la luz. Debía de ser una linterna eléctrica, y sus golpes de luz eran análogos a los del sistema Morse.

Atravesaron la calle y entraron en la casa del espía. El portero, atemorizado, les informó de la vecindad. Únicamente ofrecía sospechas el inquilino del entresuelo. Llamaron. Una viejecilla temblorosa les abrió. El dueño no estaba en casa.

—¿Dónde está?

—No lo sé.

—¿No estará en la terraza?

Se inmutó la vieja.

—¿Quién es el dueño del cuarto?

—Un ingeniero.

—¿Militar?

—... Sí, creo que sí.

—¿Graduación?

—Comandante.

—Basta.

El camarada responsable y Pedro subieron sigilosamente a la terraza con las pistolas en la mano. Empujaron suavemente la puerta y miraron. Un hombre agazapado tras la balaustrada de la terraza maniobraba con una linterna eléctrica por entre el hueco de los barrotes. Estaba tan abstraído en su tarea que no advirtió la presencia de los intrusos. Pedro llegó hasta él de puntillas, le puso el cañón de la pistola en el costado y le ordenó secamente:

—Sigue...

El hombre aquel dio un salto y tiró la linterna para sacar del bolsillo una pistola. Jiménez, al acecho, se había adelantado y con una fuerza insospechable en él le atenazaba el brazo. Pedro esgrimió su pistola cogiéndola por el cañón y golpeó con la culata la cara del espía. Reducido éste a la impotencia, Jiménez recogió del suelo la linterna, se la puso en la mano y le conminó de nuevo:

—Sigue o te mato.

El hombre vacilaba. Cuando vio que Pedro le arrancaba de la balaustrada, le colocaba de cara a la pared y le apoyaba el cañón de la pistola en la nuca hizo ademán de resignarse. Se acercó de nuevo al rincón estratégico e hizo funcionar como antes su linterna eléctrica.

Cuando llevaba hechas algunas señales, Jiménez ordenó:

—Basta.

Los tres hombres aguardaron anhelantes. No tardó en descubrirse a lo lejos el brillo intermitente de otra lucecita.

—¡Ya está! —gritó, lleno de júbilo, el camarada responsable.

Procuró localizar desde allí al segundo espía, pero debía de estar lejos y era difícil. La operación de provocar las señales luminosas del otro espía para fijar su emplazamiento se repitió dos o tres veces más, hasta que Jiménez creyó estar seguro del lugar preciso desde donde contestaba.

—Es el otro lado de la Castellana; me parece que en una torrecita que hay junto a Santa Bárbara. Voy al cuartelillo para que unos cuantos hombres de confianza me acompañen. Tú te quedas aquí y obligarás a éste a que siga haciendo señales, pero ten cuidado para que no pueda advertir al otro del peligro. Cuando yo haya cazado al de allá daré con la linterna ocho golpes seguidos de arriba abajo. ¿Entendido?

Sin perder de vista al prisionero, que Pedro seguía teniendo acorralado, Jiménez se acercó al miliciano y todavía le susurró algo al oído.

—Luego —agregó en voz alta— vendrán los camaradas a buscarte para que continuemos la cacería.

Pedro y el hombre aquel quedaron a solas y a oscuras en la estrecha terraza. Ante ellos, la noche y el silencio. Madrid, sin una luz, sin un ruido, se adivinaba apenas por los contornos imprecisos de sus edificios. Los dos hombres inmóviles se espiaban en la oscuridad. El prisionero era un hombrecillo tieso y delgado. Tenía los ojos clavados en el miliciano y se le adivinaba apenas la cara bañada por la sangre que ni siquiera se cuidaba de restañar. Pasó un rato. Pedro seguía con la pistola asestada a su pecho. Hacía frío. El prisionero se puso a toser. Hubo aún otra pausa.

—Me vas a matar, ¿no es eso? —preguntó al fin el hombrecillo con una voz clara y un impresionante acento de naturalidad.

—No lo sé —farfulló Pedro, desconcertado.

—Sí; te ha dicho que me mates.

—Haré lo que me parezca. ¡A callar!

El hombrecillo se encogió de hombros. Pasado un rato se sorbió la sangre que corriéndole por la mejilla le había llegado al labio y preguntó:

—¿Me dejas fumar?

—Fuma si quieres.

Sacó el hombre su petaca y se puso a liar un cigarrillo; antes de guardársela se la ofreció al miliciano.

—¿Quieres?

—No; gracias.

—De nada.

Pedro, desconcertado, empezaba a irritarse. Cuando el prisionero sacó la caja de cerillas y fue a encender una se arrepintió de su complacencia y dándole un manotazo le tiró al suelo el cigarro y las cerillas.

—No se fuma —ordenó.

—Haberlo dicho antes —rezongó el hombrecillo—. A eso no hay derecho.

—Hay derecho a todo —rugió Pedro—; incluso a matarte.

—Eso es otra cosa —replicó altivamente el prisionero.

Volvieron a quedarse silenciosos e inmóviles frente a la noche. De vez en cuando brillaba la lucecita a lo lejos como si interrogase. Pedro obligaba entonces al prisionero a que diese tres o cuatro abanicazos de luz con la linterna para mantener al otro a la expectativa.

Pasaba el tiempo. El hombrecillo volvió a toser.

—¿Hasta cuándo? —gruñó.

Hubo todavía un rato de absoluta oscuridad. Luego, Pedro vio dibujarse en el cóncavo de la noche un trazo vertical de luz, luego otro y otro; hasta ocho. Los dos hombres se hallaban ansiosamente inclinados sobre la balaustrada de la terraza. Pedro, un poco hacia atrás, seguía apoyando su pistola en el costado del hombrecillo. Éste volvió la cabeza y lanzó a Pedro una mirada lenta y pesada. Pedro no hizo más que levantar el brazo corriéndolo por la espalda del prisionero, apoyarle el cañón de la pistola en la nuca y disparar. Lo vio doblarse sobre la balaustrada, agarrarse a ella con ambas manos, resbalar y caer de bruces en el suelo hecho un guiñapo.

Enfundó la pistola. Cuando ya salía le asaltó la curiosidad de saber quién era aquel hombre al que había matado.

Cogió la linterna e iba a asestarla a la cara del muerto, pero se arrepintió. ¿Quién era? ¿Cómo sería su cara? ¡Bah! Uno; un enemigo menos. ¿Qué más le daba?

Apenas salió al portal cuando llegó un auto con los cañones de los fusiles asomando por las ventanillas en el que venían a buscarle cuatro camaradas.

—¿Listos?

—Listos. Ya ha caído también el otro. Vamos ahora a buscar al tercero, al que ya hemos localizado. Debe de estar en la Gran Vía, al parecer en la terraza de un hotel. Forman una verdadera cadena y tenemos que ir cogiendo los eslabones uno por uno antes de que se haga de día. Aprisa.

Partió el auto con Pedro y sus cuatro camaradas en dirección a la Gran Vía. Penetraron en el *hall* del hotel, cuchichearon con el camarada del *comptoir* y subieron a la terraza. Desde allí descubrieron la lucecita que Jiménez debía de seguir manipulando desde la torrecilla de Santa Bárbara para entretener al tercer espía.

Otra lucecita brillaba además de manera intermitente allá lejos, hacia el Oeste.

—¡Allí está también el otro! —exclamó Pedro, lleno de júbilo.

—Debe de ser en la Moncloa.

—No, no; es en Rosales o en la calle Ferraz donde tiene el nido.

Escudriñaron ansiosamente la noche.

—Es en un gran edificio que hay en Rosales, frente al Parque del Oeste; no hay por allí ninguna otra construcción tan alta —concluyó uno de los milicianos después de minuciosas observaciones.

Volvieron entonces a conferenciar con el camarada del *comptoir.* ¿En qué cuarto del hotel podía estar el espía que buscaban? Aparte de la terraza no había en el hotel más ventanas desde la que pudieran ser visibles las dos lucecitas que la de un cuarto ocupado hacía días por un aviador catalán, leal a la República.

—Vamos a comprobar su lealtad —dijo Pedro.

Descendieron, hicieron saltar el pestillo del cuarto, dieron luz y penetraron con los fusiles echados a la cara.

Un hombre joven, moreno, cuidadosamente rasurado, el pelo ondulado, una medallita de oro al cuello y en pijama, se hallaba al otro lado de la cama delante de un amplio ventanal abierto de par en par. Tenía las manos a la espalda y al gritarle Pedro el «arriba las manos» dejó caer algo que dio un golpe seco en el suelo. Pedro se agachó y recogió una linterna eléctrica. Los ojos le brillaron con un júbilo feroz.

—¡Fuego! —gritó.

El hotel se estremeció con los estampidos de cuatro detonaciones a destiempo. No había miedo de que el estrépito de la descarga alborotase a la vecindad. Ni una sola ventana se abrió; ni una voz alarmada pudo oírse. Ni un rumor, ni una sombra en los pasillos. Como si aquel hotel y aquel barrio estuviesen deshabitados. En el cuarto inmediato, el inquilino comprobó satisfecho que los tiros no le habían matado a él, se tapó la cabeza con la almohada y así se estuvo quieto, quieto, hasta que fue de día.

Con un agujerito en la frente y un hililllo de sangre que le corría por la mejilla y el cuello, el guapo mozo quedó allí de rodillas ante la cama. Tenía la cabeza doblada y apoyada en el borde del lecho. Los brazos, enfundados en el amplio pijama de seda, le caían inertes hasta el suelo y le daban un aire grotesco y elegante de *pierrot* de trapo.

—Debíais llevároslo —pidió el camarada del *comptoir*

a los milicianos—. No está bien que el fiambre aparezca mañana en el mismo hotel.

—Échalo por el montacargas —le contestaron.

Y por el montacargas lo echó cogiéndolo a puñados como un muñeco de trapo con los resortes rotos, al que se tira a la basura.

La terraza y los pisos altos de la casa del paseo de Rosales, desde donde al parecer maniobraba el cuarto eslabón de la cadena de espías, estaban deshabitados. Los inquilinos, gente toda acomodada, habían huido al campo faccioso o estaban presos. Sólo estaba habitado un cuartito del quinto piso. En él permanecía con su madre y su doncella una damita elegante, protegida, según reveló el portero, de uno de los personajes más prestigiosos de la República. Cuando los milicianos llamaron al cuarto de la señorita Carmiña, tardaron mucho rato en abrir. Apareció una mujer entrada en años a la que no sobrecogieron los fusiles ni las malas caras de los milicianos. Tuvieron que apartarla rudamente para que les franquease la entrada, y allí fueron las protestas, los insultos y las amenazas. ¡Brava vieja! ¡Cómo chillaba! Aquélla era una casa adicta al régimen, no había en ella más que mujeres y lo que los milicianos estaban haciendo era un atropello que pagarían caro. Su hija estaba en aquellos momentos telefoneando al director general de Seguridad y al propio ministro de la Gobernación.

—Que comparezca su hija —ordenó el camarada responsable.

—Mi hija está en su alcoba acostada y no saldrá.

A una señal de Jiménez, los milicianos apartaron a la vieja y se metieron por el pasillo. Encontraron una puerta cerrada; saltaron la cerradura y entraron en una alcoba de mujer lujosa y coqueta. Hundida entre los encajes de un lecho de gran espectáculo aparecía una cabecita rubia y ondulada que se inclinaba sobre al auricular de un teléfono. Jiménez arrancó de cuajo el aparato y lo tiró en un rincón. La señorita Carmiña se incorporó furiosa. Jiménez, impertérrito, se caló sus gafas de gruesos cristales y comenzó a interrogarla. La muchacha contestaba con aplomo y altanería, y el camarada responsable vaciló. ¿Se habrían equivocado? Miró la ventana. Estaba cerrada y con las persianas y las cortinillas echadas.

—Están ustedes equivocados —repetía ella.

—Es posible —tuvo que reconocer Jiménez.

Receloso, sin embargo, decidió hacer una requisa por las casas inmediatas.

—Usted quedará aquí detenida y con una guardia de vista mientras yo hago ciertas averiguaciones.

Miró a sus hombres buscando uno. Pedro era el único que le infundió confianza.

—Tú, Pedro, quédate aquí y que esta joven no se mueva ni desde la casa puedan avisar a nadie hasta que regresemos.

Salió Jiménez con los cuatro milicianos. Pedro encerró a la vieja y a la doncella bajo llave. Luego volvió a la alcoba de Carmiña y se sentó tranquilamente en una descalzadora.

—¿Me hace el favor de salir un momento al pasillo? —pidió ella.

—No.

—Es que tengo que vestirme.

—Me da igual.

—Usted es un canalla que lo que pretende es abusar de mí.

Pedro la miró despectivamente y se encogió de hombros.

—Por lo menos, mire usted hacia otro lado mientras me visto.

—¡Qué idiotez! —gruñó Pedro ladeando de mala gana la cabeza.

—Hacia allá —indicó ella sonriendo agradecida.

Le señalaba el extremo opuesto de la alcoba. Pedro miró allí distraídamente. Había en aquel rincón un tocadorcito en cuyo espejo se reflejaba el lecho y el cuerpo de la joven que en aquel instante salía de entre las sábanas y se mostraba casi al desnudo. Pedro cerró los ojos. Los volvió a abrir. Los volvió a cerrar. En el plano inclinado del espejo veía a la mujer casi desnuda, risueña, cambiando estudiadamente de postura. Apretó con rabia las mandíbulas, se levantó y se puso a mirar el lomo de la docena de volúmenes que había en una pequeña librería adosada a la pared.

Le humillaba e irritaba aquella estupidez burguesa del intento de la seducción. Se puso a hojear al azar los volúmenes. Novelas eróticas de escritores reaccionarios. Oculto entre las páginas de uno de ellos había un pequeño folleto. *El alfabeto Morse. Cómo se aprende a utilizarlo* leyeron sus ojos radiantes. Cerró el libro, lo colocó en su sitio y se volvió hacia la joven.

—Tengo que practicar un registro en esta habitación.

—No tiene usted derecho.

Pedro, desoyendo las protestas de Carmiña, abría ya

las puertas del armario y sacaba los cajoncitos del tocador. En uno de ellos vio dentro de un marco de plata una cara conocida. ¿Dónde había visto recientemente aquella cara? Era un hombre joven, moreno, guapo, que él había visto indudablemente en algún sitio. ¡Claro! Era el hombre que había matado hacía media hora en el hotel de la Gran Vía.

—¿Este hombre? —preguntó a Carmiña.

—Un amigo: es un muchacho aviador leal al régimen. Pueden ustedes informarse. En el hotel de la Gran Vía vive.

—Vivía.

—¿Cómo?

—Nada.

Pedro abrió la ventana. Marcó con el dedo índice en la negrura de la noche el lugar donde debía de estar el hotel y preguntó a Carmiña.

—¿Allí? ¿Verdad?

Carmiña, desconcertada, permanecía en silencio. Pedro se volvió de improviso hacia ella y la conminó.

—¿Dónde ha escondido usted la linterna?

—¿Qué?

—La linterna eléctrica, sí, ¿dónde está?

—No sé de qué me habla usted.

Empuñó Pedro la pistola, metió una bala en la recámara y apuntó al pecho de Carmiña. Ésta se cubrió la cara con las manos, aterrorizada. Luego se repuso, irguió la cabeza y replicó:

—No sé de lo que me habla. No tengo ninguna linterna.

Jiménez y los milicianos volvían desalentados. No habían encontrado nada. Las señales luminosas tenían que hacerse forzosamente desde aquel cuarto.

—Desde este cuarto es, y esta mujer quien las hacía —afirmó Pedro.

¿Pruebas? La cartilla del alfabeto Morse y el retrato del espía cazado en el hotel, amigo o novio de aquella señorita.

—¿Y a qué has esperado? —preguntó Jiménez con aterradora frialdad.

—¡Hombre! ¡Como se trata de una mujer! Está ahí, además, la madre...

—¿Qué, te da lástima? ¿O es que te has entendido con ella?

Se volvió a Carmiña.

—Vamos, niña.

—¿Adónde?

—A dar un paseo.

—¡No! ¡No me maten! ¡Por Dios y por la Virgen, no me maten! Yo les contaré todo.

Su entereza se abatió súbitamente. Contó cómo el aviador, su novio, la había inducido a prestar aquel servicio. Reveló dónde estaba el puesto de señales al que ella transmitía las noticias que por medio de la linterna eléctrica le enviaba su novio. Era una casa pequeñita situada al otro lado de la Moncloa, en la cuesta de las Perdices.

Jiménez escuchó impasible la confesión de Carmiña y concluyó:

—Está bien; tiene usted que acompañarnos.

—¿No me harán nada, verdad?

—No.

Salieron al paseo de Rosales y echaron a andar hacia los jardines de la Moncloa. Delante iban Carmiña, arrebujada en un chal de seda, y Jiménez, con la mano derecha apoyada en la culata de su pistola. A los pocos pasos el camarada responsable se quedó deliberadamente rezagado. Ella, atemorizada, volvió la cabeza y vio que los milicianos se echaban los fusiles a la cara. Dio un grito de horror y corrió hacia delante con los brazos extendidos. El chal de seda le revoloteaba en torno al cuerpo como una mariposa perdida en la noche. Volaba por el senderillo en busca de un refugio imposible cuando la traspasaron las balas de los máuseres. Se abatió entre un remolino de sedas y gasas. Al caer, la falda leve se le arrolló a la cintura y sobre la grava del sendero quedó tirada una pierna fina y larga como esas piernas de cera que se exhiben en los escaparates.

Los milicianos volvieron al paseo de Rosales en busca del auto que les aguardaba. Uno de ellos, apodado el Monago, se había quedado rezagado.

Jiménez, ya desde el auto, le llamó.

—¡Eh, tú, Monago! ¿Qué haces?

—Ahora voy.

El Monago estaba escribiendo en un papel estas palabras: «Por espía de los fascistas». Luego puso el papel junto al cuerpo de la muchacha, lo sujetó con cuatro piedrecitas para que el viento no se lo llevase y fue a reunirse con sus compañeros, que ya se impacientaban.

Los milicianos rodearon la casita de la cuesta de las Perdices. Cuando llamaron a la puerta les contestaron a tiros. El Monago fue al puesto de Aravaca, y volvió con quince o veinte camaradas más, que organizaron seriamente el sitio y asalto de la casita. Los de dentro, al verse perdidos, se rindieron. Eran cinco; jóvenes todos y con atuendo de milicianos. Se cerraron en un mutismo absoluto. Un sexto prisionero, descubierto después en un hueco del desván, los delató a todos. Los cinco eran oficiales del ejército disfrazados de milicianos que se dedicaban al espionaje. Él era asistente de uno de ellos. Los oficiales estaban en comunicación con un hotelito de El Plantío que era otro nido de espías, y desde allí transmitían las señales luminosas a una choza de pastor situada en el término de Torrelodones. La cadena de espías llegaba hasta la Sierra y se internaba en las líneas de los rebeldes. Jiménez puso a los cinco oficiales de cara a la pared y con los brazos en alto. Pedro quería fusilar también al asistente que los había delatado.

—Es un traidor —decía.

—Es uno de los nuestros, es un hombre del pueblo —arguyó el camarada responsable—; tenemos el deber de redimirle. En cambio, para ésos, para los señoritos, no hay redención.

Allí mismo, de cara a la pared, los fusilaron. Tuvieron que estar tirando sobre ellos durante un rato porque no les acertaban. ¡Qué trabajo costó que se murieran!

Sin detenerse, salió la patrulla para El Plantío. Quedaban escasamente dos horas de noche y había que descubrir el final de la cadena de espías antes de que amaneciese. En el hotelito de El Plantío, un buen señor gordo y calvo con aire de burócrata quedó echado de bruces sobre un bufete burgués mientras encerrados en la cocina lloraban unos niños y se mesaba los grises cabellos una infeliz mujer horrorizada.

Ya al pie de la Sierra, en Torrelodones, no fue tan fácil la faena. Cuando los milicianos cercaron la choza del pastor adonde les había conducido el asistente traidor, unos mastines les delataron y un hombrón barbudo y recio salió en mangas de camisa con una escopeta entre las manos y en dos saltos ganó unos riscos próximos tras los que se parapetó. Desde allí, como un jabalí acosado por la jauría, estuvo defendiéndose. Dos de los milicianos cayeron; uno con la cara deshecha y otro con las piernas acribilladas por el plomo de sus trabucazos. Entre el resplandor de los fogonazos continuos, Pedro descubrió a lo lejos una lucecita que parpadeaba como si interrogase.

—Allí; allí está el otro —advirtió el camarada responsable.

—Hay que acabar pronto con éste. El de allá, si se da cuenta de lo que pasa aquí, puede escabullírsenos.

—No será difícil dar con él. Fíjate bien. Está allá arriba, a media ladera de la montaña, cerca ya del puerto de Navacerrada.

—Ya lo cazaremos luego. Ahora hay que terminar con éste.

Los milicianos fueron estrechando el cerco. Los disparos del fugitivo se espaciaban cada vez más. No tiraba más que sobre seguro y economizando las municiones. Cuando después de tirotearle sin obtener respuesta durante diez minutos se decidieron a acercarse cautelosamente preguntándose si lo habrían matado, una sombra gigantesca cayó de improviso sobre ellos blandiendo la escopeta cogida por el cañón como si fuese una maza. El miliciano que estaba más cerca hurtó el cuerpo al terrible mazazo y el fugitivo se abrió camino hacia la montaña. Al dar un salto formidable para hundirse en las sombras de un barranco próximo, Pedro disparó sobre él. La bala le alcanzó en el aire y le hizo dar una voltereta. Los milicianos se acercaron. Tendido en el suelo se debatía en los estertores de la agonía un hombrón fornido que clavaba las uñas en la tierra y levantaba jadeando el pecho cubierto de vello en el que se enredaban unas medallitas y un crucifijo.

—¡Que Dios los maldiga, hijos de perra! —rugió.

Jiménez le dio la vuelta empujándole con la punta del pie, le aplicó la pistola a la nuca, disparó y lo dejó aplastado contra la tierra mordiendo rabiosamente la hierbecilla.

En la coronilla, erizada de pelos cortos y tiesos, se le advertía aún la señal de la tonsura.

A los dos camaradas malheridos los entregaron los milicianos al comité revolucionario de Navacerrada y acto seguido emprendió la patrulla la ascensión a la montaña. No había por aquellos desolados contornos más edificio desde el cual se pudieran haber hecho las misteriosas señales que un gran sanatorio antituberculoso, evacuado ya a medias, hasta el cual llegaban a veces los obuses de la artillería facciosa. Alguna noche, ante la furia del cañoneo y considerando inminente la llegada de los moros y el Tercio, más de un pobre tísico tachado de antifascista había huido horrorizado a campo traviesa hendiendo la noche con el desgarrón de su tos cavernosa y sembrando la nieve que pisaba con las amapolas de sus esputos sanguinolentos.

En el sanatorio quedaban ya únicamente los enfermos que más o menos abiertamente simpatizaban con los fascistas, por lo que no temían, sino deseaban, su llegada, y alguno que otro caso de enfermo en el último período de la tuberculosis, para quienes la muerte que silbaba en los proyectiles fascistas era un peligro mucho más remoto que el de la muerte que ya tenían alojada en el pecho. Entre aquellos seres infelices que esperaban a morirse tendidos en las galerías del sanatorio, la guerra civil, aunque pareciera inconcebible, se mantenía también con un encono feroz. Fascistas unos y antifascistas otros, se agredían verbalmente desde sus camastros con una saña verdaderamente patológica. Validos de la prerrogativa de su mal y sintiéndose condenados por una sentencia inexorable, desafiaban todas las coacciones y amenazas. Uno de ellos tenía un trapo con los colores de la bandera monárquica escondido debajo de la almohada, y cuando la fiebre le hacía delirar se incorporaba en el lecho y tremolando su bandera por encima de la cabeza gritaba frenéticamente: «Arriba España», mientras los enfermos vecinos, enemigos del fascismo, se debatían impotentes entre las sábanas y llamaban a los milicianos para que lo fusilasen. No había quedado en el sanatorio más que una hermana de la Caridad, sor María, que, convertida en la camarada María adscrita al Socorro Rojo Internacional y con su carné del Partido Comunista en el pecho, iba y venía de una cama a otra intentando vanamente apaciguar el furor político, el odio de clase de aquellos infelices.

Cuando los milicianos se presentaron en el sanatorio, uno de aquellos espectros horribles requirió al camarada responsable y se apresuró a delatar espontáneamente al espía.

—¡Aquél! ¡Aquél es un fascista! Tenéis que matarlo...

—¿Has observado tú sus manejos? ¿No te has fijado en si hace señales con una luz durante la noche?

—Sí, sí. Debajo del colchón tiene escondida una linterna. Matadle para que yo pueda morir en paz.

Jiménez se acercó a la cama del fascista, que con la frente sudorosa hundida en la almohada le miraba de través con una pupila febril.

—Levántate.

No se movió. De un tirón lo ladearon y de debajo de la almohada le sacaron la banderita roja y gualda y una linterna eléctrica.

—¿Es esto tuyo? —le preguntó Jiménez, que estaba a los pies de la cama.

—Sí; es mío. ¿Y qué? —gritó el enfermo incorporándose en el lecho.

Jiménez no contestó. Sacó la pistola, apuntó lentamente y la disparó contra aquel armadijo de huesos y pellejo que, como en una grotesca escena de polichinelas, se desplomó sin proferir un grito.

—Gracias, muchas gracias, camarada —dijo desde su cama el otro tísico—. Ahora podré morir tranquilo.

Y se arropó para dormirse.

Pasado el puerto de Navacerrada comenzaba el escenario de la guerra. Por dondequiera se encontraban montones de pertrechos, camiones cargados de municiones y víveres, patrullas y puestos de centinela. Allá abajo, al final de la vertiente, hacia Valsaín, estaban las vanguardias fascistas. En la explanada de Las Dos Castillas los artilleros leales emplazaban las piezas de grueso calibre para batir las posiciones fortificadas del enemigo apenas apuntase el día. Jiménez, seguido por su patrulla, buscó al comandante de aquel sector del frente.

—Es imposible —le dijo el comandante— que aquí en el frente, en nuestras mismas líneas, haya espías que se atrevan a actuar. Esas señales luminosas que nosotros no hemos advertido van seguramente por encima de nuestras cabezas al campo enemigo.

—Debe de haber aún un último eslabón en nuestras filas —insistió Jiménez.

—Hagan ustedes las pesquisas que quieran. Pero tengan cuidado. El frente es muy irregular y pueden meterse en la boca del lobo.

Jiménez y sus hombres descendieron en el auto por la vertiente norte de la Sierra. Los centinelas les iban reiterando cada vez con más premura la advertencia del peligro. Uno de ellos ya no les dejó pasar en el auto y les recomendó que si querían ir más allá dejasen el auto en la carretera y echasen a andar con precauciones por los senderillos de la montaña sin perder de vista los puestos avanzados de la línea republicana. Jiménez insistió en avanzar. Había visto allá lejos, en las profundidades del valle, una lucecita vacilante, y a toda costa quería llegar hasta ella.

—¡Allí! ¡Allí están los últimos traidores! —decía—. No vamos a dejarlos vivos por miedo a las balas fascistas. Hay que llegar hasta el final. ¡Hasta el final! —repetía obsesionado.

Los milicianos que le seguían, al verse perdidos en los vericuetos de la montaña, ante las trincheras fascistas, vacilaban.

—Hay que ir por esos traidores —insistía el camarada responsable— aunque estén en las mismas narices de Franco.

Y se tiraba barranco abajo como un loco seguido por

Pedro, que, apretando el fusil entre las manos y con las mandíbulas encajadas, avanzaba sin ver el camino, con los ojos clavados en la lejanía, donde de tiempo en tiempo —ilusión o realidad— brillaba una lucecita. Los demás milicianos se fueron quedando rezagados entre los pinos. Jiménez, al verse solo con Pedro, rugió frenético:

—¡Cobardes! ¡Asesinos! No son capaces más que de asesinar por la espalda a viejos y mujeres. Los voy a fusilar a todos. ¡A todos!

Loco de furor, avanzaba a ciegas con los gruesos cristales de las gafas empañados y creyendo ver siempre una lucecita cada vez más distante. Pedro, tras él, como un can sumiso, abría desesperadamente los ojos a la fantasmagoría del amanecer y buscaba entre las vacilaciones del alba aquella lucecita ideal que les llevaba a la muerte.

—¿Tú la ves? —preguntaba Pedro.

—¡Allí! ¡Allí! —decía Jiménez extendiendo el brazo sin dejar de correr.

Del laberinto de los pinos, cuyas raíces se les enredaban entre las piernas, salieron a una planicie despejada en cuyo confín brillaba clara y distinta una lucecita de plata. ¿Era aquella la señal del espía? ¿Era el lucero del alba?

—¡Allí! ¡Allí! —gritó Jiménez triunfante, corriendo por la pradera.

Un semicírculo de fogonazos cortó el prado con sus cincuenta lengüecillas de fuego. Bajo el trueno de la descarga cerrada, Jiménez y Pedro doblaron las rodillas y palparon primero con las manos y después con la cara la yerba mojada y fría.

Jiménez se quedó con los ojos muy abiertos. Clavada en ellos se llevó para siempre la imagen de aquella lucecita distante.

Pedro, mientras se desangraba, se iba quedando plácidamente dormido. Se acomodó en la yerba fresca y mullida. En la guerra y la revolución era difícil dormir. ¡Pero qué a gusto se dormía al final!

La Columna de Hierro

Se dobló sobre la barandilla del palco y echando el cuerpo fuera dijo algo que no entendió nadie.

—¡Viva el míster! —gritó una muchacha bonita que estaba a su lado, al parecer tan ebria como él. Todos los ojos se volvieron hacia ellos.

—¡Viva! —respondieron unos espectadores condescendientes.

El inglés, muy reposado, muy sonriente, volvió a dirigirse al divertido auditorio y con un ademán suave se puso a hablar de nuevo en su lengua. Una tempestad de gritos, aplausos, pataleos y silbidos estalló en la sala y ahogó su voz tenue. Sin dejar de sonreír y rojo como una amapola, aguantó el inglés en silencio la tormenta que había desencadenado ingenuamente. Cuando se convenció de que no podría dominar nunca aquel tumulto levantó el puño y gritó:

—¡*Three cheers for mister* Azaña! ¡Hip, hip, hip!...

Se redobló el escándalo. La muchedumbre del *music-hall* aullaba como una manada de fieras. Antes de que terminase su *toast*, un zapato de mujer cruzó la sala como un proyectil buscando la cabeza del inglés. Éste lo atrapó en el aire y se quedó considerándolo estupefacto. Hizo un gran ademán inexplicable y llevándose aquel zapato femenino a los labios lo besó. Una carcajada unánime sacudió a la multitud. La orquestilla cortó el tumulto atacando briosamente los compases de *La Internacional* y la muchacha bonita que estaba detrás del inglés le pasó el brazo desnudo por la garganta y, tirando de él con fuerza, lo arrancó de la barandilla del palco y le atrajo hacia sí. El inglés, borracho perdido, se derrumbó en sus brazos. Ella lo besó y le puso en los labios una copa de champaña. Contento y satisfecho de sí mismo, el inglés se quedó quieto y callado con una inefable expresión de felicidad en los ojos claros.

Se reanudó el espectáculo. Cupletistas con feas voces y bonitos cuerpos cantaban mal, pero cantaban desnudas. El público no les consentía ni una cinta sobre los hombros. Cuando alguna se obstinaba en conservar sobre el cuerpo el más insignificante trozo de gasa se provocaba en la sala un escándalo terrible.

Sólo se toleraba que apareciesen vestidas las bailarinas andaluzas, que por sus fieros ademanes y sus desplantes trágicos se hacían acreedoras a la dignidad del vestido. El bolero, el fandango y la seguidilla eran lo único que estaba exento de la humillación de la desnudez. Eran también de una gran honestidad las intervenciones de un afeminado con disfraz de mujer que cantaba las más lancinantes tragedias amorosas de Andalucía con patéticos trémolos y desgarrador acento. Su cara estucada, sus ademanes de andrógino y la pompa oriental de sus trajes bordados y recamados recordaban fielmente el disparate exótico de los actores del teatro japonés. Aparte estas concesiones al gusto por la pasión y la tragedia, que indudablemente sentía aquel público de levantinos apasionados, el espectáculo del *music-hall* se sostenía merced a la más humilde e ingenua salacidad.

Una mujercita rubia estaba en medio del escenario cantando un cuplé indecoroso encogida como una gatita y tan en cueros que daba frío verla, cuando allá en el fondo de la sala se advirtió cierto revuelo. ¿Unos milicianos borrachos que escandalizaban? ¿Alguien quería irse sin pagar? ¿Alguna disputa entre una artista y su novio? La gente no hizo demasiado caso y la gatita despellejada siguió cantando su cuplé. Un confuso rumor denunciaba, sin embargo, cierta intranquilidad en la sala. Algunos espectadores prudentes se ausentaron.

Luego, allí mismo, a la puerta del *music-hall* sonó un tiro de pistola como si hubiese sido una palmada y a continuación se oyó una descarga cerrada. Corrió la gente arremolinándose de un lado para otro. Los músicos de la orquestilla se callaron a destiempo, y la muchachita desnuda que estaba en el escenario se quedó más desnuda y encogida cuando le faltó incluso el son de la música con que únicamente se arropaba. Se echaron fuera de los palcos los bravucones arrancándose del cinto las pistolas, corrieron y chillaron las mujeres, se metieron debajo de las mesas los cobardes, y salieron desesperados los camareros a sujetar a los que huían sin haber pagado. El inglés no se enteró de nada y siguió mirándose en los ojos de la muchacha bonita a la que había sentado sobre sus rodillas.

Afuera arreciaba el tiroteo. Las balas, atravesando la mampara de acceso al *music-hall,* cruzaban silbando por la sala. Los camareros y los milicianos que se habían agolpado a la entrada se tiraron prudentemente al suelo. Entró tambaleándose un hombre que se oprimía el vientre con las manos y, después de dar ocho o diez pasos, dobló las rodillas y dio con la cara en el suelo.

Hubo algunos segundos de aterradora quietud. Nadie osaba moverse. Luego hicieron irrupción en la sala quince o veinte hombres con los fusiles y las pistolas en alto. Uno de ellos, que llevaba en la mano una gran pistola ametralladora, se adelantó solo hasta el centro de la sala, giró sobre sus talones echando alrededor una mirada de desafío, levantó el puño y gritó:

—¡Viva la Columna de Hierro!

—¡Viva! —respondieron las roncas voces de los demás intrusos.

Cortó el dramático silencio que estos vivas produjeron una voz destemplada que decía calmosamente:

—¡*Three cheers mister* Azaña!

El inglés se había dado cuenta al fin de que algo importante ocurría y se volcaba sobre la barandilla del palco para lanzar su vítor predilecto. ¿Lo tomaron los recién llegados como una provocación? ¿Fue que no le entendieron? Lo cierto es que le descerrajaron un tiro. El inglés sintió pasar la bala junto a su cabeza, hizo el ademán grotesco de atrapar una mosca en el aire y se sonrió como si le tirasen confeti. La muchacha lo arrancó otra vez de la barandilla del palco y de un tirón desesperado le hizo rodar por el suelo. Allí estuvo forcejeando con él hasta que lo tuvo resignado a no incorporarse.

Mientras, los milicianos de la Columna de Hierro que habían tomado por asalto el *music-hall* hicieron retirar al infeliz que había recibido el tiro en el vientre y avanzaron bizarros por el patio con sus chaquetones de cuero, sus gorros de piel con orejeras y sus pistolones hasta instalarse con aire de conquistadores en los palcos más visibles. El que parecía ser jefe de aquella tropa se acomodó rodeado de sus lugartenientes en un palco proscenio y, encarándose con el director de la orquestilla, le gritó:

—¡Música, maestro, música!

La Columna de Hierro en pocas semanas había conseguido ser el terror de Levante. Formada por ciento cincuenta o doscientos hombres que habían desertado de los frentes de Teruel y Huesca, recorría los pueblos del antiguo reino de Valencia dedicada impunemente al pillaje y a la destrucción. Con el pretexto de limpiar el país de fascistas emboscados iban aquellos hombres por pueblos y aldeas matando y saqueando a su antojo, sin que las escasas fuerzas de orden público de que disponían las autoridades pudiesen hacerles frente.

La mayor parte de los componentes de aquella columna eran ex presidiarios acogidos al hospitalario pabellón rojinegro de los anarquistas. Gente toda salida de las cárceles o de los tugurios del Barrio Chino de Barcelona, que en los primeros momentos de la revolución se unieron a los honrados luchadores del pueblo y, mezclados con ellos, tomaron parte en aquellas insensatas expediciones que desde Barcelona y Valencia salían para librar del yugo fascista a las provincias que no habían tenido bastante coraje para sacudírselo por sí mismas. Mientras la guerra se redujo al asalto y saqueo de villas indefensas, aquellas bandas prestaron su apoyo a los defensores de la República, pero cuando se estabilizaron los frentes y la lucha tuvo ya los caracteres de una verdadera guerra, empezaron a flaquear y a traicionarse. Los líderes anarquistas de buena fe, que también los había, cuando tropezaron con la resistencia organizada del ejército sublevado no tuvieron más remedio que sacrificar sus utopías libertarias a la necesidad imperiosa de una disciplina y una jerarquía. Buenaventura Durruti, el cabecilla anarquista que había salido de Barcelona llevando tras sí a toda la canalla de los bajos fondos, se trocó rápidamente en el caudillo más inflexible y autoritario. En pocas semanas sometió a su gente a una disciplina de hierro verdaderamente inhumana. Pocas veces un jefe ha ejercido un poder personal tan absoluto. El que flaqueaba, el que desobedecía, el que intentaba huir, pagaba con la vida. Su pistola amenazaba constantemente el pecho de los camaradas que intentaban rebelarse. Cuando alguno, invocando los sagrados derechos de la mutua convicción anárquica, le exponía su deseo de abandonar el frente, Durruti, que no podía renegar de sus doctrinas, le arrancaba de las manos el fusil, le desposeía de cuanto llevaba encima y dejándole casi desnudo le ponía al borde de la carretera diciéndole:

—Eres libre y puedes irte si quieres. Te quito todo lo que el pueblo te había dado para que lo defendieses. Ahí tienes el camino. Pero ten cuidado; para el traidor a la causa siempre hay una bala perdida.

Casi ninguno de aquellos desertores llegaba a su destino.

Un día el terrible caudillo advirtió el estrago que en sus filas ocasionaba la tropilla de mujeres de vida airada que iban detrás de los milicianos. Como lo pensó lo hizo. En la madrugada fusiló a media docena de aquellas desgraciadas. Toda la canalla del Barrio Chino de Barcelona, prostitutas, invertidos, rateros y espías, desapareció como por ensalmo.

Este bárbaro caudillaje fue eliminando del frente a los criminales y a los cobardes que habían acudido sólo al olor del botín. Destacamentos enteros se desgajaron en franca rebeldía del núcleo de las fuerzas gubernamentales, y una de estas fracciones indisciplinadas de la Columna de Hierro era la que recorría la comarca sembrando el terror por dondequiera que pasaba. Al principio eran sólo unas docenas de hombres sin más armamento que sus fusiles, pero luego creció la hueste con la incorporación de otros muchos desertores y criminales que merodeaban por el país. Cuando se consideraron fuertes entraron a viva fuerza en Castellón arrollando a los gubernamentales y apoderándose de sus armas. Luego, cuando constituían ya una verdadera columna con camiones, ametralladoras e incluso algún carro blindado, se lanzaron sobre Valencia. Su entrada por sorpresa en la capital de Levante sembró la confusión y el pánico entre las fuerzas leales de la República. Durante varias horas los hombres de la Columna de Hierro fueron dueños absolutos de la gran ciudad y se entregaron impunemente al saqueo. Finalmente se fueron a los *music-hall* y cabarés para beber y para incautarse de las mujeres y del dinero de las taquillas.

Donde les hicieron resistencia se abrieron paso a tiro limpio. Aquella horda iba dispuesta a satisfacer a toda costa sus feroces apetitos. Instalados triunfalmente en los palcos del *music-hall*, obligaron a que continuase el espectáculo y se hicieron servir vinos y licores sin tasa. Las pobres mujeres aterradas intentaban escabullirse, pero los milicianos de la Columna de Hierro que tenían hambre de ellas las cazaban al vuelo y las retenían en los palcos, donde se divertían manoseándolas, haciéndoles beber y asustándolas. El público pacífico fue filtrándose discretamente y poco después no quedaban en el *music-hall* más que los milicianos de la Columna de Hierro y aquel inglés borracho que se debatía en el palco con la muchachita.

—¿Quién es aquel tío? —preguntó el que parecía ser jefe de la tropilla, a quien sus hombres llamaban, no se sabe por qué, el Chino.

—Un aviador inglés voluntario que ha venido hoy de Albacete disfrutando de un permiso y se gasta alegremente sus libras con una tanguista. Es un *chalao* que tiene la manía de dar vivas a Azaña en inglés —informó puntualmente el camarero.

—Hay que invitar a ese mozo a ver qué tiene en la barriga —replicó el Chino.

Se fue lentamente hacia el palco donde estaba el inglés, se le aproximó, le saludó con el puño en alto y le invitó a ir al palco donde estaban sus hombres para beber una copa con ellos. El inglés aceptó encantado.

—¿Tú no vienes con nosotros, niña? —preguntó el Chino encarándose con la tanguista.

—Miss Pepita —presentó ceremoniosamente el inglés.

—Salud.

—Salud.

Se miraron mutuamente de arriba abajo sin ninguna cordialidad. Ella intentó disuadir a su amigo de la idea de irse a beber con los milicianos.

—Si no puedes beber más, Jorge —le decía—; si no te puedes lamer, si estás borracho perdido.

—Yo puedo, yo puedo —aseguró el aviador saliendo muy derecho del brazo del Chino.

Tras ellos se fue Pepita, resignada.

Cuando entraron en el palco de los milicianos, una mujer gorda y desnuda danzaba en el escenario. Los hombres de la Columna de Hierro seguían atentos los movimientos de la gorda danzarina. Uno de ellos, apodado el Negus por la barba negrísima que se había dejado crecer, aprovechó el palco proscenio y, dando un salto de mono, se subió al tablado, cogió por la desnuda cintura a la artista y se la llevó en brazos hasta el palco, en el que la dejó caer sobre la mesa con gran estrépito de vasos y botellas. La mujer, aterrorizada, intentaba sonreír con los ojos preñados de lágrimas. El Negus se echó sobre ella y le refregó por la cara su barba hirsuta. Ella le rechazaba horrorizada y, mientras, el público reía del grotesco rapto a carcajada limpia.

El aviador, que contemplaba la escena tan estupefacto como si hubiese caído de la Luna, tuvo una reacción inesperada y, echando mano al Negus, le dio la vuelta y cuando lo tuvo enfrente le atizó un puñetazo en la selva de la barba que le hizo caer de espaldas, con la cabeza colgada hacia atrás. Hubo un momento difícil.

Pepita se pegó al costado del inglés. El Negus se levantaba aturdido buscándose en el cinto la pistola. El Chino cortó el incidente sujetando al miliciano y echando a broma la cosa.

—Creí que el puñetazo del inglés te había afeitado en seco, Negus.

—A ese tío me lo cargo yo... —decía forcejeando el agredido.

—¡Vamos, anda! Déjate de bravatas. El inglés es un amigo. ¿Verdad, míster?

—¡Oh, sí!

Y le tendió la mano con tan humilde franqueza que el Negus no tuvo más remedio que estrecharla.

—Eres un tío pegando, míster —le dijo el Chino—; deberías venirte con nosotros.

—¿Adónde?

—A pelear contra los fascistas; a no dejar uno vivo. ¿No has venido de tu tierra a luchar contra ellos? Pues anda, vente con nosotros.

—Bueno —replicó lacónicamente el inglés—. Yo quiero ir a luchar contra los fascistas y a matarlos.

—¡Viva el míster! —gritaron los milicianos.

—¡*Three cheers for mister* Azaña! ¡Hip, hip, hip...! —gritó una vez más el aviador inglés.

Y cayó, borracho perdido, en los brazos de Pepita, que estuvo intentando inútilmente convencerle de que no debía ir con aquella tropa.

Cuando al amanecer vio que los milicianos cargaban con Jorge y lo metían en uno de los camiones que tenían a la puerta, Pepita tuvo un momento de angustia y desesperación. Luego, arrebujándose en su abriguito de seda, saltó también al camión y se fue con ellos.

Toda la mañana la pasaron bajo el toldo del camión que se arrastraba chirriando por las carreteras. Jorge se había tumbado cuan largo era en la batea del camión y dormía profundamente. Pepita, acurrucada en un rincón, había colocado la cabeza del inglés sobre su regazo y cabeceaba somnolienta sin conseguir dormirse del todo. Entre sueños advertía las largas paradas de la caravana en las plazas de los pueblos y las frecuentes disputas que los hombres de la Columna de Hierro sostenían con los milicianos y los comités locales.

Aquellas expediciones de las bandas armadas que volvían del frente eran el azote del país. Con el pretexto de limpiar la retaguardia iban por pueblos y aldeas cometiendo toda clase de abusos y crímenes. Su disculpa era la de que las milicias y los comités locales no actuaban con un verdadero sentido revolucionario. Los fascistas se amparaban en los compromisos de la vecindad y en las relaciones familiares para escapar al castigo que merecían. En los pueblos, sobre todo en aquellos de la rica región valenciana, había demasiado espíritu burgués, demasiada condescendencia para con los contrarrevolucionarios. Ésta era, al menos, la justificación de cuantos atropellos cometían aquellas bandas.

Los pueblos castigados soportaban difícilmente aquellas expediciones de los desertores del frente, y, celosos de su lealtad al régimen republicano, reclamaban del gobierno que impidiese aquel azote. Pero el gobierno poco auxilio podía prestarles. Todas las fuerzas con que contaba estaban en los frentes, y cuando los hombres de la Columna de Hierro se presentaban en un pueblo, las autoridades locales tenían que pactar suministrándoles cuanto les pedían —armas, dineros, sangre— o luchar contra ellos a la desesperada. A veces los comités locales conseguían imponerse y salvaban al pueblo del despojo. Otras veces sucumbían.

La expedición en que se habían enrolado insensatamente Pepita y el aviador inglés llegó después de mediodía a las puertas de Benacil, próspera villa levantina que se alzaba entre naranjos y palmeras en medio de una huerta feracísima. Las milicias locales destacadas en la carretera obligaron a la caravana de camiones a detenerse. Habían cortado el paso levantando unos parapetos de sacos terreros, y los hombres de la Columna de Hierro no tuvieron más remedio que pactar con los indígenas, so pena de haberse enzarzado con ellos en una lucha sangrienta a la que, por las trazas, estaban decididos.

El Chino, procediendo con cautela, prefirió negociar. Acudieron los miembros del comité revolucionario de Benacil, en su mayor parte republicanos y socialistas. El presidente, Pepet, un viejo huertano republicano de los tiempos de Blasco Ibáñez, se mostraba intransigente; a su lado, Tomás, el secretario del comité, miembro de la juventud socialista, sostenía la argumentación del viejo con su firme dialéctica típicamente marxista. La lealtad revolucionaria de Benacil estaba asegurada; los fascistas de la villa se hallaban ya a buen recaudo y el comité que los tenía bajo su custodia respondía de ellos; las milicias locales aseguraban, además, el orden en la villa y el estricto cumplimiento de las disposiciones gubernamentales. El Chino, que se decía enfáticamente portavoz del frente, reclamó con duras y elocuentes palabras que se pusieran a su disposición cuantas armas hubiera en Benacil, exigió que los presos fascistas fuesen sometidos a la vigilancia de sus hombres e insistió en que el comité local y sus milicias debían prestarle auxilio en la tarea de depuración que, a pesar de todo cuanto aseguraban, había que llevar a cabo en el pueblo.

No se ponían de acuerdo, pero mientras ellos discutían, los hombres de la Columna de Hierro habían ido evolucionando hábilmente, y cuando los milicianos de Benacil pudieron advertir la maniobra, sus parapetos estaban desbordados y podían ser batidos por los fusiles y las ametralladoras de los intrusos. Éstos apartaban ya los obstáculos acumulados en la carretera y ponían de nuevo en marcha los motores de sus camiones, dispuestos a avanzar a todo trance. El Chino dijo entonces a los miembros del comité local:

—Mis hombres tienen que cumplir su misión revolucionaria y es una estupidez que ustedes intenten oponerse. Los declararíamos contrarrevolucionarios y correrían la misma suerte que los fascistas.

Tuvieron que resignarse. Los camiones de la Columna de Hierro hicieron su entrada triunfal en la villa, que parecía desierta, y fueron a detenerse delante del antiguo palacio de los marqueses de Benacil, cuyos salones fueron invadidos por el Chino y sus hombres.

A todo esto, el aviador inglés seguía durmiendo como un leño en la batea del camión que le había transportado, y Pepita, sentada junto a él, velaba su sueño.

—¿Qué hacemos con tu hombre? —preguntó a Pepita uno de los milicianos dedicados a descargar la impedimenta.

—Vamos a subirlo y lo acostaremos donde se pueda —respondió ella.

El miliciano se echó al hombro el inglés como si fuera un costal y lo depositó en el blando lecho de uno de los dormitorios del palacio. Pepita, que había ido tras él, se encontró frente a aquel hombre, que después de dejar su carga la abordó sonriendo:

—¡Bueno, guapa, a ver cuándo me toca a mí!

Le guiñó un ojo maliciosamente, salió y cerró la puerta tras él. Pepita, cuando se encontró a solas con Jorge, que ni siquiera se había movido, le quitó los zapatos, le desabrochó el cuello, le arropó con unas mantas, cerró las ventanas, corrió las cortinas y luego se acurrucó a los pies de la cama como una gatita y se quedó dormida.

El comité revolucionario de Benacil, reunido en el ayuntamiento, deliberó sobre la situación creada por la llegada de la Columna de Hierro. Aquellos hombres que durante toda su vida habían luchado por el triunfo de sus ideales revolucionarios no se resignaban a que la revolución los desbordase, y estaban dispuestos a hacer frente a aquella fuerza sin control que trataba de apoderarse de ella.

—Si dejamos a esos bandidos de la Columna de Hierro lanzarse al saqueo y la matanza, el pueblo se revolverá luego contra nosotros, que seremos a sus ojos los responsables de los crímenes que hayan cometido —decía Pepet, el viejo republicano que presidía el comité.

—No podemos luchar; hemos sido desbordados hace tiempo —aseguraban sus correligionarios, descorazonados.

—Hay que resistir a todo trance y conservar en nuestras manos el control de la revolución —replicaba con impresionante fuerza Tomás, el joven socialista—; procuraremos combatir el terrorismo de esas bandas armadas que vuelven del frente y al final las extirparemos como hemos extirpado al fascismo.

—Sí, pero mientras esos bandidos puedan actuar impunemente, el pueblo nos hará a nosotros responsables. Si dejamos las manos libres a los criminales de la Columna de Hierro, la opinión se pondrá en contra nuestra. Ya lo estamos viendo. Los pueblos por donde pasan esos bandoleros se tornan fascistas. Esos canallas son los mejores propagandistas de Franco. Yo he visto a viejos republicanos demócratas auténticos renegar de la revolución y desear el triunfo del fascismo —replicó el tío Pepet.

—Es el horror de la guerra lo que provoca esas reacciones. ¿Crees tú que del otro lado no hay gentes de bien, conservadoras y católicas, a las que están convirtiendo en revolucionarias los asesinatos de los falangistas? Seis meses más de guerra y verías la inmensa mayoría de los revolucionarios de hoy convertirse en reaccionarios, pero también dentro de medio año, si la guerra continúa, no le quedarán a Franco más que sus asesinos pagados. Las poblaciones que al principio se pusieron a su lado suspirarán por un régimen de libertad y porque cese al fin el régimen de terror a que las tienen sometidas.

—Todo eso son tonterías e imaginaciones. Aquí lo importante es no dejar que el pueblo sea víctima de esa horda de asesinos. Yo, si no sabemos impedirlo, me voy a casa resignado a esperar que las tropas de Franco vengan y me degüellen —afirmó Pepet.

—Y yo.

—Y yo.

Los viejos republicanos, los demócratas, los liberales, desertaban aterrados. Tomás, el secretario, procuró devolverles la perdida fe. Renunciar a la lucha, por muy feroz que fuese, era una cobardía y un suicidio. La guerra y la revolución eran así. Había que afrontarlas con todo su horror. Darían la batalla a los bandidos de la Columna de Hierro.

En el pueblo y la huerta que la circundaba había hombres con coraje para hacerles frente, y si ellos no se bastaban, pedirían refuerzos al gobierno, que no podía negárselos. Todo menos claudicar.

Antes de que anocheciese, el comité tenía su plan trazado. Cada cual salió por su lado para cumplir la misión que se le confiara. Pepet y los demás jefes republicanos circularon órdenes de concentración a los huertanos. Partieron rápidos los emisarios batiendo los caminillos de la huerta con sus alpargatas; la voz de alarma corrió por el laberinto de barracas y alquerías. Pronto los senderos de la huerta empezaron a poblarse de campesinos que, arrebujados en sus mantas y con su retaco bajo el brazo, acudían solícitos a defender «su» república, aquella república ideal con la que habían soñado de padres a hijos y que ahora querían arrebatarles de entre las manos por uno y otro lado. La vieja fe democrática tenía aún sus defensores.

Mientras, en la Casa del Pueblo de Benacil, Tomás reunía a las juventudes obreras de la villa, socialistas y comunistas, y las arengaba para lanzarlas a la lucha contra los que hasta aquel día habían sido sus aliados y de la noche a la mañana se convertían en el más peligroso enemigo. Era difícil convencer a aquellos hombres de espíritu revolucionario y estrecha mentalidad proletaria para que se lanzasen a combatir contra quienes eran tan proletarios como ellos y actuaban también en nombre de la revolución. Pero el fanatismo y la disciplina comunistas obran milagros. Aquellos hombres lucharían contra los anarquizantes de la Columna de Hierro con el mismo fervor con que luchaban contra los fascistas. Se trataba de enemigos de la dictadura del proletariado, y esto bastaba para que estuviesen dispuestos a aniquilarlos.

En tanto el comité revolucionario de Benacil convocaba a sus huestes y las distribuía estratégicamente, los hombres de la Columna de Hierro comenzaron a actuar por su cuenta. El Chino, rodeado de sus lugartenientes, se presentó en la prisión de Benacil apenas cayó la noche y reclamó que se le entregasen todos los presos fascistas. Pepet y Tomás, oportunamente avisados, se presentaron en el acto.

—¿Para qué quieres a los presos? —preguntó Tomás.

—Para hacer la justicia revolucionaria que vosotros no habéis sabido hacer —replicó el Chino.

Tenían la prisión cercada por sus hombres, y allí mismo, en el patio, rodeándole, estaban tres o cuatro de sus más bravos auxiliares. Se sentía fuerte.

—Aquí no hay más autoridad que la del comité —insistió Tomás.

—Yo me río de todas vuestras autoridades y de vuestros comités. Aquí no hay más voluntad que la del pueblo, y en nombre del pueblo fusilaremos a los presos fascistas o los pondremos en libertad según se les antoje a mis hombres, que son el pueblo en armas. ¿Te enteras?

—Tú lo que quieres es asesinar a unos infelices y poner en libertad a los contrarrevolucionarios que te convenga. ¿Cómo te han pagado los fascistas, canalla?

El Chino le saltó al cuello, pero Tomás consiguió desasirse y, sacando la pistola con un rápido movimiento, lo contuvo momentáneamente, así como a sus hombres, mientras decía a uno de los milicianos del pueblo que estaba a su lado:

—Avisen a las milicias para que vengan a detener a estos bandidos.

El Chino y sus hombres, encañonados por Pepet y

Tomás, no pudieron impedir que el miliciano partiera, pero bastó que uno de ellos diese un estridente silbido para que se presentasen diez o doce individuos de la Columna de Hierro, que, apenas advirtieron lo que sucedía, se precipitaron sobre Pepet y Tomás y los desarmaron.

—¿Conque ibais a detenerme, eh? —dijo el Chino amenazándoles con su pistola—. Yo soy quien va a fusilaros por traidores y contrarrevolucionarios.

Ordenó que los esposasen y se preparó a rechazar el posible ataque de los milicianos de Benacil. Éste no se hizo esperar. Llegó primero una patrulla de quince o veinte hombres que fueron dispersados fácilmente a la primera descarga que les hicieron.

El Chino, decidido a aprovechar el tiempo, ordenó luego que se concentrase en la defensa de la prisión el grueso de la columna; que los camiones, debidamente protegidos, estuviesen dispuestos y en orden de marcha, y que sus lugartenientes entrasen en las galerías de la cárcel y se apoderasen de los presos fascistas para irlos conduciendo a los camiones, pues tenía el propósito de llevárselos consigo en caso de tener que batirse en retirada.

Apenas habían comenzado a desfilar los presos ante el Chino, que los interrogaba personalmente, cuando se oyeron nuevas descargas en los alrededores de la cárcel. Las milicias de Benacil acudían en masa a libertar a sus jefes sabiendo ya que estaban prisioneros. El Chino no se alarmó.

—Esos idiotas se van a hacer ametrallar por mi gente —comentó.

Pero la lucha era más dura de lo que los milicianos de la Columna de Hierro esperaban. Los milicianos de Benacil acudían en oleadas dispuestos a batirse con coraje y estaban organizando un verdadero asedio a la prisión. Llegó el grueso de la columna, pero aquellos ciento cincuenta hombres no bastaban para contener la presión de la muchedumbre armada. La confusión y el estruendo de la lucha eran aterradores.

Entre los prisioneros fascistas se produjo un movimiento de pavor. Ignorantes de cuanto ocurría, pero convencidos de que eran sus vidas lo que se jugaba en el albur de aquella batalla, buscaban angustiadamente la ocasión de huir a favor del tumulto, golpeaban frenéticamente las puertas de sus celdas y daban gritos desgarradores. Los milicianos de la Columna de Hierro entraban en las galerías donde seguían encerrados, los acorralaban a culatazos y se parapetaban detrás de las ventanas para disparar contra los asaltantes. Hubo un momento en que la presión de éstos arrolló a los hombres del Chino, que, cobardes al fin y al cabo, se replegaron en desorden y se metieron como bestias acosadas en el interior de la cárcel. Con ellos iba una muchacha, también con pantalón de pana y cazadora de cuero, que, esgrimiendo una pistola, gritaba como una furia para dar aliento y coraje a los luchadores.

Cuando el ruido distante de las descargas le despertó al fin, se encontró Jorge con que estaba solo en un palacio abandonado. Le costó trabajo recordar lo que había sucedido y ni siquiera intentó explicarse su presencia en aquel lugar. El estrépito de la batalla que en los alrededores de la cárcel se estaba librando le hizo salir precipitadamente y encaminarse hacia el lugar de donde partían las detonaciones.

En la calle vio a muchos hombres que corrían en la misma dirección. Paró a uno de ellos y le preguntó:

—¿Qué pasa?

El interpelado, un rudo huertano que acudía armado de una vieja escopeta a defender «su» república sin saber a ciencia cierta qué clase de enemigo la amenazaba, contestó lacónicamente:

—Que quieren asaltar la cárcel para apoderarse de los presos fascistas.

—¿Pero quiénes son los asaltantes?

—Unos bandidos fascistas.

—¿Y cómo han llegado los fascistas hasta aquí?

—¡Ah! ¿Yo qué sé?

Y echó a correr.

El aviador inglés, estupefacto, se acercó a los grupos que, parapetados en los alrededores de la cárcel, hacían fuego contra los hombres de la Columna de Hierro. Era indudable que los fascistas habían intentado un golpe de mano en aquel lugar. Sacó la pistola y se marchó con la gente del pueblo, pensando que, ya que su ferviente anhelo de combatir el fascismo le había llevado, no sabía cómo, hasta allí, su deber era batirse lealmente. Una vez metido en la aventura, no valía echarse atrás.

Un asalto en regla a la prisión se preparaba. Había que desalojar al enemigo de la cárcel antes de que tuviese tiempo de asesinar a los prisioneros. Se oyó una voz que pedía:

—¡A ver! ¡Voluntarios para ir a pecho descubierto hasta el portal de la cárcel y hacerse fuertes en él!

Se destacaron seis o siete hombres, jóvenes en su mayoría. Jorge se unió a ellos.

—¿Dónde vas tú con eso? —le preguntó uno de los

que parecían jefes de los milicianos mirando desdeñosamente la diminuta pistola del inglés—. Tira ese juguete y toma éste.

Le puso entre las manos un fusil.

—¿Cómo se dispara? —preguntó ingenuamente Jorge.

—Así —le replicó el miliciano abriendo y cerrando el cerrojo del máuser. ¿Sabrás hacerlo?

—Sí —le replicó el inglés, y se colocó entre los voluntarios que se disponían al asalto.

Acecharon el momento oportuno y, a todo correr, con el cuerpo inclinado a tierra, abandonaron la esquina que los protegía y se lanzaron a atravesar la plaza bajo el fuego terrible que les hacían los hombres del Chino.

Los asaltantes iban corriendo y disparando simultáneamente. Jorge quiso imitarlos, pero, aunque apretó el gatillo del máuser, el tiro no salió. En aquel momento el portal de la prisión se abrió y una ráfaga de plomo segó a los milicianos. El inglés tiró el inútil fusil y, cerrando los ojos y encogiendo el cuerpo, se precipitó ciegamente hacia aquel boquete negro del portal que vomitaba fuego sobre ellos. Los de la Columna de Hierro habían emplazado una ametralladora en el fondo del zaguán y antes de que los milicianos pudieran acercarse o huir los habían barrido. Sólo Jorge llegó indemne hasta la puerta de la prisión. Ya dentro del zaguán, uno de los bandidos que le encañonaba con un fusil se fijó en él y bajó el arma sorprendido.

—¡Pero si es nuestro inglés! —exclamó.

Le trincaron por el brazo y se lo llevaron al Chino.

—¿Qué hacías, idiota? —le preguntó éste.

Jorge, tan sorprendido de hallarse entre sus amigos de la víspera como de haber estado combatiendo contra ellos sin saberlo, respondió:

—Peleaba contra los fascistas.

—¡Pero si los fascistas son ésos de ahí fuera!

No quiso creerlo y lo dejaron por imposible. No podían perder el tiempo en darle explicaciones, ni siquiera en matarlo. Jorge, escarmentado, no quiso seguir jugándose la vida mientras no supiese a ciencia cierta por qué causa se la jugaba, y se metió por la prisión adentro dispuesto a esperar filosóficamente el final de aquella incomprensible tremolina. Al subir a la planta alta del edificio oyó unos pasos cautelosos; se apartó prudentemente y se quedó disimulado en el hueco de la escalera. Un grupo de presos fascistas se aprovechaba de la confusión de la batalla para fugarse. Iban sigilosamente buscando una salida conducidos por una muchacha con uniforme de miliciano que llevaba en el puño una pistola.

—¡Pepita! —exclamó Jorge al verla.

Cuando los presos llegaron al patio, Pepita les hizo ocultarse tras unas gruesas pilastras que había detrás del zaguán, a espaldas mismas de los que manejaban la ametralladora.

—Acechad aquí —les dijo— el momento en que entren los asaltantes o en que éstos intenten una salida, y mezclados con ellos procurad huir y poneros a salvo. Estáis a dos pasos de la puerta.

—¡Arriba España! —respondió uno de los prisioneros en voz baja.

Pepita se volvió y comenzó a subir las escaleras. Jorge la alcanzó con dos zancadas, la sujetó por la cintura y le dijo emocionado:

—Has hecho bien en salvar la vida de esos desgraciados. Sospecho que son los presos fascistas, pero te has portado como debías evitando que los asesinen. Ya los mataremos luchando noblemente contra ellos.

Pepita, temerosa de una indiscreción de Jorge, le recomendó silencio y disimulo.

—¡Oh, sí! —la tranquilizó él—. Empiezo a comprender la situación. Por eso te digo que has hecho bien en salvarlos.

Se unieron al grupo que formaban el Chino y sus lugartenientes. Pepita, cambiando de aspecto radicalmente tan pronto como se vio de nuevo entre los hombres de la Columna de Hierro, volvió a lanzar bravatas y juramentos para excitar a los que luchaban.

La cosa iba mal para ellos, pero el Chino era hombre astuto. Decidió batirse en retirada. No había ya que pensar en los presos fascistas, sino en escapar de aquella ratonera. Distrajo la atención del núcleo principal de los asaltantes llevándola hacia uno de los ángulos más apartados del edificio, en el que hizo arrancar los hierros de una ventana como si los sitiados fuesen a intentar una salida desesperada por aquel lado, y simultáneamente concentró a todos sus hombres frente a la entrada principal. A una señal suya se echaron fuera denodadamente. En la vanguardia iban cuatro hombres con cuatro fusiles ametralladores que levantaban delante de ellos una cortina de fuego. Un hércules de ciento y pico de kilos que cargaba con la ametralladora caminaba disparándola apoyada contra su pecho. La rápida y furiosa salida abrió brecha en los sitiadores, y los hombres de la Columna de Hierro pudieron llegar, a costa de algunas bajas, hasta donde les esperaban los camiones con los motores en marcha.

Llevaban con ellos, esposados, a Pepet, el presidente

del comité, y a Tomás, el secretario, a los que estuvieron exponiendo visiblemente al fuego de sus propios partidarios para que les cubriesen la retirada. Los presos fascistas que, advertidos por Pepita, habían salido de la cárcel confundidos con ellos, se dispersaron en el trayecto.

Cuando ya se perdían de vista las lucecitas de Benacil y habían dejado de silbar las balas de los milicianos, el Chino hizo recuento de sus hombres. Las bajas no llegaban a veinte entre muertos y heridos. ¡Bah! La Columna de Hierro se había salvado. ¡Adelante!

Antes de que amaneciese hicieron alto de nuevo, ya a unos veinte o treinta kilómetros de Benacil. Jorge, que iba al lado de Pepita en el fondo de uno de los camiones, la invitó a aprovechar la parada de la columna para caminar un rato a pie y hablar sin testigos; ya les darían alcance los camiones cuando reanudasen la marcha. Pepita, que iba ensimismada con los codos en las rodillas y las mejillas entre las palmas de las manos, miró compasivamente al inglés con sus ojos febriles y sin decir palabra se tiró del camión y echó a andar carretera adelante. Jorge la siguió en silencio también.

Le tenía tan desconcertado la conducta extraña de la muchacha que no sabía qué decirle. Lo indudable era que ella, no obstante haberse batido con el mismo coraje que un hombre al lado de sus camaradas, había favorecido luego la fuga de los fascistas. ¿Por qué? Jorge pensó que había sido un sentimiento de piedad hacia aquellos infelices lo que había impulsado a la muchacha y, creyéndolo así, quiso reiterarle la seguridad de que había procedido noblemente.

—Por grande que sea mi odio a los fascistas, yo hubiese procedido igual que tú —le susurró al oído.

Ella le miró a los ojos y le dijo con voz agria:

—¿Y quién te ha dicho a ti que yo odio a los fascistas?

Jorge, inmutado, no contestó.

—Yo no tengo odio a los fascistas —siguió diciendo ella atropelladamente—. ¡Yo soy fascista! ¿Te enteras? Eso que tú llamas el pueblo es una banda de asesinos. Estás con los tuyos. Por ellos has venido a luchar románticamente. ¿Qué? ¿Te encuentras a gusto entre ellos? ¡Yo sí! ¡Yo los encuentro admirables! Pero no porque crea estúpidamente que van a redimir a la humanidad ni porque los considere capaces de otra cosa que de asesinar y robar, sino precisamente por eso, por su fuerza destructora, porque sé que ellos mismos son los que van a acabar con todos vosotros, con vuestra república y vuestra democracia. Yo no creo en el pueblo ni en sus virtudes. Creo en los héroes, en los hombres que saben mandar y obedecer y morir por su deber si es preciso; creo en los jefes y en los fascistas y en los militares. Mi padre era militar y murió en África luchando; mis hermanos son oficiales del ejército de Franco, yo...

Se detuvo. Cambiando de tono, habló luego con voz más grave y profunda.

—...Yo debía haber sido tu perdición. Te busqué y te llevé al *music-hall* para que te emborrachases como un imbécil y obtener de ti cuanto necesitaba. ¡No he sabido hacerlo! ¡No he querido hacerlo porque me has dado lástima! ¡Vete!

Subían lentamente un repecho desde cuya cima se veían a lo lejos los primeros resplandores del nuevo día. Ella, con la cara vuelta, rehuía la mirada de él.

—¡Vete! Hubo un momento en el que creí que eras sencillamente un aventurero y pensé que podría arrastrarte fácilmente a que desertaras. Ahora que empiezo a conocerte he perdido toda esperanza de conseguirlo. Anoche, cuando vi que te sumabas estúpidamente a esta tropa de bandoleros, me vine contigo pensando en que los crímenes de esta gente te darían al fin repugnancia y reaccionarías como yo hubiese querido: pasándote al bando fascista. Ya sé que no serás nunca capaz de hacerlo y que tu triste destino es el mismo de esos dos pobres imbéciles del comité de Benacil que traemos prisioneros. Perecer asesinado por esta canalla a la que amas tanto. ¡Vete! ¡Vete!

—Pues vente tú conmigo —respondió Jorge.

—¿Yo? ¿Para ponerme como tú al servicio de los rojos? ¿Para sentirme por tu culpa enfrente de los míos? ¡Nunca! Ya te he dicho que no te creo capaz de una traición. ¿Por qué supones que yo voy a ser capaz de hacerla? ¡Vete!

—¿Qué harás tú entre esta gente?

—Animarlos, estimular sus instintos, poner en tensión su fuerza destructora. Ellos, sólo con sus crímenes, son capaces de hacer fascista a todo el país. Así sirvo a mi causa. Vete tú a servir la tuya.

Jorge la sujetó por un brazo, horrorizado.

—¿Y si yo te mato ahora? —le dijo.

Ella lo miró fríamente.

—Serías un asesino más entre los asesinos.

La caravana había reanudado su marcha. Cuando los camiones los alcanzaron, Pepita dio un salto y, encaramándose en la trasera de uno de ellos, partió y dejó a Jorge al borde del camino sin decirle adiós y sin volver la cabeza para mirarlo.

—¿Y el inglés? —le preguntó el miliciano que la ayudó a saltar al camión.

—¡Ahí lo he dejado! ¡Es muy aburrido!

—¡Ya era hora, guapa! —comentó el miliciano relamiéndose.

Jorge, cuando vio perderse en la distancia el último de los camiones, se pasó la mano por la frente calenturienta. Sintió el deseo de echar a correr detrás de la Columna de Hierro. Algo de su ser se iba tras ella.

Se arrancó heroicamente de aquella sugestión y, un paso tras otro, emprendió el camino de retorno a Benacil. Cuando llegó al lugar donde había estado detenida la caravana, encontró al borde del camino los cadáveres de los hombres que habían sido fusilados por la espalda. Estaban cogidos de las manos fraternalmente.

El gobierno se decidía al fin a acabar con el bandidaje de aquellas columnas de desertores del frente que asolaban el país. Se enviaron fuerzas de la guardia republicana para que los tuviesen en jaque y se estimuló a las milicias locales para que les ofrecieran una firme resistencia. Como no se conseguía aniquilarles, se dispuso que las escuadrillas de aviones vigilasen sus desplazamientos y los bombardeasen implacablemente.

Jorge se ofreció voluntario para prestar ese servicio.

Iba pilotando un aparato de caza al frente de una escuadrilla cuando descubrió en una llanura parda el rosario de camiones de la Columna de Hierro. Descendió rápidamente y en una pasada de reconocimiento se cercioró de que aquéllos eran efectivamente los hombres del Chino. Dio la vuelta y, al pasar de nuevo sobre los camiones, dejó caer en el centro de la columna la carga de bombas que llevaba. Tras el suyo, los demás aparatos de la escuadrilla repitieron la maniobra, y cuando dio la vuelta por tercera vez vio cómo los bandidos que no habían sido alcanzados por las explosiones abandonaban los camiones y huían a campo traviesa en todas direcciones. Entonces descendió aún más y, volando temerariamente casi a ras de tierra, hizo funcionar su ametralladora y barrió los grupos fugitivos. Fue una cacería implacable. Mientras hubo un hombre en pie, los aviones estuvieron pasando y ametrallando.

Erguida en la techumbre de uno de los camiones estuvo desafiándole una figura de miliciano fina y breve que se mantuvo enhiesta mientras las demás se aplastaban contra la tierra. ¿Era ella?

De lo único que estaba seguro era de que la última ráfaga de su ametralladora la tiró a tierra.

El tesoro de Briesca

Testarudo y valiente, aquel hombrín insensato se obstinaba en seguir haciendo, bajo el bombardeo de las baterías rebeldes, el inventario del tesoro artístico que el curso de los siglos había ido depositando en aquel lugarón manchego dormido hacía trescientos años en un repliegue de la estepa castellana.

—¡Que tiren! ¡Que tiren! —decía—. No nos iremos de aquí mientras no hayamos puesto a salvo de sus uñas desde los cuadros del Greco hasta el último incensario. Cuando entren en Briesca, si entran, tendrán que colocar en el altar mayor una litografía de Franco y para decir misa van a tener que vestir al cura con un traje de luces.

Bajo la dirección del hombrín aquel y utilizando las confidencias de los aterrorizados vecinos, los milicianos registraban las casas de los ricos y, una tras otra, iban saliendo a luz las presas ocultas, las casullas y estelas bordadas del siglo XV, los ricos paños de altar, la maravillosa orfebrería de cálices, copones y custodias, las tallas románicas, los crucifijos de oro y plata, los soberbios exvotos de capitanes, justicias y virreyes de Indias, y los lienzos famosos de los maestros de la pintura castellana. Hasta los dos grecos que había en Briesca cayeron en manos de los milicianos.

El empeño era arduo y peligroso. Cuando aquella mañana el camarada Arnal, comisionado por la Junta de Madrid, se presentó en Briesca con su escolta de milicianos y dijo que iba a llevarse el tesoro artístico y arqueológico que había en el pueblo para evitar que cayese en manos de los fascistas que estaban ya a pocos kilómetros, estuvo a punto de que lo fusilasen. No le fusilaron porque con Arnal iban unos milicianos que también tenían fusiles. A regañadientes, el comité revolucionario del pueblo tuvo que consentir la injerencia de aquel enviado de Madrid, pero impuso una condición terminante. De Briesca no se sacaría ni un alfiler. Los tesoros de las iglesias, los conventos y los palacios pertenecían al pueblo, que no consentiría que nadie, con ningún pretexto, ni invocando ninguna autoridad, se los expropiase. Si había peligro de que se apoderasen de ellos los fascistas, el mismo peligro correrían más tarde o más temprano en cualquier otro sitio. Los tesoros eran del pueblo y seguirían la suerte del pueblo. Entre el camarada Arnal y el comité revolucionario de Briesca se entabló una polémica interminable; Arnal, testarudo, se batía bien, pero tropezaba con la cazurrería y el egoísmo de los lugareños. Lo dicho: de Briesca no se sacaría ni un alfiler. Ésta era la última palabra.

La última palabra la dijeron, sin embargo, los cañones de Franco, que a media tarde se pusieron a bombardear el pueblo desde unas alturas próximas. Sólo entonces se llegó a un acuerdo. Los objetos que tenían un valor material indiscutible, oro, plata y piedras preciosas, se recogerían y quedarían empaquetados bajo la custodia del comité revolucionario local, que en caso de evacuación los llevaría consigo. Las obras de arte y las joyas arqueológicas que tuviesen, a juicio del camarada Arnal, un positivo valor de estimación, serían guardadas con absoluto secreto en algún escondite que sólo conocerían tres personas: el propio Arnal y dos de los miembros del comité; y, finalmente, los ornamentos del culto que careciesen de valor, las imágenes de factura moderna, los candelabros de latón, los viejos misales, todo lo que no tuviese cotización en el mercado profano, sería implacablemente destruido por medio del fuego. La conciencia antirreligiosa del pueblo revolucionario exigía para su plena satisfacción que este auto de fe se verificase con toda solemnidad. El camarada Arnal quería salvar de la quema toda aquella bisutería sacra que los milicianos amontonaban a sus pies y sermoneaba a los del comité local exponiéndoles la conveniencia de conservar todo aquello que el día de mañana podría tener un gran valor documental; con las imágenes desgraciadas, las telas infames, los cromos groseros, las atroces disciplinas, los rosarios burdos que hacían los pastores y los sucios exvotos podrían formar más adelante un curioso museo antirreligioso que educase en el ateísmo a las generaciones venideras.

—¡Ca, no señor! —decían los pueblerinos desconfiados—. Si no lo quemamos todo ahora mismo, tarde o temprano volverán a refregárnoslo por los hocicos. ¡Al fuego! ¡Al fuego!

Los cañones de Franco seguían llevando el contrapunto de la discusión. Cuando, ya de noche, los fascistas descubrieron desde lejos la llama viva que en el centro de la plaza de Briesca iba consumiendo los instrumentos de la fe popular en un simbólico auto de nueva fe, debieron adivinarlo porque sus cañones arreciaron el bombardeo y los obuses caían en el centro del pueblo y despanzurraban los viejos caserones, de los que escapaban las mujerucas aterrorizadas santiguándose y gritando: «¡Castigo del cielo! ¡Castigo del cielo!».

Arnal y sus hombres seguían impertérritos y escrupulosos el saqueo e inventario de la riqueza artística e histórica de Briesca bajo el fuego de la artillería enemiga. Todo lo que no era de oro o plata ni tenía un positivo valor artístico iba a alimentar la hoguera encendida en la plaza mayor. A medianoche, los jefes de las milicias que defendían el pueblo y los miembros del comité revolucionario, reunidos en consejo de guerra, hicieron saber al camarada Arnal que, a la vista del furioso bombardeo que estaban sufriendo, era de prever un ataque de las columnas fascistas para el amanecer y precisaba dar por terminada aquella tarea para que todos los hombres útiles se consagrasen a la lucha en el frente. Arnal reclamó todavía un plazo de unas horas para dar por terminada su requisa. Últimamente los del comité se apoderaron de los grandes paquetes hechos con los objetos de oro y plata y salieron después para el frente llevándose a los milicianos que hasta entonces habían estado auxiliando al camarada Arnal. Éste quedó solo con los dos miembros del comité designados para la ocultación del tesoro artístico. Con aquellos lienzos y esculturas, obras de arte únicas en su género, que podían valer millones, hicieron tres grandes paquetes y, ya de madrugada, después de cerciorarse de que nadie les espiaba, cargaron con ellos y, provistos de un pico y una pala, se perdieron en los callejones desiertos del pueblo; Arnal traía las uñas partidas y los dedos ensangrentados de arañar la tierra. Cambiaron unas miradas de triunfo y unos apretones de manos.

—Nadie dará jamás con el tesoro.

—Nadie.

Los dos muchachos del comité trocaron luego el pico y la pala por los fusiles.

—Vamos ahora a partirnos la cara con los fascistas —dijo uno.

Se incorporaron a los pelotones de milicianos que en camionetas partían para el frente. Eran dos bravos mocetones. Arnal se quedó allí expurgando entre las menudencias del despojo en espera de que se hiciese de día. A veces una tablita borrosa en la que se adivinaba una sencilla virgencita o un rosario de cuentas gordas amorosamente trabajadas por un rústico artífice le hacían estarse un rato meditando. ¡Qué valor de afección, qué saturación de blanda humanidad había en aquellas pequeñas cosas! La enérgica reacción que le hacía tirar la evocadora nadería diciendo inexorable: «¡Al fuego! ¡Al fuego!» no le impidió apartar amorosamente un montoncito de objetos humildes en los que la piedad rezumante ponía una inevitable sugestión. «Soy un cochino sentimental —pensaba—; un lamentable artista tan blando y tan incapaz para la revolución como todos los artistas y todos los intelectuales. Tendré que vigilarme.»

Abrió la ventana. Amanecía. El fuego de cañón había cesado, pero se oían distantes las descargas de fusilería que rasgaba el alba. «Pronto estarán aquí», pensó.

Salió a la calle con su paquetito de medallas, exvotos,

rosarios y estampas piadosas bajo el brazo. El frío del amanecer le hacía dar diente con diente. En la plaza, junto a los tizones de la hoguera sacrílega que aún crepitaban, unos hombres viejos armados con escopetas de caza y con unas mantas liadas por la cabeza preguntaban ansiosos a un miliciano que volvía jadeante de la línea de fuego. La cosa iba mal. Había que mandar inmediatamente al frente las camionetas que quedaban en el pueblo para que pudiesen recoger a los heridos. Había muchos, muchísimos.

Pero en Briesca no había ya camionetas; de las que quedaron se habían apoderado, apenas salieron para el frente los milicianos, unos cuantos cobardes que las utilizaron para huir en dirección a Madrid; también se habían llevado el auto de Arnal.

Poco después llegaba con el motor humeante un camión sanitario cargado de heridos. Hizo alto en la plaza y los sanitarios bajaron a uno que se les había muerto en el camino. ¿Para qué lo iban a llevar más adelante? Los sanitarios confirmaron la impresión del desastre. Los moros y el Tercio habían atacado furiosamente al romper el día. Al principio los milicianos aguantaron pegados a los surcos, pero, en vista de la resistencia que encontraban, los fascistas hicieron avanzar los tanques y consiguieron romper la línea de defensa por varios puntos. En aquellos momentos, los aviones rebeldes, volando a ras del suelo, ametrallaban a placer a los milicianos dispersos por el campo.

Tras aquel auto apareció otro de turismo con seis u ocho heridos amontonados en el interior y cinco o seis milicianos despavoridos colgados de las aletas. Contaban que por la carretera venían corriendo a pie grupos compactos de milicianos que habían tirado los fusiles y para escapar más rápidamente se colgaban de los automóviles sanitarios que pasaban. La plaza de Briesca comenzaba a poblarse de gente aterrorizada que salía de las casas inquiriendo detalles de la batalla y de milicianos fugitivos que llegaban de la línea de fuego.

Cuando los desertores formaban ya un núcleo considerable, hizo su aparición en la plaza del pueblo un auto del que se tiró furioso un hombre que, pistola en mano, se fue hacia ellos increpándoles:

—¡Canallas! ¡Cobardes! ¡Os voy a fusilar a todos!

Era el comandante militar del sector, que, al darse cuenta de la defección de sus hombres, abandonaba su cuartel general y se lanzaba personalmente a contener la desbandada. Al verle venir, el grupo de milicianos retrocedió temeroso. El torvo visaje de aquellos hombres que tenían miedo se ensombreció de manera siniestra. Reculaban como la fiera acosada por el látigo del domador, pero dispuesta, sin embargo, a saltar sobre él al menor descuido. El comandante, fuera de sí, desesperado, gritando como un energúmeno, se echaba sobre ellos y al que cogía le abofeteaba rabiosamente.

—¡Cobardes! ¡Hijos de perra! ¡Atados codo con codo os voy a poner de parapeto en la primera fila!

La mansedumbre de aquellos hombres, que soportaban la agresión esquivando torpemente sus acometidas como un rebaño asustado, le exasperaba aún más. Ciego de ira se precipitaba sobre ellos zamarreándoles y escupiéndoles a la cara impunemente. Hubo uno, sin embargo, que no se dejó agraviar. Cuando el comandante se fue hacia él, amenazadoramente, le apartó de un manotazo. Sorprendido por el inesperado desacato, el militar tendió el brazo armado con la pistola y le encañonó:

—¡Firme! —le gritó—. ¡Firme o te mato!

El hombre se replegó sobre sí mismo felinamente y le saltó al cuello. Tropezó en el aire con el cañón de la pistola tendido hacia su pecho. Sonó un disparo. Luego, tres o cuatro más. Cuando el comandante se reponía del encontronazo que le había hecho tambalear, se vio al hombre tendido en el suelo que aún se agarraba desesperadamente a una de sus piernas. Con las ansias de la muerte, el caído alargaba las fauces abiertas hacia la bota de montar del comandante reteniéndola desesperadamente con sus manos crispadas. El militar sacudió con toda su fuerza la pierna aprisionada, y sintió claramente cómo el tacón de su bota se hundía en la cara ensangrentada de aquel hombre, que le produjo la sensación repelente de una alimaña rabiosa a la que hubiese aplastado.

Cuando levantó la vista del suelo después de desembarazarse del caído, tropezó con las bocas de quince o veinte fusiles que le buscaban el pecho. En un instante comprendió que estaba perdido. Las fieras acosadas se revolvían contra él e iban a despedazarle. No le dieron tiempo más que para erguir el busto, cuadrarse militarmente, levantar el puño cerrado y gritar con voz entera:

—¡Viva la República! ¡Viva la revolución!

Cayó a la primera descarga. Pero aun después de haber caído estuvieron durante algún tiempo los desertores descargando sus fusiles sobre aquel cuerpo inerte. Arnal, testigo impotente de la terrible escena, se apartó horrorizado. Los desertores se dispersaron luego, espantados de su propio crimen, y en la plaza desierta sólo quedaron junto al rescoldo de la hoguera sacrílega aquellos dos cuerpos sin vida, el del desertor y el del héroe, víctimas uno de su instinto y el otro de su deber, ambos sacrificados a la barbarie de la más cruenta de las guerras.

Nadie apareció por la plaza durante un largo rato. Resoplando fatigosamente por el exceso de carga apareció luego otro camión sanitario con un racimo de milicianos colgados de la trasera. El médico que capitaneaba la ambulancia tuvo que luchar a brazo partido con los intrusos para desalojarlos y poder inspeccionar a los heridos. Dos de ellos habían muerto en el trayecto y los bajaron a tierra. Otro estaba tan grave que era inútil transportarlo: se iba a morir de un momento a otro; lo descendieron también. Arnal lo reconoció. Era uno de los dos camaradas del comité revolucionario que horas antes estuvieron con él escondiendo el tesoro artístico del pueblo. Tenía un balazo en el vientre. Le dejaron tendido en las losas de la plaza. Arnal se le acercó. El moribundo quería incorporarse. Le sentó en el suelo apoyándole la espalda en la pared y vio sus ojos, vidriosos ya, clavados con fraternal ternura en los dos cadáveres que junto con él habían bajado de la ambulancia. Creyó advertir que el agonizante le señalaba particularmente a uno de ellos y, siguiendo la trayectoria de aquella mirada turbia, reconoció en uno de los milicianos muertos al otro miembro del comité local que había estado auxiliándole. El moribundo resbaló la espalda por el zócalo en que estaba apoyado y cayó exánime sobre las losas del pavimento. El médico de la ambulancia, que atendía precipitadamente a los demás heridos, dijo a Arnal al verle inclinado solícitamente sobre el que yacía:

—No se preocupe por éste. Está muerto. Es cuestión

de unos minutos. Ayúdeme a atender a estos otros y a desalojar a esa canalla.

La empresa era temeraria. Pálidos, desencajados, con el terror pintado en el semblante, llegaban a la plaza de Briesca los milicianos que venían del frente. Después de haber huido a campo traviesa perseguidos por los aviones que los ametrallaban a placer no tenían más obsesión que la de ponerse a salvo, y, enloquecidos por el pavor, asaltaban los autos y las camionetas reservados a los heridos sin atender a nada que no fuese su ciego instinto de conservación. Un grupo de veinte o treinta pretendía a todo trance subirse al camión sanitario para huir más aprisa y hubo un momento en que, ciegos de terror, amenazaron con desalojar a viva fuerza a los heridos para ocupar sus puestos. La bestia humana había roto sus ligaduras.

Arnal y el médico, con las pistolas en la mano, los contuvieron; partió la ambulancia, y Arnal, que se había quedado en la plaza haciendo frente a los desertores, mientras el auto arrancaba, cuando lo vio al fin alejarse tiró la pistola sintiendo el asco y la vergüenza de vivir y de ser hombre.

Volvió al lado del moribundo. Había dejado ya de existir. Un poco más allá estaba también el cadáver abandonado del otro muchacho del comité. Ya nadie más que él sabía dónde estaba escondido el tesoro de Briesca. Y pensó satisfecho que, si le mataban también a él, se vengaría llevándose a la tierra el secreto de aquel tesoro, del que ya nadie podría disfrutar jamás. Este pensamiento egoísta le reconfortó.

Recogió luego el paquetito de humildes reliquias que había abandonado para atender al herido y fue a echarlo en el rescoldo de la hoguera sacrílega cuyos tizones estuvo avivando hasta que la columna de humo blanco que aún se elevaba sobre ellos tuvo otra vez un plinto de llamas.

Luego, echó a andar por la carretera de Madrid. Los aviones rebeldes pasaban y repasaban sobre su cabeza ametrallando el rosario de fugitivos, que a veces quedaba cortado por las ráfagas de plomo, como cuando se corta de un pisotón la procesión de un hormiguero.

Desde Madrid la guerra se veía como el flujo y reflujo de una gigantesca marea humana cuyas oleadas impresionantes iban a romperse en el acantilado del frente. De toda la España republicana llegaban millares y millares de hombres enrolados voluntariamente para combatir al fascismo. Los trenes militares volcaban día tras día sobre la capital masas compactas de combatientes reclutados en los últimos rincones de la Península. Las comarcas prósperas, Cataluña y Valencia, mandaban sus columnas de milicianos soberbiamente equipadas; las míseras aldeas de Castilla y Extremadura enviaban casi desnudos y armados con viejas e inservibles escopetas a sus hombres del campo, duros y secos como sarmientos, que por primera vez saciaban en los cuarteles de las milicias su hambre milenaria. La lucha contra el fascismo, predicada por villas y aldeas como se predicaba la guerra santa en los burgos medievales o en las cabilas africanas, levantaba en masa al pueblo y lo lanzaba en oleadas gigantescas sobre el frente.

Sin ninguna eficacia. La punta de acero de las vanguardias fascistas hendía fácilmente aquel informe amasijo de voluntades fervorosas e indisciplinadas que apenas chocaban con la férrea disciplina y la técnica profesional del ejército sublevado perdían su fuerza imponente y se deshacían como la espuma. Unas tras otras, las columnas de milicianos quedaban aniquiladas tan pronto como entraban en fuego. El pueblo no sabía hacer la guerra. Los mejores se hacían matar estérilmente; los demás tiraban los fusiles y huían por Andalucía y Extremadura, primero, por toda Castilla la Nueva después; se repetía el patético espectáculo de la voluntad impotente de un pueblo que se lanzaba a la lucha armada en campo abierto sin disciplina y sin jefes; es decir, condenado de antemano al fracaso.

Los verdaderos militares, los que lo eran de corazón y sabían a conciencia su oficio, estaban todos al lado de Franco. El improvisado ejército del pueblo no tenía ni jefes ni oficiales. Los pocos que por azar se quedaron al lado del gobierno de la República fueron desertando o sucumbieron en el empeño insensato de convertir en soldados a unos hombres que precisamente se alzaban en armas contra todo lo que fuese espíritu militar. Muchos de aquellos infortunados se hicieron matar por sus propias huestes aterrorizadas, a las que pistola en mano intentaban meter en fuego. La reacción de los milicianos cuando se sentían derrotados era fatal para ellos. «¡Hemos sido vendidos! —gritaban invariablemente—. ¡Fusilemos a los jefes!» Después, tiraban los fusiles y se volvían a Madrid a poblar los cafés y las cervecerías.

Este flujo y reflujo de la marea humana era lo que de la guerra se veía en Madrid. Así fue avanzando el ejército de Franco casi sin encontrar resistencia. Así cayó Talavera y después Toledo. Ya las tropas rebeldes estaban a veinte kilómetros de la capital y aún no se había conseguido otra cosa que volcar sobre el frente masas enormes de gente indisciplinada que los aviones facciosos dispersaban fácilmente. No había un jefe capaz de realizar el milagro de convertir en soldados a los campesinos y obreros que por odio al fascismo se hacían milicianos con más entusiasmo por la idea revolucionaria que coraje y tesón para la lucha. Los líderes de los partidos proletarios, convertidos de la noche a la mañana en estrategas, llevaban a sus hombres a la derrota. Cuando las duras lecciones del frente impusieron la apremiante necesidad de un técnico de la guerra, de un estratega auténtico capaz de mover diestramente aquellas masas armadas, tuvieron los milicianos que ir a buscarlo a la celda de una cárcel en la que lo tenían recluido como enemigo del régimen. Durante unas semanas, el hombre que desde el Ministerio de la Guerra dirigía las operaciones del ejército rojo era un general tachado de fascista que mientras estudiaba los planes del Estado Mayor y decretaba los movimientos de las tropas tenía a sus costados dos milicianos que le vigilaban recelosos con las pistolas al alcance de la mano. El primer día que pudo burlar la vigilancia de sus guardianes, aquel generalísimo a la fuerza se pasó al enemigo.

Mientras tanto, los teorizantes de los partidos proletarios se aplicaban encarnizadamente a organizar lo que ellos llamaban el nuevo orden revolucionario, es decir, la edificación socialista. Desinteresados de las contingencias de la guerra y dando por descartada desde luego la victoria final, creaban a retaguardia de tan inconsistente ejército una burocracia formidable encargada de socializar o colectivizar la vida entera del país. Los consejos obreros, los comités de abastecimiento, las juntas de inquilinos, las directivas de los sindicatos y, sobre todo, la augusta función del control —¡maravillosa invención esta del control revolucionario!— eran la vasta selva en que se refugiaban los fracasados del frente, los emboscados de todas las guerras. A retaguardia florecían los más inusitados organismos. Los anarquistas habían creado un titulado Grupo Gastronómico de la FAI que consagraba a la custodia de los depósitos de jamones a los más bizarros y heroicos de sus milicianos. Había también una potente organización que con el impresionante rótulo de La Contraguerra, que nadie supo jamás lo que quería decir, se dedicaba afanosamente a cobrar el importe de los alquileres de las viviendas madrileñas. Ella sabría por qué.

Entre tanto las tropas de Franco se habían apoderado de Toledo casi sin luchar y avanzaban rápidamente sobre Madrid.

El camarada Arnal pertenecía a una de aquellas innumerables juntas creadas por el prurito organizador de la revolución. Artista, buen artista, acaso uno de los mejores pintores jóvenes de España, había sido designado por el gobierno para formar parte de la Junta de Incautación y Conservación del Tesoro Artístico Nacional. Le habían dado un automóvil y una escolta de milicianos armados con fusiles y le habían dicho:

—Salve usted todo lo que buenamente pueda.

Artista de corazón, Arnal se había aplicado desde el primer momento a aquella ímproba tarea. Con su escolta de milicianos había recorrido todos los pueblos de

Castilla la Nueva intentando salvar de los azares de la guerra, de la destrucción y del robo, los inapreciables testimonios del glorioso pasado artístico de la raza. No siempre triunfaba en su empeño. El egoísmo y la codicia de las míseras ciudades castellanas oponían una tenaz resistencia a que las obras de arte fuesen sacadas de los lugares amenazados y transportadas a sitio seguro. El trasiego de las piezas valiosas había de hacerse además con la colaboración de milicianos insolventes en medio del caos de las evacuaciones precipitadas a que obligaba el avance enemigo o enfrentándose con la furia destructora de las muchedumbres revolucionarias, cuyos peores instintos se desataban con los reveses de la guerra.

Los viejos palacios habían sido invadidos por cuadrillas de hombres armados que podían disponer a su antojo de las riquezas artísticas e históricas acumuladas en ellos. El camarada Arnal, que tenía para aquellos tesoros un respeto supersticioso de artista, se horrorizaba a veces del riesgo que corrían en manos de los incultos y desesperados luchadores del pueblo. ¡Cuántas piezas únicas en el mundo, cuántas joyas irreemplazables no se perderían para siempre! Le reconfortaba el comprobar que el estrago real era mucho menor de lo que podía imaginarse. Conociendo como conocía ya la entraña dura de la revolución, el instinto rapaz de las muchedumbres desenfrenadas y su furia destructora, se maravillaba a veces del insospechable respeto que para las obras de arte y del desdén que para la riqueza pura y simple tenían en ocasiones aquellos hombres sin más ley que su capricho ni más coacción que la de su confusa conciencia. Un inevitable resabio nacionalista le hacía pensar que acaso el pueblo español fuera el más honrado y austero del mundo. En cualquier otro país concebir una situación semejante, imaginar medio millón de hombres incultos y armados que pudiesen impunemente dar plena satisfacción a sus más bajos instintos, sin ningún riesgo y sin temor a sanción alguna, equivaldría a pensar el caos, a soñar el Apocalipsis. Y desde el fondo de su alma reaccionaria de artista e intelectual se maravillaba de que aún quedase algo en pie, en que no lo hubieran arrasado todo y de que finalmente no se hubiesen devorado los unos a los otros.

Cuando veía a los milicianos mal vestidos y peor calzados pasearse altivos y desdeñosos por los salones de las mansiones señoriales en los que permanecían intactas las vitrinas llenas de joyas, como cuando presenciaba la escrupulosa entrega de millones y millones encontrados en sus requisas por pobres diablos toda su vida hambrientos, sentía una admiración profunda por aquel pueblo de locos, de asesinos quizá, que tal desprecio hacía de la riqueza, de los bienes materiales, de todo cuanto suele arrastrar a los hombres a la guerra, a la revolución y al crimen. Mala prueba para el materialismo histórico la guerra civil de España.

Existían, cómo no, la delincuencia vulgar, la rapacidad y el bajo instinto del robo. Nadie mejor que el propio Arnal lo sabía. En ocasiones había tenido que batirse con verdaderas cuadrillas de forajidos que se entregaban impunemente al saqueo, pero lo que le sorprendía era que aún le fuese posible luchar, que, a fin de cuentas, fuese él, la débil sombra de un Estado inerme, lo que a pesar de todo conseguía imponerse. Supo un día que una cuadrilla de milicianos sin control regresados del frente se había incautado de un palacio en el que se guardaban valiosísimas colecciones artísticas y se presentó allí dispuesto a impedir cualquier despojo. Aquellos hombres sin escrúpulos habían comenzado en efecto a apoderarse de las riquezas del palacio y a disponer de ellas a su libre albedrío. Al inspeccionar uno por uno los salones advirtió el expolio y trató de impedirlo. Requirió la presencia del jefe de aquella tropa e, invocando la autoridad de que se sentía revestido y en nombre del gobierno, le conminó a que todo cuanto había en el palacio fuese escrupulosamente respetado, a que se restituyesen a su lugar las piezas que habían desaparecido y a que los salones que él designara fuesen sellados y custodiados. El jefe le escuchó primero con benevolencia, luego con sorna y finalmente con ira. Arnal no se arredró por el mal ceño de aquel capitán de bandidos, y le amenazaba con denunciarle y hacerle encarcelar si sus órdenes no eran obedecidas cuando sintió en el costado la presión de un objeto duro que le hizo palidecer y callarse. Sin descomponerse, sin pronunciar una palabra, sin hacer un ademán, el jefe de la tropilla, que se le había ido acercando suavemente, empuñó su pistola y, apretándole el cañón contra el cuerpo, le decía:

—Vete. Anda. Que no te vea yo más por aquí. Largo. Vete ahora mismo. Vete y llévale el cuento a tu gobierno. Diles a tus ministros que no te hemos matado por lástima. Que vengan ellos si quieren algo del palacio. ¡Largo de aquí, ea!

El tono era tan convincente que el camarada Arnal bajó la cabeza y salió sin replicar palabra. En el vasto zaguán del palacio, los milicianos de guardia apuraban las viejas botellas de la aristocrática bodega.

—Eh, tú, artista, ven a echar un trago con nosotros y no te enfades —le gritó uno de ellos cuando pasaba.

Arnal salió entristecido. ¿Qué haría? ¿Denunciar a aquella cuadrilla de bandidos? ¿Dónde? ¿Quién le haría caso en aquellos momentos? Dos o tres días anduvo descorazonado. Una mañana se enteró de que los milicianos habían abandonado, al fin, el palacio. Fue allá, y supo con desconsuelo que lo habían arrasado; lo que no pudieron llevar, lo destrozaron. Pero supo también que el jefe de aquella cuadrilla había aparecido asesinado en unos jardincillos de los alrededores del cuartel de la Montaña. Tenía un balazo en la nuca y, sujeto con su gorrillo de cuartel en el que campeaban las tres estrellas de capitán, había al lado del cadáver un papel en el que decía: «Por ladrón».

Cada día le parecía más absurda y sin sentido su tarea. Correr de un lado a otro afanosamente para salvar una tela pintada, una piedra esculpida o un cristal tallado a través de aquella vorágine de la guerra y la revolución se le antojaba insensato. ¿Para qué? Cuando la vida humana había perdido en absoluto su valor, cuando los hombres morían a millares diariamente, cuando una generación entera caía segada en flor, cuando veinte millones de seres pertenecientes a una raza vieja en la civilización se precipitaban a la barbarie de las edades primitivas, ¿qué sentido podían tener ni el arte, ni los testimonios de un glorioso pasado, ni todos aquellos valores espirituales por cuya conservación se desvelaba? ¿Es que todo aquello que tan celosamente defendía había servido para ahorrar un solo crimen? Empezó a pensar que, cuando los hombres podían ser inmolados en masa con tan inhumana indiferencia, lo menos que podía pasar era que pereciesen también sin duelo las obras del espíritu que no sirvieron para evitar semejante barbarie. Arrasémoslo todo, pensaba. Hagamos tabla rasa. De nada nos han servido los tesoros de espiritualidad que nos transmitieron las generaciones anteriores. No dejemos ni rastro del pasado.

Como si este anhelo suyo estuviese compartido por todas las potencias de la Tierra, en el instante mismo en que llegaba a este punto de sus meditaciones se alzaron en la oscuridad de la noche seis llamaradas gigantescas que iluminaron con sus siniestros resplandores el cielo anubarrado. Madrid ardía por los cuatro costados. Una escuadrilla de aviones enemigos había arrojado en diversos lugares de la capital numerosas bombas incendiarias que prendieron en media docena de edificios y provocaron aquellas seis hogueras enormes que daban la impresión de que Madrid entero estaba ardiendo. Uno de los edificios incendiados, según vinieron a decirle, era el histórico palacio de Liria, residencia de los duques de Alba. Arnal, a despecho de sus reflexiones, corrió desolado al lugar del siniestro. El palacio de Liria era la mansión prócer que más riquezas artísticas e históricas atesoraba en España. Su destrucción era la pérdida irreparable de los más valiosos testimonios de nuestras grandezas. Abatido por la magnitud de la catástrofe, Arnal contemplaba estúpidamente aquella formidable hoguera en la que se fundían las armaduras de los caudillos imperiales y se convertían en fugaces bengalas los lienzos de Goya y Velázquez.

Aquel incendio del palacio de Liria acabó de desmoralizar al camarada Arnal. Era inútil todo esfuerzo. No se salvaría nada. Y, luego, aquella duda. ¿Es que había algo que valiese la pena salvar?

Cuando corrió por Madrid el rumor de que el mismo duque de Alba, reproduciendo al cabo de los siglos un altivo gesto de la raza, había sido quien ordenó a los aviadores fascistas que destruyesen su propio palacio para que el fuego lo librase de la vergüenza de haber sido invadido por el pueblo, Arnal tuvo la firme convicción de que había llegado la hora de destruirlo todo implacablemente y de que, en efecto, nada debía hurtarse ya a la cólera de los hombres.

Se acordó entonces de los dos cuadros del Greco que había dejado enterrados secretamente en las cercanías. Una vez muertos los dos milicianos que le ayudaron a esconderlo, nadie más que él sabía ya dónde estaban. Y se sintió fuerte y optimista al pensar que estaba en su mano dejar que se pudriesen en aquel agujero ignorado y que, si un día cualquiera le mataban, perecerían con él aquellas obras maestras de un sublime espíritu. Hizo firme propósito de no revelar jamás a nadie su secreto, y sólo ante el temor de que andando el tiempo llegase un día en el que no pudiese recordar exactamente el sitio donde estaba escondido el tesoro, cogió el lápiz y en un trocito de papel trazó el esquema del difícil camino que había que seguir desde la plaza de Briesca para llegar al lugar donde se hallaba el escondite. Luego, temiendo que, aunque el croquis carecía de toda indicación nominal, alguien fuese capaz de interpretarlo, se puso a trazar líneas caprichosas sobre las que indicaban la trayectoria a seguir, y consiguió que el esquema desapareciese bajo la apariencia de un boceto de pintor que representaba el escorzo difícil de un miliciano muerto. Entre las líneas vacilantes de aquella figura abocetada se perdió la línea firme del camino que conducía al tesoro. Satisfecho, se guardó el boceto en la cartera, salió y se dirigió al Comisariado de Guerra. Mientras dibujaba había tomado una resolución definitiva.

Decididamente aquella tarea a la que había estado consagrado carecía ya de sentido. Lo único importante era ganar la guerra. Dimitió de su cargo de miembro de la junta encargada de la conservación del patrimonio artístico nacional y se ofreció al gobierno como combatiente. Le nombraron comisario político.

El primer día que estuvo en el frente asistió impotente a la desbandada habitual de los milicianos. Nada les contenía. Cuando avanzaban los tanques o cuando volaban sobre ellos los aviones ametrallándoles a mansalva no había nada eficaz para dominar su pavor y contenerles, ni las arengas vibrantes, ni las patéticas imploraciones, ni las amenazas; nada. El aparato bélico del ejército rebelde les impresionaba terroríficamente, y a las dos horas de fuego los hombres más entusiastas, los obreros más conscientes y los más recios campesinos tiraban las armas y huían. Era inútil. Aquellas masas eran incapaces de hacer la guerra en campo abierto. No sabían.

Una tarde entre las tardes, después de vociferar y amenazar como energúmenos a los milicianos que huían, se quedaron solos en un pueblo ya de las inmediaciones de Madrid el camarada Arnal, comisario político, y el capitán del ejército encargado del mando. El pueblo era una magnífica posición estratégica, y abandonarla sin lucha a las puertas de la capital era una catástrofe. El capitán veía furioso cómo el último grupo de milicianos fugitivos doblaba a todo correr el recodo de la carretera de Madrid. Cogió uno de los fusiles que al huir habían tirado, se lo echó a la cara e iba a disparar contra ellos cuando Arnal le desvió el arma.

—Es inútil, camarada. Con eso no conseguiremos nada.

El capitán tiró el arma desalentado.

—Ya no puedo más —dijo con voz sombría—; me han hecho venir corriendo desde Extremadura delante de una tropilla de moros. No doy un paso más. Aquí me quedo. Que vengan los fascistas y me fusilen.

—Vamos, camarada. Ánimo. Nuestros hombres no saben hacer la guerra. Ya reaccionarán. A las puertas de Madrid se harán fuertes y venceremos.

—¿Vencer? ¿Con esa canalla? ¡Nunca! No venceremos nunca.

Arnal le miró con mal ceño:

—Eso que llamas canalla es el pueblo. ¿Sabes?

—¡Una vil canalla! ¡Un rebaño de borregos! ¡Que se vayan! ¡Que sigan corriendo! ¡Vete tú también, que eres de su ralea! Yo soy militar, ¿sabes? ¡Militar! Y voy a enseñaros a ti y a esos cobardes y a los fascistas, a todos, cómo se puede morir con decoro. ¡El pueblo! ¡Puaf! ¡Qué asco!

Arnal sintió deseos de lanzarse sobre él y estrangularle. Le echó una mirada de odio y le escupió:

—Al fin, militar. ¡Fascista!

Dio media vuelta y se fue por el mismo camino que habían seguido los milicianos. El capitán, plantado en la plaza del pueblo abandonado, le gritaba desde lejos:

—Ven acá, cobarde, si quieres aprender a morir. Ven acá.

Cuando se quedó solo arrastró una ametralladora hasta emplazarla detrás de un poyo de piedra que había en el centro de la plaza. Colocó junto a ella cuantas cintas de munición pudo encontrar, encendió un cigarrillo y se puso a esperar tranquilamente.

Era ya de noche y todavía se oían desde las nuevas posiciones de los milicianos las descargas de la fusilería fascista y el tableteo intermitente de una ametralladora. De madrugada aún sonaba. Al amanecer enmudeció al fin. Arnal, al día siguiente, cuando se vio de nuevo entre sus hombres en una trinchera de los arrabales madrileños, les habló tristemente con un tono de voz opaco y profundo. Las palabras se le quebraban en la garganta. Aquellos hombres le escucharon cabizbajos. Oyeron contar cómo había sabido morir su capitán después de renegar de ellos. Cómo se había suicidado para redimirse de los cuatro meses de huida vergonzosa delante del enemigo a que le habían arrastrado.

—Hoy —les dijo Arnal— volveréis a sentir miedo y huiréis otra vez. Mañana los moros entrarán en vuestras casas y os sacarán de debajo de las camas ensartados en sus bayonetas a la vista de vuestras mujeres. Yo caeré hoy aquí. Lo prefiero.

No les dijo más. Cuando horas más tarde las vanguardias rebeldes, después de un duro cañoneo, se lanzaron al asalto, el camarada Arnal, comisario político, acechó el instante crítico detrás del parapeto y, una vez llegado, echó el cuerpo fuera de un salto, alzó el puño cerrado y gritó:

—¡Viva la revolución!

Una ráfaga de plomo le abatió en el acto. Quedó tendido en la tierra de nadie. Mientras se moría quiso entretenerse en hacer examen de conciencia y no pudo. Se distraía. Pensó en las mil musarañas, en un cartel bonito que había visto en una esquina, en un perrillo cojo que tenían los milicianos... Se acordó también del tesoro de Briesca, cuyo secreto guardaba en aquel indescifrable dibujo que llevaba sobre el pecho, y cuando quiso poner en claro si había hecho bien o mal en aquel asunto, se murió.

Se murió sin saber que su gesto no había sido tan estéril como creyó. Los milicianos que hasta aquel instante habían huido siempre no huyeron aquel día. Resistieron por primera vez y, cuando comprobaron maravillados que se podía resistir, atacaron. Madrid, que debía haber caído al día siguiente, no cayó. Resistió un día, y otro, y otro, y una semana, y un mes...

El cadáver de Arnal fue rescatado por sus camaradas. En la cartera que llevaba en el pecho le encontraron un borroso apunte de un miliciano yacente que fue a parar a la exposición de documentos de la guerra civil organizada por la sección de propaganda del Quinto Regimiento. Un periodista norteamericano que lo vio tuvo el antojo de llevárselo, y a cambio de un donativo de cinco dólares para el Socorro Rojo Internacional se lo dejaron. No sabrá nunca que con aquellos cinco dólares compró el secreto de un tesoro que jamás acertará a descifrar. Aquel «miliciano muerto» de líneas imprecisas valía por dos obras maestras del Greco.

Los guerreros marroquíes

—*Paisa,* por Dios Grande, no *tirar.* Yo *estar* rojo.

Con los brazos en alto, las manos abiertas, una pierna tinta en sangre y las verdes pupilas dilatadas por el espanto, Mohamed se rendía. Había arrojado el fusil al suelo en señal de sumisión y, colocado delante del peñasco tras el que estuvo defendiéndose, esperaba a que fuesen a capturarle. Los rojos, venteando una añagaza del moro, no se decidían a salir a cuerpo limpio y seguían tiroteándole desde los lugares protegidos en que se habían atrincherado para cercarle. De vez en cuando, el chasquido de una bala arrancaba una lasca al peñasco donde se destacaba la silueta estirada de Mohamed, cada vez más maravillado de que después de tanto tirarle no le hubiesen dado todavía.

—No tirar —gritaba con voz angustiada—. Yo *estar* rojo; yo *estar república.*

Los rojos, desde sus parapetos, seguían tirando al blanco sobre él. Pero no le daban. Mohamed, estupefacto al ver que las balas pasaban junto a su cabeza sin herirle, empezó a sentir cierto desprecio por aquellos torpes tiradores. Estaba seguro de que él no hubiese marrado al primer golpe. Y tan desdeñoso concepto formó de ellos, que pensó en coger otra vez el fusil y seguir luchando, seguro de vencer a tan incapaces guerreros. Uno de ellos pareció decidirse al fin a echar el cuerpo fuera del parapeto.

—¡Ríndete! —le gritó.

Los otros tres enemigos que le tenían cercado fueron asomando la gaita cautamente.

—¡Ríndete! —le repetían.

Mohamed, que se había rendido hacía mucho tiempo, no se explicaba aquel miedo y aquellas precauciones excesivas de cuatro hombres armados contra uno solo, herido e inerme. Cuando vio en torno a él a los cuatro milicianos, que todavía no osaban acercársele, y consideró la menguada estatura que tenían y las viejas escopetas de que estaban armados, sintió por ellos un infinito desprecio desde el fondo de su alma de guerrero africano y, olvidándose de su pierna inútil, atravesada ya por un balazo, se resolvió a emprender de nuevo la lucha.

Los dejó confiarse poco a poco. Escondida entre los pliegues del jaque conservaba su afilada gumía, y el fusil, previsoramente cargado, estaba aún en el suelo al alcance de su mano. Acechó el instante preciso, y rápido como una centella, empuñó el cuchillo, lo hundió en el cuerpo del miliciano que tenía más cerca, se agachó para coger el fusil, disparó contra otro y se volvió hacia el tercero, que, tirando la escopeta, daba ya media vuelta y echaba a correr. No tuvo tiempo de disparar. El cuarto miliciano, un cabrero serrano, achaparrado y recio, se tiró sobre él embistiéndole con la cabezota como un jabalí. Rodaron por tierra el moro y el cabrero. Estrechamente abrazados se debatían en el suelo. Hubo un instante en el que los dos hombres atenazados mutuamente cruzaron una mirada feroz. La pupila felina del guerrero bereber clavó su saeta verde en el ojo negro, estriado de sangre y de bilis, del castellano. Torció el moro la vista esquivando la monstruosa ferocidad de aquella mirada turbia. El cabrero estiró el cuello corto y ancho, abrió las fauces y hundió los colmillos en la garganta del moro, que, torciéndose de dolor, logró incorporarse en un esfuerzo desesperado y lanzó violentamente al espacio aquel cuerpo recio que se aferraba a su carne con la tenaza de sus mandíbulas anchas de animal de presa. No consiguió desasirle hasta que sintió los agudos colmillos resbalando por su carne desgarrada. Requirió de nuevo la gumía, pero, antes de que pudiera acercarse otra vez al cabrero, éste, voleando el brazo con un peñasco de aristas afiladas prendido en el puño, le disparó un certero cantazo en la frente que le hizo caer a tierra sin sentido. Con una furia salvaje, el cabrero se precipitó sobre él y estuvo machacándole a placer la cabeza.

Cuando lo dejó por muerto acudió en auxilio de sus camaradas. Sólo el que había recibido el golpe de la gumía estaba herido, y no de gravedad; la hoja le había resbalado por el hueso de la cadera. El otro miliciano, que no había sido alcanzado por el disparo del moro, y el que echó a correr aterrorizado y volvió luego que pasó el peligro, cargaron con el herido y lo llevaron a una choza de pastor cercana, donde le acomodaron en el lomo de una mula para llevarlo a Monreal a que lo curasen.

Resultó, contra lo que suponían, que el moro estaba

vivo todavía. Debía de tener siete vidas. Con una pierna atravesada por un balazo, la cabeza machacada y la piel del cuello desprendida a colgajos, se incorporó poco después y aún trató de huir. No había conseguido ponerse en pie cuando se desplomó de nuevo.

—¿Lo remato? —preguntó al verlo exánime el miliciano que había huido antes. Y apuntaba a la rapada cabeza del moro con la culata de su escopeta que había empuñado por el cañón.

—No; déjalo —le respondió el cabrero—; vamos a llevarlo vivo al pueblo. A ver si nos dan por él algún dinero.

—Por un lobo muerto daban los alcaldes cinco duros; por un moro vivo deben de dar lo menos cincuenta.

Y con esta agradable perspectiva maniataron al moro y lo pusieron atravesado sobre el lomo de un borriquillo al que arrearon camino de Monreal. Iba el moro atado a la albarda del pollino y de la cabeza colgante se le desprendían unos gruesos goterones de sangre que dejaban marcado el rastro de la caravana por los vericuetos de la sierra.

El pueblo estaba lejos, allá abajo, en una planicie del valle del Tiétar que verdeaba a la sombra de los montes de Gredos, el Almanzor y los Galayos, gigantes centinelas que cerraban el paso al ejército sublevado. Partiendo de Ávila, las tropas rebeldes intentaban atravesar los puertos de la sierra para descolgarse sobre el valle, que estaba en poder de las fuerzas leales, y abrirse así un nuevo camino hacia Madrid. Los milicianos de la República se habían hecho fuertes en las cimas de las montañas; los pueblecitos del valle, situados a treinta o cuarenta kilómetros del frente, confiando en que los rebeldes no podrían forzar los pasos de la sierra, hacían con una relativa seguridad la vida normal de las poblaciones de retaguardia: organizaban hospitales, improvisaban cárceles en las que encerrar a los reaccionarios y creaban milicias en las que enrolaban a todos los hombres útiles, que, provistos de viejas escopetas de caza, patrullaban por los campos prestando servicios de vigilancia.

Una de aquellas patrullas de aldeanos era la que había descubierto al moro Mohamed en uno de los rincones más inextricables de la sierra. La presencia de un moro en aquel paraje era incomprensible. Se creía que las tropas rebeldes estaban aún al otro lado de las montañas y no había noticia de que hubiesen podido forzar los pasos. No sabían los aldeanos que la noche anterior una punta de vanguardia del ejército rebelde formada por moros y legionarios se había infiltrado por uno de los pasos menos accesibles y avanzaba por la retaguardia de los milicianos que defendían las gargantas de la montaña, con el propósito de sorprenderlos atacándolos por la espalda. Separado del núcleo de estas fuerzas, seguramente para dedicarse a merodear por las míseras viviendas serranas, el moro Mohamed se había extraviado y, caminando al azar, se encontró con la patrulla de milicianos que lo había capturado.

La entrada del moro y sus aprehensores en Monreal fue un gran espectáculo. Nadie en el pueblo imaginaba que fuese verosímil el hecho de cazar un moro dentro del término municipal, y todos los vecinos acudían a ver con sus propios ojos la extraña caza, a la que miraban como a una alimaña más rara y difícil aún que la propia cabra hispánica de aquella serranía.

Acudieron los miembros del comité revolucionario

local, que se llevaron al prisionero para someterlo a un minucioso interrogatorio del que no sacaron en limpio más que aquellas palabras confusas, las únicas que en castellano sabía y que repetía sin cesar.

—No *matar*. Por Dios Grande, no *matar*. Moro *estar* rojo.

En el seno del comité se entabló entonces un largo debate sobre lo que debía hacerse en aquel caso insólito. Los delegados republicanos eran partidarios de que el prisionero fuera conducido hasta Madrid y entregado al gobierno; los anarquistas creían que lo lógico era dejarlo en completa libertad, para que se redimiera de su pasada servidumbre y se convirtiese en un libre y digno ciudadano de la libre Iberia; los comunistas estimaban que lo más razonable era curarle primero y luego inscribirle en las milicias y mandarle al campo para que luchase contra los rebeldes, debidamente vigilado, claro es. Y, finalmente, la voz del pueblo, expresada a gritos por el vecindario y los milicianos y responsables que se aglomeraban en la plaza, pedía unánimemente que se le entregase al prisionero para darse la satisfacción de matarlo. Era lo menos que se podía pedir.

Como no se ponían de acuerdo, pasaba el tiempo y el moro estaba cada vez más alicaído, hasta el punto de que amenazaba con morirse y frustrar así el interesante debate, se tomó provisionalmente el acuerdo de que el prisionero fuese conducido al hospital de sangre recién instalado en Monreal, donde, por lo pronto, le prestarían asistencia facultativa. Y al hospital se lo llevaron. En el trayecto, un miliciano quiso hacer una fotografía del prisionero para mandarla a los periódicos ilustrados. Pusieron al moro junto a una pared para retratarlo, pero cuando él advirtió la maniobra se abalanzó sobre el fotógrafo como una fiera. No hubo modo de que se dejase retratar: cada vez que el miliciano intentaba enfocarlo, el moro, creyendo que le iban a fusilar, huía con las ansias de la muerte. No había visto de seguro en su vida una cámara fotográfica.

Cuando se halló al fin en la mesa de operaciones del hospital se sintió revivir. El médico, los practicantes y las enfermeras, con sus batas blancas, le rodeaban solícitos. Durante un par de horas estuvieron haciéndole una cura minuciosísima. Le trataron con gran esmero y delicadeza, pusieron tan humanitario celo en aminorar las intervenciones dolorosas y le vendaron con tanto tacto y suavidad, que en la cara contraída de dolor y de pánico del guerrero africano comenzó a dibujarse una tierna sonrisa de gratitud. Aquellas enfermeras rojas debieron antojársele verdaderas huríes del paraíso.

Entre tanto, el comité revolucionario había continuado su brillante discusión teórica, que terminó tempestuosamente. La voz ronca del pueblo, llevada por el cabrero que había capturado al moro, y por otros muchos cabreros, trajinantes y pastores, dominó los discursos de aquellos teorizantes. El moro era del pueblo, porque del pueblo eran los milicianos que lo habían capturado. Ni se enviaba a Madrid ni se le dejaba en libertad ni se le hacía miliciano. Había que entregárselo al pueblo para que hiciese con él su soberana voluntad. Y, como los responsables no lo entregaban por las buenas, los vecinos decidieron apoderarse de él por las malas, y un grupo armado se presentó en el hospital, recogió al prisionero de las manos suaves de las enfermeras, lo sacó a un callejón y lo puso contra una pared.

El moro, que se había visto tratado con tanto cariño, no sentía ya ningún recelo y cuando lo colocaron delante de la tapia, sonrió ingenuamente a los milicianos. Debió de imaginarse que iban a retratarlo otra vez.

No tuvo tiempo de maravillarse cuando vio que los milicianos se echaban los fusiles a la cara. Cayó acribillado, todavía con su estúpida sonrisa en los labios.

A estas horas, el alma en pena del moro Mohamed debe de andar vagando por el paraíso en busca de Mahoma para preguntarle: «¿Me quieres explicar, ¡oh, Profeta!, para qué se tomaron el trabajo de curarme tan amorosamente si habían de matarme luego?».

Aquella noche los caídes de la mehala aguardaron inútilmente en su tienda el té con yerbabuena que habitualmente les servía Mohamed. Una patrulla anduvo buscándole por el monte infructuosamente. De madrugada, cuando ya se perdió toda esperanza de encontrarle, uno de los caídes, echado en un rincón bajo el techo de lona de la tienda, fumaba silencioso su pipa de quif y con los párpados entornados evocaba entristecido la figura del infortunado Mohamed, el valiente soldado que durante tantos años había sido su leal escudero, su hermano de guerra más que su servidor. Nacidos ambos en el mismo poblado de Ait el Jens, del lado de allá de la cordillera del Atlas, donde los bravos guerreros bereberes de ojos azules y piel blanca guerrean desde que nacen hasta que mueren con los nómadas del desierto, no se habían separado jamás. Juntos habían luchado desde la adolescencia, primero para tener a raya a los *gazis* que formaban los famélicos pobladores del Sahara con el anhelo de invadir las praderas jugosas del Sus y el Nun; luego, acaudillados por el sultán azul, que los llevó victoriosos hasta Marrakech; más tarde, en las caballerescas contiendas que sostenían entre sí las fracciones de la belicosa cabila de Bu Amaran y, finalmente, en la desastrosa campaña contra las columnas francesas que cuatro años antes les habían arrollado hasta más allá de las orillas del Draa en los confines del desierto. La llegada de los militares españoles a Ifni les había librado de tener que refugiarse en el Sahara perseguidos por el ejército francés, y aquellos indomables guerreros se habían puesto gustosamente al servicio de los militares españoles, que les ofrecían, junto con la ilusión de la revancha contra los franceses, los saneados pluses de las tropas coloniales y, sobre todo, el derecho a conservar las armas.

Cuando los jefes militares del territorio les dijeron que tenían que ir a España a luchar contra los rojos apoyados por Francia y Rusia, aquellos guerreros natos, leales como buenos musulmanes a los pactos de amistad, se prestaron de buen grado a combatir. Les dieron buenas armas alemanas y los embarcaron con rumbo a España, donde las grandes ciudades, con su exhibición de riqueza y, sobre todo, con los tentadores escaparates de sus relojerías y sus sugestivas tiendas de espejos, colmaban las esperanzas de botín que habían concebido. Luego, fieles a la palabra dada y esclavos de la disciplina de la guerra, habían luchado como buenos contra masas enormes de soldados rojos que «no sabían manera» y se hacían matar o huían como conejos. Orgullosos de su brillante papel de conquistadores, se dejaban obsequiar por las mujeres y los hebreos (para ellos, todas aquellas gentes que no guerreaban eran miserables hebreos) que en las ciudades por las que atravesaban los aclamaban en los desfiles y les regalaban estampitas y medallas que ellos aceptaban con la soberbia indiferencia de los creyentes de la fe verdadera. Si cualquiera de aquellos amables señores que tanto festejaban a los heroicos guerreros bereberes hubiese podido adivinar el pensamiento profundo y el sentir auténtico de aquellos impasibles soldados, sus almas de cristianos y civilizados se hubiesen horrorizado.

Ahora, entristecido por la desaparición de su amado Mohamed, el viejo caíd salió de su tienda de campaña en la que dormían ya los demás oficiales moros y estuvo paseando por el monte a la luz de la luna que se filtraba por las espesas copas de los pinos. El aire delgado de la sierra de Gredos acariciaba la tez curtida del caíd. Poco a poco habían ido extinguiéndose los fuegos del vivac. Sólo una lámina de luz rojiza escapada de la tienda de los oficiales europeos quedaba ya en el campamento. El caíd se acercó, atraído por aquella luz y por el bullicio que dentro se sentía. Los oficiales festejaban ruidosamente el triunfo de la jornada anterior y brindaban por el éxito de la operación del día siguiente. Sus risas y sus canciones entristecieron aún más al caíd. Largo rato estuvo el guerrero africano considerando aquella jubilosa algarabía, y lentamente el curso de sus reflexiones fue suscitando en su dormida conciencia un fuerte sentimiento de desdén y de odio hacia aquellas gentes que bebían y cantaban celebrando las victorias que con sangre de los moros, sus hermanos, se pagaban, mientras él vagaba por la noche solitario y con la congoja de haber perdido para siempre a su fiel Mohamed, cuya muerte nadie más que él en aquel mundo extraño sentiría.

Alguien levantó el lienzo que tapaba la entrada de la tienda y salió. El caíd quiso ocultarse, pero no tuvo tiempo.

—¿Qué haces aquí, caíd? —le preguntó cuando le hubo reconocido el oficial que había salido de la tienda.

—Estaba triste y paseaba —respondió.

—Entra, bebe con nosotros y te divertirás un poco.

Le hicieron entrar en la tienda y le ofrecieron vino. No lo quiso tomar.

—El caíd está triste porque los rojos han cazado esta tarde a uno de sus más bravos mejazníes, al valiente Mohamed —explicó entonces uno de los tenientes.

El caíd asintió con la cabeza y para disculparse esbozó la ceremoniosa sonrisa de los musulmanes.

—Pues bebe, bebe un poco y te alegrarás —insistieron.

—¡Dejarle! —gritó un oficial del Tercio que estaba ya concienzudamente borracho—. Los moros son unos idiotas que no saben quitarse las penas bebiendo. Yo conozco a los moros. Al caíd le han matado a uno de sus hombres y no estará contento hasta que logre vengarse. ¿No es eso, caíd? Quieres vengarte, ¿verdad? Espera, espera... Mañana vengaremos a tu fiel Mohamed. ¿Cuántas orejas de milicianos rojos quieres que corte mañana mi gente en memoria de tu Mohamed? ¿Cuántas? ¿Mil? ¿Diez mil? ¿Quieres que mis hombres te traigan las orejas del mismísimo presidente de la República? ¡No te pongas triste, caíd! ¡Mañana tendrás las orejas de Azaña! ¡Te lo juro! ¡Míralas! ¡Por estas que son cruces!

Y abrazaba tiernamente al caíd y le besaba llenándole de baba la cara grave y noble.

Cuando los habitantes de los pueblecitos del valle se dieron cuenta de que las vanguardias de moros y regulares habían atravesado por sorpresa las gargantas de la montaña y se descolgaban por la ladera, era ya inútil toda resistencia. No había en el valle más fuerzas que las de las milicias locales ni más armas que las que tenían los campesinos. La noticia de que los moros y el Tercio bajaban del monte asolando el país y fusilando a cuantos hombres encontraban, congregó en las plazas de los pueblos aterrorizados a los millares de campesinos que estaban dispuestos a vender caras sus vidas.

—¡Armas! ¡Armas! —gritaban desesperados.

Era inútil. No las había. Las masas de campesinos armados con palos, hondas, hoces y viejas escopetas estaban dispuestas a luchar, sin embargo. Acudió a última hora una columna de milicianos enviados por el gobierno de Madrid, y a ella se incorporaron los mozos más conjurados de los pueblos del valle.

—¡Camarada comandante, déjenos ir con la tropa! —pedían al jefe de la expedición.

—¡Pero si no tengo fusiles! ¡Si no puedo daros ni uno! ¿Con qué vais a luchar? —replicaba desolado el comandante.

—No importa; iremos detrás de los milicianos y cuando caiga alguno cogeremos su fusil y seguiremos luchando.

Así se organizó la columna que había de contener el avance por el valle de los moros y el Tercio. Detrás de cada hombre con fusil iba otro con los puños crispados que esperaba a que el fusilero cayese para apoderarse del arma y seguir disparando. Pocas veces la voluntad de un pueblo se ha mostrado con tan desesperado heroísmo. Arrastrados por el odio feroz a los invasores, aquellos campesinos de la entraña de Castilla, aquellos pastores y aquellos braceros de la sierra de Gredos iban a oponer sus pechos como barrera al avance de las tropas coloniales.

La heroica resistencia se quebró al primer choque. Con el corazón no basta. Faltaban armas y disciplina. Los campesinos fueron derrotados, y su desesperada resistencia no sirvió más que para irritar a los militares, que dieron rienda suelta a sus hombres y los dejaron desparramarse por el valle sembrando la muerte y la desolación. Los grupos de campesinos armados huyeron a la montaña, adonde los persiguieron sañudamente las patrullas de moros y legionarios, que les infligieron un castigo implacable. Los prisioneros fueron fusilados en racimos. Hasta bien entrada la noche estuvieron sonando en los pinares próximos a Monreal las descargas de fusilería.

Los jefes y oficiales de la columna victoriosa fueron concentrándose en la plaza mayor del pueblo. El último en llegar fue el viejo caíd. Venía al frente de una tropilla de soldados moros que traían los ojos brillantes, las fauces abiertas y la espalda abrumada bajo los pesados fardos que delataban rapiña; alguno de ellos llevaba los brazos cubiertos hasta el codo de relojes de pulsera, la prenda que más excitaba la codicia de aquellos bárbaros y pueriles guerreros.

Cuando el caíd se acercó al grupo de oficiales y se cuadró ante ellos llevando la mano derecha al filo del fez, vio que se le adelantaba con los brazos abiertos el oficial del Tercio que la noche anterior le había ofrecido vengar la muerte de Mohamed. Palmoteándole jovialmente en la espalda, le dijo el oficial:

—Bravo, caíd; tú y tus hombres os habéis portado. No creas que yo y los míos nos hemos olvidado de lo que prometí anoche. Las orejas del presidente de la República no las tenemos todavía, pero ahí tienes un buen anticipo.

Y llamó a su asistente, tomó de manos de éste un abultado zurrón y lo tiró a los pies del caíd.

—Toma —le dijo—; creo que está bien vengada la muerte de tu mejazní. Ahí tienes cincuenta orejas de marxistas.

Por la boca del zurrón entreabierto salían, en efecto, unas piltrafas sanguinolentas.

En tres días impusieron los militares el orden y la paz en todo el valle del Tiétar. Nada más sencillo. Los campesinos supervivientes volvieron dócilmente a sus labores. Ya no hubo más huelgas ni disputas por los jornales; se volvió a trabajar de sol a sol como era tradicional en el campo, y los puños cerrados de antes se convirtieron en brazos extendidos y manos abiertas. La guardia civil volvió a ser dueña y señora de los campos, y los falangistas organizaron meticulosamente la vida de los pueblos. Las mismas cárceles habilitadas por los rojos para encerrar a los reaccionarios fueron utilizadas por los fascistas como prisión para los rojos.

Las tropas abandonaron pronto la comarca. El caíd y sus hombres fueron trasladados al frente de Madrid, donde, siempre en vanguardia, volvieron a luchar con aquel heroico tesón y aquella sufrida resistencia para las penalidades de la campaña que eran la más firme esperanza de triunfo con que contaba el ejército rebelde. Intimamente, los guerreros africanos se sentían orgullosos de ser ellos el más firme sostén de la rebeldía. Su vanidad estaba colmada. España, aquel pueblo blando, de «hebreos que no sabían luchar», se replegaba ante los envites de los moros «farrucos». Una voz ancestral, un anhelo de revancha insatisfecho durante muchas generaciones, florecía de nuevo y, empujados por aquellas remotas ambiciones de la raza, los guerreros árabes y bereberes se tiraban a pecho descubierto contra las trincheras de los rojos y parecían dichosos. Por el solo hecho de tener al alcance de sus fusiles a los europeos, a los infieles, a los dominadores del Islam, valía la pena arriesgar la vida. Y un buen precio para ella era el orgullo de verlos correr aterrorizados.

El caíd y sus hombres llegaron casi sin lucha hasta la Casa de Campo y desde allí se les lanzó al asalto por sorpresa de la Ciudad Universitaria. Desde las colinas en que se atrincheraron se divisaba el panorama de Madrid a una clara luz velazqueña. Aquella masa compacta de enormes edificaciones que se extendía hasta el infinito maravillaba a los marroquíes. Madrid se ofrecía a sus ojos absortos como una ciudad fantástica de *Las mil y una noches*. Cuando al anochecer veían brillar los millones de lucecitas de la urbe y pensaban que todo aquello, aquel mundo de riquezas fabulosas, aquella inmensidad de tesoros, estaba a merced de ellos, de su valor, del coraje y la acometividad de cada uno, un orgullo satánico hinchaba los pechos de los bravos guerreros del Rif, de Yebala y del Atlas, que hasta aquel instante venturoso habían luchado y se habían hecho matar simplemente por la conquista de un mísero aduar, por un prado en el que pudiesen pastar sus rebaños o por el tenue hilillo de agua de un oasis del Sahara. La plena conciencia del propio valer, la convicción de que eran ellos, los moros, los míseros cabileños, los sistemáticamente humillados y vencidos por los cañones y los fusiles europeos, quienes en aquel instante decidirían la suerte de aquella ciudad de ensueño brindada a su furia vengadora, redoblaban su coraje y acometividad.

El primer día de asalto a Madrid los moros se lanzaron con un ímpetu avasallador. Desplegados en guerrilla, con el cuerpo echado hacia delante y ululando ferozmente, avanzaban paso a paso pateando el barro bajo un diluvio de metralla. Cegados por el fuego de los rojos, tuvieron que retroceder por dos veces, y otras tantas volvieron al asalto con redoblada ferocidad. A la tercera intentona llegaron hasta las primeras trincheras de los milicianos republicanos, y allí, por primera vez, se encontraron cuerpo a cuerpo los bárbaros guerreros africanos y los duros luchadores del proletariado de la gran ciudad europea y civilizada. Aquel día aprendieron los moros que no todos los españoles eran «miserables hebreos» y que en aquella España que desde su altiva superioridad guerrera desdeñaban había una entraña dura y un ímpetu vital que no cedían al viento asolador del desierto.

Durante el asalto a la trinchera, el viejo caíd descubrió a un miliciano rojo que, agazapado detrás de unos sacos terreros junto a un boquete abierto en el parapeto por la explosión de un obús, aguantaba a pie firme la llegada de los soldados marroquíes que pretendían invadir la trinchera por aquel agujero y, volteando como una maza la culata de su fusil, los iba abatiendo con una furia terrible. Era un hombre recio, con traje azul de mecánico, arremangados los brazos musculosos de forjador y un júbilo salvaje en la cara radiante. Cada vez que machacaba el cráneo de un enemigo con uno de aquellos certeros golpes cuya matemática precisión delataba al buen operario, al trabajador concienzudo y seguro, saltaba de contento y se jaleaba a sí mismo con su pintoresco verbo de ciudadano de arrabal.

—¡Olé los tíos! —se gritaba—. ¡Otro moreno para el arrastre! ¡Venir acá, guapos, que os voy a dar para el pelo! ¿Queréis cobrar? ¡Olé mi menda golosa!

El astuto caíd se abrió camino a tiro limpio y, hurtándose a las balas de los rojos, llegó por detrás hasta donde estaba aquel terrible enemigo; puso en ristre el fusil con la bayoneta calada y, tomando impulso, se lanzó tras él en el preciso instante en que, una vez más, el miliciano alzaba la maza de su fusil para descargarla sobre una nueva víctima. Ni el miliciano ni el caíd marraron el golpe. Otro soldado marroquí cayó en el fondo de la trinchera con la cabeza machacada, pero casi simultáneamente se abatió sobre él violentamente el cuerpo recio del miliciano rojo con la espalda traspasada por la bayoneta del caíd. Al caer en el foso, la cabeza del miliciano fue a dar en el pecho de su última víctima, que aún alentaba. Intentó incorporarse con las ansias de la muerte, pero le faltaron las fuerzas y cayó de bruces. Su cara se aplastó sobre el rostro ensangrentado del moro. Su mirada turbia recorrió de cerca la faz espantable del marroquí moribundo, y aún tuvo alma bastante para balbucear:

—¡Qué feo eres, chato!

Procuró reclinar la cabeza sobre la mejilla del moro y se resignó a morir musitando fraternalmente:

—¡Ya nos han *dao*, chato! ¡Mala suerte, tú!

Sobre sus cuerpos inertes pasaban los moros por aquel boquete que el caíd mantuvo abierto. Pronto la trinchera estuvo limpia de milicianos. Los rojos se batían en retirada y los bravos guerreros africanos lograban una nueva victoria.

Pero la firme resistencia de los milicianos no se había quebrado más que en aquel punto donde los moros llevaron el peso del ataque. El resto de la línea republicana se mantuvo firme, y los asaltos sucesivos que intentaron la Legión, los requetés y los falangistas se estrellaron impotentes ante la resistencia desesperada de los defensores de Madrid. El avance de los marroquíes, no secundado por las restantes fuerzas rebeldes, formó en la línea del frente una bolsa que corría el peligro de ser estrangulada. El mando faccioso, seguro del tesón de sus soldados africanos, no creyó necesario rectificar el frente después de la operación, y el caíd y sus hombres quedaron aquella noche en las trincheras que acababan de tomar a los rojos, en las que procuraron fortificarse.

Durante toda la noche los estuvieron hostilizando por los flancos. Al amanecer, las baterías gubernamentales comenzaron a dejar caer obuses sobre la posición y desde los flancos los morteros vomitaron su metralla sobre los marroquíes hora tras hora.

Pegados a la tierra aguantaron los moros aquel diluvio de fuego. Intentaron hacer un avance y fueron diezmados. Nadie acudía en auxilio de aquel puñado de valientes, y el caíd tuvo que resignarse a dar la orden de retirada.

Pero ya era tarde. Las líneas rojas de los flancos se habían alargado cerrando la bolsa que formaba la posición y cogiendo entre dos fuegos a los marroquíes. La operación fue tan rápida y perfecta, que los moros, al intentar la huida, tropezaron con las bocas de los fusiles republicanos y no tuvieron acción más que para levantar los brazos y rendirse. El grupo, formado ya escasamente por unos treinta o cuarenta hombres, se arremolinó en torno al caíd, mientras los rojos seguían haciendo fuego a mansalva sobre ellos. Abatidos por el plomo de los milicianos atrincherados, caían uno tras otro los guerreros africanos. El viejo caíd, sorprendido y desconcertado por el pánico insuperable de sus hombres, que se dejaban matar como corderos, intentó inútilmente hacerles reaccionar echándose hacia delante. Le dejaron solo en medio de una lluvia de balas que por verdadero prodigio no le tocaban. Allí hubieran perecido todos si una voz potente que salió del lado de allá de la trinchera no hubiese gritado:

—¡Alto el fuego!

Sólo se oía ya algún que otro disparo suelto cuando saltó de la trinchera un miliciano rojo con un fusil ametrallador en ristre y, encarándose con el caíd, le conminó:

—¡Ríndete o te mato!

El caíd, dócil y resignado ante la fatalidad, alzó los brazos y se dejó empujar por el cañón del arma hasta el fondo de la trinchera, donde se precipitaron sobre él los milicianos.

Tras él fueron apresados los marroquíes supervivientes. Empujados a culatazos, los llevaron por las trincheras. Perdida súbitamente la moral, aquellos feroces guerreros miraban humildemente a los milicianos demandándoles piedad con la misma mirada triste y humillada de las fieras que se sienten cogidas en el cepo.

Uno de los moros quiso conjurar el culatazo con que le amenazaba al pasar un miliciano y no encontró mejor arbitrio que el de levantar el puño cerrado y ponerse a gritar con su lengua torpe:

—¡Vivan los rojos!

—¡Moros *estar* rojos! ¡Moros *estar* rojos! —gritaron todos, creyendo ingenuamente que con este sencillo ardid conseguirían salvar sus vidas.

A los milicianos les divertía, efectivamente, ver a los cabileños levantando el puño, y les hacía gracia oírles dar unos destemplados y entusiásticos vítores a la República.

Un miliciano de gesto duro y pelo entrecano se acercó al viejo caíd, que permanecía impasible, y le preguntó:

—¿Tú no *estar* rojo también?

El caíd posó en él sus ojos claros y contestó con voz firme:

—No. Yo *estar* moro.

—¡A matarle! ¡A matarle! —gritaron furiosos los milicianos.

Uno de ellos apretó el cañón de su fusil contra el pecho del caíd. El veterano que le había interrogado desvió el arma.

—¿Por qué vais a matarle? ¿Porque es un hombre honrado?

—¡Le mato porque me da la gana! —replicó furioso el miliciano—. Y te mato a ti también si te pones por medio.

El veterano sacó el cuchillo y se puso en guardia. Intervinieron los demás camaradas y los apaciguaron. A duras penas sacaron con vida de las primeras líneas al caíd y a sus hombres. Fueron llevados al puesto de mando del sector, donde los interrogaron someramente. Se dispuso que los condujesen a Madrid en una camioneta.

Entre los milicianos designados para custodiarlos se hallaba el veterano que había defendido al caíd. Era un hombre de unos cincuenta años, alto, enjuto y grave: la barba crecida y cenicienta y la tez curtida de estar en las trincheras habían borrado su aspecto habitual de ciudadano y le daban un raro parecido físico con el caíd. Sentados el uno al lado del otro en la batea del camión que les conducía a Madrid, hubiérase dicho que eran dos hermanos de raza.

Cuando entraron por las calles de la capital, los moros, maravillados, se incorporaron para presenciar el espectáculo de la gran ciudad. El caíd, que había soñado con hacer una entrada triunfal al frente de su hueste, no quiso volver la cabeza. Aprovechó un instante en que sus hombres no le miraban para coger una de las manos del miliciano, llevársela a los labios, besarla y decirle:

—Moro *estar* agradecido.

El miliciano, confuso, huía la mirada del moro.

—¡Te matarán, moro, te matarán! ¡No te hagas ilusiones!

Y para no dejarle lugar a dudas, hacía ademán de cortar señalando a su garganta. El caíd, sereno, respondía:

—No importa. Moro *estar* agradecido a ti.

La camioneta cargada de prisioneros había llegado al centro de Madrid. Eran las cinco de la tarde, y a aquella hora las calles céntricas estaban rebosantes de una muchedumbre animada y bulliciosa. Los moros, puestos de pie en la batea de la camioneta, eran un espectáculo inusitado y pronto corrieron tras ellos chicos y grandes. En un cruce de la Gran Vía se detuvo la camioneta y pronto la rodearon millares de transeúntes ávidos de ver de cerca y de tocar a los prisioneros.

Alguien debió de creer que aquella exhibición de los moros apresados sería eficaz para levantar el ánimo y la moral combativa del pueblo, porque a partir de entonces la camioneta cargada con las dos docenas de cabileños supervivientes anduvo de calle en calle durante toda la tarde, parándose en todas las esquinas y rodeada siempre de una masa enorme de madrileños que se regocijaban al ver a los moros haciendo incansables el saludo antifascista.

—Como ésos —decía jactancioso un madrileño castizo— hemos cogido más de diez mil.

—Es que se han sublevado, ¿sabe usted?, han degollado a Franco y se han pasado a nuestras filas —replicaba otro, al que esta versión le parecía más verosímil que la de la captura de los diez mil marroquíes.

—¡No, si los moros son muy bolcheviques! ¿Verdad, Mustafá? —preguntaba un tercero encarándose amistosamente con uno de los aturdidos prisioneros.

Los moros, como si quisieran corroborar esta ingenua presunción, se desgañitaban dando vivas a la República. Alguna vieja gruñona o algún miliciano mal encarado decían al pasar:

—Lo que hay que hacer con todos esos tíos asesinos es fusilarlos por la espalda.

Siempre había quien replicaba:

—A los que hay que fusilar es a quienes los han traído, a los fascistas, cien veces más criminales que ellos.

Porque, en realidad, la exhibición de los moros prisioneros no provocaba en la masa del pueblo una gran irritación contra ellos. El buen pueblo de Madrid consideraba a los moros —que hubieran podido entrar a sangre y fuego por sus calles y plazas— como a instrumentos inconscientes del mal que hacían. Desde su altiva superioridad de ciudadanos conscientes, los madrileños los miraban con más lástima que rencor, como a seres inferiores, pobres bestias azuzadas. Y al verlos prisioneros levantando grotescamente el puño, les daban cacahuetes, como hacían con las alimañas enjauladas en la casa de fieras del Retiro.

La gran masa popular, que no sabe hacer la guerra ni conoce sus exigencias, se mostraba indulgente con los moros y les hubiese perdonado la vida. Pero la guerra tiene sus terribles leyes, y quienes en nombre del pueblo la hacían decretaron implacables la muerte de los moros prisioneros. Cuando al caer la noche la multitud fue dispersándose y las calles de Madrid quedaron desiertas, la camioneta cargada con los prisioneros buscó un paraje solitario de las afueras de Madrid. Había terminado la exhibición y llegaba la hora de deshacerse de aquella carga inútil de humanidad.

El viejo caíd, que había permanecido acurrucado en la camioneta al lado del veterano rojo que los custodiaba, volvió a cogerle la mano y le preguntó:

—¿Matar moros ahora?

El miliciano asintió gravemente.

—¡Alá es grande! —fue la única respuesta del caíd.

Después de una pausa el miliciano agregó:

—Yo quisiera que tú vivieses. Eres todo un hombre. Pero no puedo hacer nada por ti.

—Yo *sabe*; yo *sabe* —decía el caíd oprimiendo suavemente con su mano larga y huesuda la del miliciano—.

Moro sabe que tú *estar* amigo aunque mates. Moro también mataría. *Estar* cosa de guerra y de hombres. ¡Alá es grande!

Los pusieron en fila contra una tapia y los segaron con las ráfagas de plomo de una ametralladora.

¡Viva la muerte!

Un capitán y dos tenientes iban y venían con ruido de sables y espuelas por los desiertos andenes de la estación. Al fondo, un pelotón de soldados apoyados en los fusiles. En la oficina de telégrafo, el tictac sincopado del morse bajo la coacción del comandante. Afuera, en el cuenco negro de la noche, unas sombras que cruzaban las vías sigilosamente y se juntaban en la penumbra para preguntarse: ¿Qué pasa?

A la entrada de la estación, un sargento con varios soldados cortaba el paso a los viajeros que llegaban dispuestos a tomar el tren para Madrid y los obligaban a regresar a sus casas diciéndoles:

—El tráfico está interrumpido.

—¿Por qué? —inquirían.

—Orden superior —era su única respuesta.

Llegó un viajero importante que no se resignó con tan poco y logró hablar con el jefe de la fuerza.

—¿Qué sucede, mi comandante? —le preguntó.

—Que en Asturias los mineros han proclamado el comunismo libertario, y el ejército, por orden del gobierno, se ha incautado de las comunicaciones ferroviarias para hacer abortar el movimiento. Los revolucionarios pretenden extender su acción destructora a toda España y se teme que llegue hasta Valladolid un tren de dinamiteros.

El viajero aquel era un hombre de orden y se volvió a su casa felicitándose de la diligencia del gobierno y del celo del ejército.

Entró un tren en agujas, por fin. Pero no venía cargado de dinamiteros, sino de pacíficos y asustados viajeros. Un grupo de oficiales se acercó a la locomotora y se encaró con el maquinista.

—¡Saluda como es debido! —le dijeron.

El maquinista, sorprendido, miró al grupo de militares, echó una ojeada al andén desierto, vislumbró el pelotón de soldados y sin una vacilación alzó el puño tiznado y gritó:

—¡Viva el Frente Popular!

Un balazo en el pecho le hizo rodar desde la plataforma de la máquina al andén. Allí quedó boca abajo con la mejilla pegada al suelo. Un hilillo de sangre le corría por la comisura de los labios. Le echaron por encima una arpillera.

Los militares dieron órdenes para que fuesen tomadas las portezuelas de los vagones y a los viajeros se les hizo descender, se les alineó en el andén con los brazos en alto y luego se les internó en la ciudad. La estación volvió a quedar desierta, el comandante yendo ansiosamente al telégrafo, el capitán y los tenientes yendo y viniendo silenciosos y altivos por los andenes, los soldados bostezando sobre los fusiles.

Afuera, crecían rápidamente a favor de la oscuridad

los grupos de obreros ferroviarios. En una casetilla de entrevías un aparato de radio gritaba:

—¡A las armas, ciudadano! ¡A las armas! ¡El ejército se ha sublevado contra el poder legítimo de la República!

Cada vez eran más nutridos los grupos de obreros que acudían a conocer las noticias que transmitían por radio desde Madrid el gobierno y los líderes del Frente Popular. Cuando los centinelas apostados en las vías denunciaron aquellas sospechosas concentraciones, los oficiales pusieron en movimiento a la tropa y la hicieron avanzar en dirección a los talleres y depósitos de material donde se iban juntando los obreros. Al divisar el primer grupo ordenó el capitán sin una vacilación:

—¡Fuego!

Había comenzado la guerra civil.

En el hotel había tres muchachas, Rosario, Carmen y Adela, que desde el amanecer hasta que anochecía andaban trajinando por las alcobas, la cocina, el jardín y el corral. Ellas tres y un mozo con aire rudo de pastor, que se embutía en un esmoquin grotesco para servir la mesa, eran toda la servidumbre de aquel hotelito aislado en el corazón de la Sierra, donde veraneaban ocho o diez familias de la clase media acomodada de Madrid y de las provincias de Castilla la Vieja.

Las tres muchachas y el mozo eran «rojos», es decir, estaban sindicados, pertenecían a la Casa del Pueblo de Miradores y tenían su carné de socialistas. Esto hubiera sido intolerable a los ojos de aquella clientela reaccionaria de esposas de comandantes, abogadillos de grandes propietarios, pequeños rentistas y burócratas, si ellos no se lo hubieran hecho perdonar a fuerza de esmerarse en el servicio. La misma señora de Tirón, prestigioso abogado de Valladolid y significado hombre de derechas, lo reconocía:

—En ningún otro hotel de la Sierra el servicio es tan bueno y tan barato.

Por esto, y porque las tres muchachas no llegaban al extremo de negarse a ir a misa de vez en cuando, se toleraba semejante atrevimiento a unos domésticos.

Aquella noche de un domingo de julio, Pascual, el mozo, llegó a servir la mesa un poco más tarde que de costumbre y anduvo más sofocado que nunca dentro de su esmoquin estrecho. Venía de la Casa del Pueblo, donde había pasado la tarde, y alertó a las muchachas:

—No acostaros. Esta noche habrá acontecimientos.

La cena fue agitada. La radio transmitía vagas referencias de una sublevación militar del ejército de África y apremiantes llamadas de los partidos políticos y los sindicatos a sus afiliados. Los huéspedes del hotel, soliviantados por las noticias de la rebelión militar, celebraban jubilosos lo que iba a ocurrir en España.

—¡Ya era hora de meter en cintura a esta canalla roja! —decía triunfante la señora de Tirón, mirando de reojo al mozo de comedor, como si aquel rudo doméstico afiliado a un sindicato fuese la imagen viva de la anarquía.

El señor Tirón, entusiasta filofascista, comprometido con los elementos de extrema derecha de Valladolid, quiso marcharse aquella misma noche, pero no encontró chófer que lo llevase y tuvo que demorar la partida hasta el amanecer del día siguiente. Se acostó inquieto. España lo necesitaba. Se quedó dormido pensando en el porvenir glorioso que para la Patria y para él se abría en aquellos instantes merced al ademán gallardo de los militares.

Mientras él y los demás huéspedes del hotel dormían soñando un paraíso de desfiles marciales, jornales bajos, rentas altas, procesiones y fiestas de la raza, el criado Pascual y las tres muchachas, Rosario, Carmen y Adela, salieron sigilosos y se encaminaron a la Casa del Pueblo de Miradores, donde se habían concentrado los hombres de izquierda del pueblo. Ya de madrugada llegó en automóvil un directivo socialista que recorría los pueblecitos serranos con instrucciones concretas. El cabo comandante del puesto de la guardia civil consultó por teléfono a Madrid y recibió la orden terminante de continuar a disposición de las autoridades locales, republicanos y socialistas. No pudo impedir que antes de que amaneciese el pueblo estuviese armado con cuantas armas se hallaron.

A las siete de la mañana el criado Pascual, con una vieja escopeta y un brazal rojo, estaba mano a mano con otro camarada vigilando la carretera a la entrada del jardín del hotelito. Cuando el señor Tirón quiso salir se encontró con que se atravesaba en su camino la escopeta de Pascual, y éste, muy ufano, le decía con gran énfasis:

—¡Atrás, ciudadano! No se puede salir.

—¿Quién eres tú para detenerme? ¿Quién ha dado esa orden? —rugió.

—¡El comité! Atrás, he dicho.

Tirón hizo un gesto de desdén e intentó avanzar. El camarada que acompañaba a Pascual se echó la escopeta a la cara.

—¿Le tiro? —preguntó fríamente.

—No; espera —respondió Pascual.

Ciego de ira y de miedo, Tirón volvió la espalda precipitadamente y se metió de nuevo en el hotel mordiéndose los puños de rabia. Aquellos bárbaros eran capaces de matarlo.

Esta escena produjo un gran revuelo entre los huéspedes del hotel. Reunidos en el comedor, armaron una gran algarabía de protestas, amenazas, chillidos histéricos de las señoras y llantinas infantiles. Intentaron telefonear pidiendo auxilio, pero la comunicación estaba interrumpida. Quisieron salir y no los dejaron. Cuando se convencieron de que estaban «a merced de la canalla», como ellos decían, fueron resignándose y aplacándose. El tiempo pasaba, y las noticias que llegaban por radio les aconsejaban prudencia. En Madrid, el cuartel de la Montaña había sido asaltado por el pueblo, que fusiló inmediatamente a los oficiales rebeldes. A media tarde, la convicción de la derrota, por una parte, y el hambre que sentían, por otra, les hicieron deponer su hostilidad. Había que transigir. Las tres muchachas del hotel, Rosario, Carmen y Adela, que habían estado toda la mañana en el pueblo, aparecieron al fin. Venían jubilosas, con las mejillas encendidas, los ojos brillantes, unos pañuelos de seda roja al cuello y unas insignias socialistas en el pecho; la más joven, Adela, se había encasquetado el gorrillo de cuartel de un guardia civil. Entraron en el comedor levantando el puño y gritando:

—¡Salud, camaradas!

Esto les hacía felices. Los huéspedes las rodearon pidiéndoles ansiosamente noticias. El pueblo triunfaba. Después de vencer a los rebeldes en Madrid, los obreros, que se habían provisto de armas en los cuarteles asaltados, salían en camiones para apoderarse de Getafe, Cuatro Vientos, Alcalá y Guadalajara. Aquella misma noche llegaría a la Sierra una columna que iba de paso para Ávila, donde se habían hecho fuertes los rebeldes.

Las señoras quedaron abatidas por estas noticias. Desfallecían de hambre, además. Rosario, Carmen y Adela, triunfantes, se brindaron a darles de comer. Pero ellas, las señoras, tenían que ayudar, ¿eh? La revolución social triunfaba y todos tenían el deber de trabajar. ¿Conformes?

Pusieron a la esposa del comandante a pelar patatas, la señora de Tirón ayudó a encender la lumbre, y el propio señor Tirón, bromeando condescendiente, estuvo poniendo la mesa bajo la dirección de Adelita, que se reía de su torpeza, muy divertida al ver tan amable y dócil a un señor de tantas campanillas.

Después de la cena, ya de noche, volvieron el pesimismo y la indignación. Las tres muchachas se marcharon otra vez a la Casa del Pueblo, y los huéspedes, furiosos y humillados, estuvieron discurriendo la manera de verse libres de aquella tiranía. El señor Tirón tenía un plan. Si conseguía salir del hotel, tal vez pudiera ponerse en contacto con elementos derechistas de Miradores y de los pueblos próximos que, según sus noticias, estaban preparados a todo evento y habrían conseguido seguramente establecer contacto con los rebeldes. Se aventuró a salir por la puerta del corral burlando la vigilancia de los milicianos.

Entre tanto llegaron a Miradores los primeros camiones con obreros, guardias de asalto, guardias civiles y milicianos que venían de Madrid después de haber derrotado a los rebeldes. Iban hacia Ávila. Cantando *La*

Internacional a coro y levantando el puño con frenético entusiasmo, arrastraban tras ellos a los mozos de los pueblos por donde pasaban. Los guardias de asalto abrazados a los obreros y, sobre todo, los viejos guardias civiles con la guerrera por primera vez desabrochada y el tricornio nunca hasta entonces ladeado, provocaban un júbilo indescriptible en las masas populares. Ya de madrugada, salieron los camiones por la carretera de Ávila. Iban unos veinte o treinta, y en ellos se amontonaban soldados, guardias, obreros, estudiantes, campesinos e incluso algunas muchachas de los arrabales madrileños. En Miradores se unió a la expedición un camión más con quince o veinte mozos del pueblo, y entre ellos Pascual con las tres muchachas del hotel, Rosario, Carmen y Adela, que se lanzaron alegremente a la aventura.

El pueblo quedó al parecer desierto. El vecindario se encerró atemorizado en sus casas. Durante toda la noche, sin embargo, unas sombras estuvieron yendo y viniendo sigilosamente por los alrededores. En los hoteles de los veraneantes acomodados y en las fincas de los ricos del pueblo algo se tramaba.

Pasó en silencio toda la madrugada. A media mañana empezó a oírse distante el zumbido de la artillería. La batalla entre los milicianos que vinieron de Madrid y las tropas rebeldes que avanzaban desde Ávila debía de haberse entablado en la carretera misma a quince o veinte kilómetros de Miradores.

Primero llegó un auto ligero que siguió en dirección a Madrid a toda marcha. A la salida de Miradores le hicieron una descarga cerrada unos invisibles agresores. Luego vino un camión con heridos. Cuando estaban descargándolo en la plaza del pueblo fue también tiroteado.

Al atardecer empezaron a recibirse noticias concretas de la batalla. Los militares rebeldes, sólidamente atrincherados en formidables posiciones estratégicas de la Sierra, desde hacía largo tiempo estudiadas y preparadas, habían ametrallado a placer a los bisoños combatientes del pueblo, que avanzaron insensatamente por el centro de la carretera amontonados en las bateas de los camiones. Les habían hecho una carnicería espantosa. Los rojos, después de unas horas de resistencia desesperada, tuvieron que batirse en retirada.

Pero cuando regresaban derrotados a Miradores, unos facciosos apostados en las casas del pueblo les hicieron un fuego mortífero. Hubo un momento angustioso. Los camiones que volvían del frente abarrotados de muertos y heridos se amontonaban en la plaza, donde eran acribillados por los fascistas del pueblo y de los contornos, que se habían parapetado en las ventanas y los tejados de las casas próximas. Suponiendo que el ejército vencedor vendría pisando los talones a los vencidos, aprovechaban el desconcierto de la derrota para aniquilarlos a mansalva. Los que volvían de la batalla ilesos se dispersaban abandonando en los camiones a los muertos y heridos. Rosario, Carmen y Adela, que venían indemnes, pero con el terror pintado en los ojos, estuvieron bregando desesperadamente bajo el fuego de los facciosos emboscados para arrastrar el cuerpo inerte de Pascual, herido de un balazo en el pecho. Cruzaron la zona batida sin abandonar a su infortunado camarada y, sosteniéndolo entre las tres, lo llevaron hasta el hotel. Cuando llegó estaba muerto.

El tiroteo seguía en las calles del pueblo y en todo el contorno. A favor de la confusión y la oscuridad, se presentaron a prima noche en la puerta del hotel unos automóviles con los faros apagados en los que huyeron camino de Ávila los huéspedes más decididos, la señora de Tirón entre ellos. Los otros se quedaron esperando la llegada de las tropas, que consideraban inminente. Rosario, Carmen y Adela, horrorizadas, velaban el cadáver del mozo, que habían depositado en el suelo de la cocina. Los huéspedes, molestos por la presencia en el hotel de aquel muerto rojo, amenazaban a las muchachas para que se lo llevaran de allí antes de que llegasen las tropas.

—¡Tenéis que llevaros «eso» de aquí! ¡Pues no faltaba más! Vendrán los militares y creerán que este hotel ha sido un nido de marxistas. ¡Echarlo a la carretera! —decían irritados.

Pero los militares no llegaron. Después de derrotar a los republicanos se quedaron sólidamente instalados en sus posiciones estratégicas de la montaña. En cambio, dos horas más tarde llegó de Madrid otra columna de milicianos del pueblo. Los primeros camiones fueron recibidos a tiros por los fascistas emboscados, pero la avalancha de combatientes republicanos era tal, que pronto estuvo cercado el pueblo por muchos centenares de hombres armados. Madrid se despoblaba para ir a la Sierra a defender la República. Hombres y mujeres, jóvenes y viejos, armados con fusiles que cogieron en los cuarteles, llegaban constantemente en decenas y decenas de camiones. La presión formidable de esta gran masa humana hizo saltar de sus parapetos y escondites a los facciosos. Fueron perseguidos como alimañas y muertos allí donde se les cogía. El cura del pueblo estuvo hasta el último momento haciendo fuego con su carabina desde una tronera del campanario. Cuando, ya de día, los milicianos consiguieron subir a la torre se apoderaron de él, le voltearon y le lanzaron al espacio. Su sotana negra revoloteó un instante en el cielo blanquecino del amanecer como un pajarraco disparatado.

El señor Tirón, que estuvo primero organizando la agresión junto con los caciques de los contornos y que luego tomó parte activa en la lucha haciendo fuego con un rifle sobre los camiones que llegaban cargados de milicianos, al ver perdida la partida, intentó huir por la carretera de Ávila. Le cortaron el paso las patrullas rojas y tuvo que refugiarse en las calles del pueblo, pero, temiendo que de un instante a otro le descubriesen y le matasen como iban haciendo los milicianos con cuantos fascistas fugitivos encontraban, se encaminó al hotel, en el que entró sigilosamente por la puerta del corral que daba a la cocina. Al ver allí a Rosario, Carmen y Adela, se dirigió a ellas con ademán suplicante:

—¡Por lo que más quieran en el mundo, no me delaten!

Ellas le miraron con odio.

—¡No me delaten! ¡Me asesinarían! ¡Digan ustedes que no he salido del hotel en toda la noche! ¡Díganlo! ¡Por sus madres!

Y les cogía las manos y quería besárselas, enloquecido de pánico.

Rosario le apartó violentamente y señalándole con ojos de loca el cadáver de Pascual tendido en el suelo le dijo:

—¡Mira!

Tirón vio la silueta rígida del mozo y dobló la cabeza sobre el pecho, convencido de que desde aquel instante estaba irremisiblemente perdido.

Rosario abrió la puerta con un ademán resuelto.

—¿Adónde vas? —gritó Tirón, angustiado.

—¡A denunciarte! ¡A hacerte pagar tus crímenes! ¡Asesino!

Corrió desalentada hacia la oficina del comité. Al cruzar una de las callejuelas del pueblo que daban al campo oyó un grito espantado y casi simultáneamente una descarga cerrada. Se detuvo aturdida y vio cómo delante de la misma tapia por la que ella iba a pasar alzaba los brazos súbitamente un hombrecillo que acto seguido se desplomaba atravesado por los balazos de un pelotón de milicianos que estaban apostados en la esquina.

—¡Uno menos! ¡Vamos por otro! —gritaban jubilosos los ejecutores.

Rosario, espantada, los vio marchar y se quedó inmóvil al pie del cadáver. Le miró. Era un hombre pequeño y delgado, vestido con un traje negro decente. ¿Qué tenía en la mano crispada? ¿Un papel? Se acercó más y lo vio. Al hombrecillo aquel las balas le habían alcanzado cuando echaba la última mirada a un retratito descolorido que debió de sacar de su cartera en el que se veían dos niños vestidos de blanco. Rosario cerró los ojos y tuvo que apoyarse en la tapia para no caer.

Cuando, pasado el tiempo, hizo un esfuerzo desesperado y consiguió arrancarse de aquel lugar volvió con pasos lentos y vacilantes al hotel. Entró en la cocina. Tirón seguía anonadado mirando estúpidamente el cadáver de Pascual. Rosario cruzó ante Tirón sin mirarle siquiera, se acercó al muerto, se agachó y estuvo registrándole en los bolsillos. Luego se incorporó y dirigiéndose a Tirón le alargó una carterilla de piel mugrienta.

—Tome esto. Es el carné socialista de Pascual. Póngase una blusa de obrero para que no le conozcan y huya si no quiere que le maten.

Tirón, con los ojos brillantes, tomó ansiosamente el carné y quiso besar las manos que se lo tendían. Rosario lo rechazó.

—¡Váyase! ¡Váyase!

Y se echó a llorar como una chiquilla.

Gran desfile fascista en la plaza Mayor de Valladolid. Media mañana, sol y repique de campanas. Bajo los portales, una muchedumbre silenciosa encuadrada por milicianos fascistas. En las primeras filas, niñas que agitan banderitas con los colores de la monarquía y señoras entusiastas con velo o mantilla que periódicamente se exaltan y vitorean con voces delgadas y quebradizas a los salvadores de España. Detrás, mucha gente borrosa, y entre la gente, unos hombres que aprietan los puños crispados contra el forro de sus bolsillos.

En el cuadrilátero despejado de la vieja plaza castellana comienza la gran parada. Desfilan primero *los pedritos* y luego *los flechas,* niños uniformados a la manera de Roma y de Berlín que juegan a ser soldados. Las fanfarrias hacen sonar el *Giovinezza* y el *Horsts Wessel.* Estallan los vivas a España y al Ejército Nacional. Vienen luego las centurias de la Falange Española cuidadosamente uniformadas y divididas en escuadras que evolucionan con matemática precisión a la voz de mando de viejos sargentos del ejército. Desde una tribuna que ha sido erigida en el centro de la plaza, un grupo de militares contempla con desdeñosa benevolencia la pintoresca bizarría de los jóvenes falangistas, pobres diablos civiles que en el fondo de sus covachuelas, detrás de sus mostradores o en la penumbra de sus almacenes habían soñado con ser militares y se hacen al fin la ilusión de serlo.

Unos toques de corneta, la muchedumbre queda inmóvil y silenciosa, presentan armas las escuadras fascistas, y el general, uno de los beneméritos salvadores de España, avanza hasta el centro de la plaza rodeado de sus ayudantes y de los jefes de la Falange. Un *speaker* anuncia por el micrófono instalado en la tribuna que, contra lo que se deseaba, el general no hablará porque está ronco. Se va a rendir homenaje a la memoria de los héroes nacionales asesinados por los bandidos rojos. Tiene la palabra el excelentísimo señor don Cayetano Tirón.

Erguido, bombeado el torso, las insignias de la Falange bordadas en el pecho, la pistola en el cinto, el señor Tirón evoca con arrebatadora elocuencia una de las más gloriosas hazañas del fascismo vallisoletano: la muerte heroica del jefe territorial de la Falange, vilmente asesinado por las hordas marxistas en el pueblecito de Sanbrian.

Esta mujer que a esta misma hora y bajo esta misma luz clara de la media mañana de agosto en Castilla se halla inmóvil e insensible a cuanto le rodea a la puerta de una casa en la calle desierta de Sanbrian, sabe también la historia de aquel terrible episodio que con vibrantes y encendidas palabras está narrando en la plaza de Valladolid el excelentísimo señor don Cayetano Tirón, jefe provincial de la Falange Española. Esta mujer que se ha quedado sola en esta casa, sola en esta calle y en este pueblo, lo cuenta con más sencillas palabras, pero con no menor patetismo.

—Dijeron —habla la mujer— que había revolución en Valladolid, que los señores habían quitado la República para volver a ser amos de lo suyo y que los hijos de los señores venían por los pueblos matando a los pobres. Los hombres de Sanbrian decidieron que no los dejarían entrar, que si los ricos hacían una revolución, los pobres harían la suya, que más somos los pobres que los ricos y que a las malas podríamos con ellos. Algunos vecinos no se atrevían. Más valía estarse quedos. A todos no nos van a matar, pensaban. Pero los mozos del sindicato dijeron que sí, que nos matarían a todos, y aunque, la verdad, nadie lo creía, se resolvió el pueblo a cerrarles las puertas y a campar por su respeto. Al principio todo fue bien. Echamos al cura y al cabo de la guardia civil. Los tres o cuatro ricos que había en Sanbrian se fueron ellos solos, y los del sindicato se pusieron a mangonear, por aquello de que siempre ha de haber alguien que mande. No hubo ninguna muerte, eso sí, pero los del sindicato entraron en las casas de los ricos, se apoderaron de los bienes que habían dejado y los repartieron entre los pobres. Estaba mal hecho, señor, y muchos infelices ni siquiera se atrevían a tomar lo que les daban. Pero a los pocos días, como temíamos, volvieron al fin los hijos de los señores, los señoritos. Venían en tres o cuatro automóviles y traían fusiles y pistolas. Para asustar al pueblo entraron disparándoles sin ton ni son, a diestro y siniestro. Venían por la tremenda, y por la tremenda los recibieron los mozos del pueblo. Apostados en una esquina los aguardaron con las escopetas echadas a la cara y cuando los tuvieron a tiro los achicharraron. Así cayó ese jefe de ellos, cuya vida tan cara hemos pagado. Venían matando, señor, ¿cómo querían ser recibidos?

»Los demás huyeron; alguno iba malherido. Los mozos del sindicato se quedaron muy ufanos, pero ya recelábamos que aquella muerte habíamos de pagarla, aunque nunca creíamos que nos la cobrarían tan cara. Ocho o diez días después nos dijeron que venían tropas de Valladolid. ¡Qué tropas, señora, qué tropas! No son peores los chacales. Al principio se les hizo resistencia. ¡Nunca la intentáramos! Las máquinas que traían vomitaban fuego y plomo sobre el pueblo. Los hombres caían segados como mieses. No pudieron resistir y se fueron al campo para seguir luchando. Los que quedamos en el pueblo pusimos banderas blancas y nos encerramos en nuestras casas a esperar que llegasen las tropas. ¡Ojalá hubiésemos luchado hasta el último instante de nuestras vidas! Aquellas tropas de moros y renegados fueron casa por casa rompiendo las puertas a culatazos y matando delante de sus mujeres y sus hijos a cuantos hombres encontraron, jóvenes y viejos, amigos y enemigos, buenos y malos, rebeldes y sumisos. No quedó uno solo. En Sanbrian no quedó un solo hombre con vida. Tras los moros y los renegados venían los hijos de los señoritos, y como ya no había hombres que matar, mataron mujeres. Aquéllos no eran seres humanos, eran fieras. Lo que han visto mis ojos ni se había visto antes ni se verá jamás. Aquella misma noche, entre el ruido siniestro de las descargas y los gritos ahogados de los que sucumbían, las pobres mujeres de Sanbrian tomaron a sus hijos de la mano, estrecharon contra sus pechos a los más pequeñuelos y huyeron al monte aterrorizadas. Los centinelas tiraban al bulto contra aquellas sombras fugitivas. Alguna de ellas cayó atravesada por un balazo y hasta que fue de día estuvo a su lado una criatura que lloraba a la noche inmensa sin atreverse a soltar la mano crispada que poco a poco se le iba quedando fría entre los deditos tiernos.

»Huyeron todos, viejos, niños y mujeres. A los que no huyeron los mataron. No quedó alma viviente en el pueblo. Sólo yo. Desde aquella noche horrible no hay en Sanbrian más ser vivo que yo. Mataron a mi hombre delante de mis ojos, huyeron mis hijos. ¿Para qué huir? Esperé a que me matasen también. No sé por qué no lo hicieron.

»A partir de entonces soy el único ser humano que habita este pueblo. Alguna vez, durante la noche, ha venido escondiéndose tal o cual madre o esposa fugitiva anhelando saber la suerte de los suyos. Cuando recorren estas calles y estas casas vacías y en silencio, cuando comprueban espantadas que no queda alma viviente, huyen otra vez aterradas. Sólo yo estoy aquí para llorar y rezar por todos.

Una clamorosa ovación subrayó las últimas palabras del excelentísimo señor don Cayetano Tirón, encargado de rendir homenaje a la memoria del jefe territorial de la Falange Española, vilmente asesinado en Sanbrian, y de cantar la gloriosa acción del Ejército Nacional que liberó al fin al país de la tiranía de los bandidos rojos.

Aplausos, felicitaciones, saludos, taconazos, vítores, música de charangas y brillante desfile. Los falangistas recorrían después las calles de Valladolid formando grupos que se enardecían repitiendo triunfalmente su grito de guerra:

—¡Viva la muerte!

—¡Viva la muerte!

La gente circulaba pacíficamente por calles y plazas. Los cafés y las cervecerías estaban repletos. En el salón de una de ellas, donde tenía su tertulia la plana mayor del fascismo, iban reuniéndose los jefes de la Falange una vez terminada la patriótica ceremonia. Allí llegó Tirón, triunfante después de pronunciar su elocuente discurso.

—¡Así se habla! —le dijo Paco Citroen, un señorito madrileño achulapado y gracioso, típico espécimen de la casta que se vanagloriaba de haberse batido como un jabato en la sierra durante los primeros días de la rebelión, y de eso vivía.

Era Paco Citroen un curioso producto de Celtiberia, que cifraba todo su orgullo en ser más cerril e incomprensivo de lo que en realidad era. Su gran devoción era el casticismo. Estaba con los fascistas porque eran unos tíos castizos, y su grito de guerra era: «¡Los extranjeros son muy brutos! ¡Viva España!». Un curioso complejo de inferioridad nacional le hacía reaccionar salvajemente contra todo lo que no fuese típicamente español con una delirante xenofobia que le llevaba cuando estaba un poco borracho a dar gritos incongruentes de: «¡Viva el cocido y muera el Foreign Office!», «¡Muera la gimnasia sueca y vivan los toros!», «¡Abajo los cuartos de baño y las piscinas!», «¡Viva el olor a sobaco!», «¡Me gustan gordas y abajo el masaje!».

—Este Paco Citroen es un bárbaro. ¡Pero muy buen patriota! —comentaban oyéndole unos intelectuales escapados de Madrid, profesores y periodistas que se habían puesto al servicio del fascismo y se reunían tímidamente junto a los jefes de la Falange.

Otro de los personajes de la tertulia era un jefe de centuria, antiguo camarero de café apodado el Cabezota, muy popular en Valladolid por sus viejas luchas contra los sindicatos, quien, comentando con aire socarrón el discurso de la plaza, decía:

—Lo de Sanbrian fue tal y como usted, señor Tirón, lo ha contado. Yo estuve allá. Y si no fue así, tendrá que venir algún vecino del pueblo a rectificarnos. Pero esté usted tranquilo, señor Tirón. Para eso nos tomamos nosotros el trabajo de que no quedase ni uno solo que pudiese contarlo.

Tirón, que sabía a qué atenerse respecto de la verdad histórica y la verdad verdadera, sofisticaba:

—El hecho en sí poco o nada importa. A la historia lo que le interesa es su sentido, la significación histórica que pueda tener, y ésa no se la dan nunca los mismos protagonistas, sino los que inmediatamente después de ellos nos afanamos por interpretarlo.

—Es decir: ¿que me va usted a contar a mí, que estuve allí, lo que pasó en Sanbrian? —saltó Paco Citroen.

—Y tú, Paco, reconocerás que aquello fue tal y como yo lo cuento y no como tú, aturdidamente, hubieras creído. Tú estuviste allí, pero para enterarte de lo que pasó te faltaba perspectiva histórica.

Paco iba a decir una grosería. Pero se calló.

Aquella misma tarde llegaban a Valladolid los restos de una bandera del Tercio que llevaba ya varias semanas luchando en los alrededores de Madrid y venía relevada a descansar y a cubrir bajas. Los legionarios hicieron su entrada en la capital castellana con uno de sus bizarros e impresionantes desfiles. Atravesaron las calles marcando el paso con mucho braceo y pidiendo palmas como los toreros. Traían los cuellos desabrochados y los brazos remangados. Sobre la camisa llevaban algunos con mucha ostentación los grandes escapularios que con la inscripción de «¡Detente!» les habían regalado las damas piadosas de Castilla. Uno de ellos, más espectacular aún, llevaba la camisa desgarrada y sobre la piel desnuda del pecho se había pegado el milagroso «¡Detente!». La gente pacífica y cobarde de la ciudad veía pasar con embeleso a los famosos guerreros de la Legión, cuya legendaria ferocidad provocaba una extraña sensación de miedo y seguridad. Para acentuar esta impresión terrorífica, los legionarios, entre otras pueriles demostraciones, habían sustituido el asta de su bandera por una hecha con tibias de seres humanos engarzadas y aquel airón macabro escalofriaba a los tenderos, los oficinistas, las muchachitas y los niños. Éstos, sobre todo, seguían con los ojos muy abiertos al imponente abanderado de la Legión, con el anhelo de que los dejase ver de cerca y tocar aquellos huesos humanos que debían de suscitar en sus imaginaciones infantiles quién sabe qué lucubraciones.

Terminado el desfile, los legionarios se repartieron por las calles, los cafés y las tabernas de la vieja ciudad castellana, por la que iban difundiendo vanidosamente sus hazañas. Un grupo de oficiales de la Legión fraternizaba con los jefes fascistas en la tertulia de la cervecería. Los recién llegados relataban los últimos triunfos del Ejército Nacional. En la sierra se habían hecho considerables progresos. El día anterior los legionarios habían entrado por fin a la bayoneta en uno de los pueblecitos serranos que más encarnizada resistencia había ofrecido: Miradores.

Tirón, cuando oyó este nombre, Miradores, bajó la cabeza y sintió un súbito malestar. Su tez amarillenta de hepático se oscureció y un mal sabor angustioso le subió a la boca pastosa. El oficial que relataba los pormenores de la operación aludía constantemente a personas y lugares que Tirón, en silencio y con los ojos cerrados, veía alzarse ante él con patética corporeidad. Mientras el oficial hablaba con su verbo expedito de militar, Tirón, sobrecogido, esperaba oír de un momento a otro algo que temía no le fuese posible soportar. Tres nombres martilleaban su conciencia. Tres figuras de mujer se alzaban acusadoras ante él. El oficial seguía entre burlas y horrores su relato. La toma de Miradores había sido uno de los episodios más duros y accidentados de la campaña. Los casos aislados de heroísmo y desesperación por parte de los defensores del pueblo brotaban uno tras otro de los labios del oficial. Pero no surgieron aquellos tres nombres, aquellas tres figuras de mujer que a él le atormentaban.

No se atrevió a preguntar. Prefirió la incertidumbre a la enojosa certeza. Su fondo nietzscheano de fascista le decía que la duda es una buena almohada. Supo que los vecinos rebeldes de Miradores que no habían perecido en la batalla habían sido capturados, conducidos a Valladolid y encarcelados. Probablemente se les fusilaría aquella misma madrugada.

Salió ya tarde de la cervecería sin haberse atrevido a preguntar por aquellas tres muchachas que lo salvaron y que probablemente habían pagado con sus vidas el triunfo de la causa que él defendía. ¿Habrían escapado a tiempo? ¡Bah! Su conciencia se aquietaba pensando que, aun en el peor supuesto, no había estado en su mano impedir que pereciesen.

¿Y si estuviesen entre los prisioneros que habían sido conducidos a Valladolid? La idea era demasiado desagradable. Intentó desecharla. Se encaminó a su casa dispuesto heroicamente a no salir de dudas. Pero en el umbral mismo cayó en la tentación de dar un sensual reposo a su conciencia y, volviendo sobre sus pasos, se encaminó a la prisión central, donde se reunía el cónclave de falangistas que a aquellas horas debían de estar decidiendo la suerte de los prisioneros.

—¡Buena redada la del Tercio en Miradores! —le dijeron apenas entró—. Esta madrugada caen once de esos bandidos rojos que durante dos meses nos han tenido en jaque a las puertas del pueblo.

—¿Tenéis ahí la lista? —preguntó con afectada displicencia.

Le alargaron un papel. Apenas clavó en él los ojos leyó los tres nombres temidos: Rosario, Carmen y Adela. Permaneció exteriormente impasible como si repasara por mera curiosidad unos nombres que nada le decían. Sintió que pasaba el tiempo, que dentro de sí mismo algo se rebelaba y pugnaba por salir, que sus insensibles compañeros seguían entre tanto charlando y fumando indiferentes y que él angustiosamente sacudido por aquella repulsión interior permanecía estúpidamente inmóvil con aquel papel que ya nada podía decirle ante los ojos.

Creyó que al fin iba a reaccionar enérgicamente, y sintió que un movimiento generoso que arrancaba del fondo de su ser estaba a punto de irrumpir triunfalmente en aquel ambiente horrendo. Pero era poco hombre para tan gran empeño. La voz se le quebró en la garganta, se le heló la sangre en las venas y aquel ímpetu vital naciente quedó pronto aniquilado. En vez de lanzarse bravamente a la lucha para arrancar de la muerte a aquellas tres mujeres a las que debía su propia vida, se limitó a preguntar con tímido acento:

—¿Y estas tres mujeres?

—Las peores. Con cien vidas no pagaban —le contestaron.

—No será tanto... —aventuró.

—¿Cómo? Han hecho horrores. Asesinaban por su mano a los prisioneros y sacaban los ojos a los hijos de las personas de orden.

Se sublevó a pesar suyo.

—¡Eso no es verdad! A mí me consta...

Uno de los jefes que estaban allí le miró con dureza y acercándole su cara lívida, cuidadosamente rasurada, le interrumpió:

—A usted no le consta nada. ¿Se ha olvidado de que es jefe de la Falange Española? Esas mujeres han cometido crímenes horrendos que van a pagar con sus vidas. Así lo ha decretado la superioridad. ¿Tiene usted algo que añadir?

Tirón se cuadró militarmente.

—Nada. Estoy a las órdenes de vuecencia.

—Puede usted retirarse.

Salió hecho un guiñapo. En las calles, solitarias y oscuras, no había ya un alma. Al pasar junto a una taberna oyó el estrépito de unos legionarios borrachos. Ya cerca de su casa se cruzó con una patrulla de falangistas que iban cantando su himno de guerra.

—¡Viva la muerte! —gritaban.

Aquel grito absurdo rodaba pavorosamente por las calles desiertas de la muerta ciudad castellana.

Entró en su casa dando diente con diente y se encerró en su alcoba. Cuando se desnudaba, al quitarse el correaje, sacó la pistola de su funda, estuvo un momento considerándola y se apoyó el cañón en la sien. Cerró los ojos. Contó. Uno, dos, tres, cuatro, cinco, seis, siete...

Luego abrió los ojos y se sonrió a sí mismo. ¡Qué gran farsante era!

Guardó la pistola en la mesilla de noche y se echó a dormir. Lo hizo instantáneamente con un sueño pesado y hondo. Dormía como un bendito.

Pasó el tiempo.

De súbito despertó despavorido. Daba vueltas por la cama como una alimaña presa en un cepo. Se despabiló y encendió la luz.

—¡Bah! —pensó—. Bromas pesadas del subconsciente. Voy a necesitar bromuro.

Cerró los ojos y, como la voluntad obra prodigios, volvió a quedarse profundamente dormido. Pero apenas el resorte de la voluntad se relajaba con el sueño, volvía a sacudirle aquel prurito angustioso.

Se levantó al fin, desesperado, y maquinalmente se puso a vestirse. Cuando se hubo vestido abrió la puerta sigilosamente y salió como un autómata. Se encaminó sin vacilar hacia la cárcel. Al llegar frente a la puerta se quedó perplejo. ¿A qué había ido allí? Dio la vuelta alrededor del edificio pegándose a los paredones siniestros y se encontró otra vez en el mismo sitio. ¿Qué hora sería? En aquel momento llegaban a la puerta de la cárcel unos camiones de los que descendieron diez o doce falangistas. Se quedó anonadado. Todo había terminado ya.

Los falangistas le reconocieron y le preguntaron extrañados qué hacía allí. Dio una disculpa cualquiera.

No tuvo que preguntar nada. Uno de los falangistas se puso a contarle las ejecuciones. Aquella noche la cosa había sido dura. Entre los sentenciados había tenido tres muchachas, tres milicianas rojas.

—No es lo mismo fusilar mujeres que hombres, jefe —decía cabeceando un falangista.

—¡Bandidos rojos, todos, hombres y mujeres! Hay que acabar con ellos —gruñó otro.

—¿Qué tal han muerto? —preguntó con tono indiferente.

Lo que su conciencia cobarde pordioseaba hipócritamente era la tranquilidad de que al menos las víctimas no habían sufrido mucho.

—¡Pse! —le contestaron—. No debían de tener ninguna gana de morir. Eran jóvenes y guapas... Una de ellas, la más jovencilla...

—¿Adela?

—Adela creo que se llamaba. ¿La conocía usted, jefe?

—Sí.

—Pues esa Adela, aunque era muy poquita cosa, iba muy firme. Hasta se sonreía. Luego se nos derrumbó y hubo que llevarla junto a la pared a puñados. A lo último todavía tuvo fuerza para levantarnos el puño. No le dimos tiempo a gritar.

—Otra fue como una cordera.

—A mí la que más me ha impresionado fue la más mujer, una morena fuerte y guapa...

—Rosario.

—Sí, Rosario. No protestó, no chilló, no hubo que sostenerla ni levantó el puño, pero ¡cómo lloraba!

Y el falangista obsesivo repetía:

—¡Cómo lloraba! Lloraba como una chiquilla.

Bigornia

Le llamaban Bigornia, y era un ogro jovial y arrabalero que balanceaba su corpachón envuelto en tela azul desteñida junto a las vallas de los solares y los desmontes del suburbio donde tenía su vivienda. Un ogro que en vez de comerse a los niños los daba de sí, los producía con una fertilidad indecorosa. Un ogro municipal y suburbano escandalosamente prolífico, acampado con toda su prole en una casucha de los arrabales de la gran ciudad como en la orilla de un bosque, por cuya espesura de cúpulas, torres y chimeneas se adentraba todas las mañanas llevando en la mano un martillo de herrero que recordaba el hacha que en otros tiempos debieron de llevar los ogros como él.

Era un ogro convertido en proletario metalúrgico del mismo modo que, andando el tiempo, la selva se había transformado en urbe sin que ni el uno ni la otra hubiesen perdido del todo su ancestral naturaleza. Bigornia era un obrero mecánico. Herrero, hijo de herrero y nieto de herrero, había conocido en su infancia una fragua que no difería gran cosa de la de Vulcano, y, aunque el raudo progreso mecánico del siglo hubiese sometido su instinto y su fuerza natural a la deformación y al aguzamiento de la técnica, conservaba un fondo selvático de forjador primitivo, de hombre del bosque, fuerte y de gran resuello, que por primera vez junta el hierro, el fuego y el agua, sopla, golpea, templa e inventa el acero. Bigornia era un buen obrero mecánico porque había conocido el primer automóvil que llegó a España, la primera ametralladora, la primera linotipia, el primer aeroplano, y desde su humilde menester de acólito de la metalurgia había conseguido familiarizarse con los dogmas y misterios de la técnica moderna. Pertenecía a esa última generación de obreros mecánicos que tienen todavía un cierto sentido humanístico del vivir y el trabajar. Los más jóvenes que él, los que han empezado el oficio cuando ya las máquinas tienen rodamientos a bolas, no saben nada ni conservan ese instinto primitivo, ese buen sentido de hombre en estado de naturaleza que a Bigornia le permitía a veces alumbrar con sus luces naturales la confusión de los ingenieros.

La gran ciudad no le había dominado del todo ni había conseguido aniquilar su fuerte personalidad, que, no pudiendo subsistir en las celdas estrechas de las grandes colmenas humanas que son las barriadas obreras, se evadía buscando mayor espacio en los arrabales, y, todas las tardes, cuando salía del taller donde trabajaba, se iba, atravesando desmontes y basureros, allá, a los confines de la Dehesa de la Villa, a la casucha donde vivía rodeado de su tercera mujer, Antonia —las dos primeras se le acabaron pronto—, y de sus hijuelos innumerables, uno cada año desde hacía veintitantos, que, gracias a que se le morían casi con la misma facilidad con que le nacían, no pasaban de la cifra constante de doce o catorce, mantenida merced a la incorporación a la prole de unos hijos naturales que le nacían por ahí. En aquella cabaña robinsoniana, levantada por él mismo en medio del desierto de botes de hojalata que abandonaban los traperos, Bigornia se sentía fuerte como un rey y libre como un bosquimano. Asistido por la tropilla de sus hijos, entre los que repartía manotazos y pedazos de pan a diestro y siniestro, se entretenía durante las veladas de los días laborables y a lo largo de toda la jornada del domingo en trabajar por su cuenta ensayando con mucha ilusión raras invenciones mecánicas que en realidad jamás le habían producido otra cosa que el placer de ensayarlas. Para fabricar sus extrañas maquinarias recorría pacientemente los montones de chatarra del Rastro, en los que compraba por unos céntimos piezas sueltas de viejos artefactos que luego transformaba y acoplaba según su ingenio hasta construir aquellos aparatos inverosímiles que o estaban ya inventados o era absolutamente innecesario inventar. Era un autodidacta de la mecánica que en ella encontraba un placer puro y desinteresado. Menos pura, aunque también desinteresada, era otra función de su tallercito doméstico: la de elaborar y suministrar armas para la lucha a todos los rebeldes que iban a pedírselas. En aquella casucha de arrabal había siempre una fragua y un yunque generosamente dispuestos a facilitar el instrumento de su venganza a todos los resentidos de la gran ciudad, a cuantos sentían el anhelo de luchar contra un orden social que Bigornia había declarado injusto y criminal desde el fondo anarquista de su alma. De aquel tallercito pintoresco habían salido los artefactos infernales de los terroristas de hacía veinte años y las pistolas de los estudiantes de la FUE que lucharon contra la dictadura. Últimamente, las luchas sociales sostenidas con más modernos y potentes instrumentos no requerían la colaboración de Bigornia, y las milicias socialistas y comunistas, provistas de buenas armas automáticas, desdeñaban el tallercito rudimentario del herrero de arrabal. Apartado de la actividad revolucionaria de los jóvenes que desfilaban marcando el paso militarmente, cosa que le ponía furioso, el veterano Bigornia, fiel a su viejo sentimiento anarquista e individualista, se había encerrado en su casucha, cada vez más encariñado con su prole cuantiosa y con sus arduas invenciones.

No obstante este alejamiento, cuando un domingo por la tarde fueron a decirle que los militares sublevados se habían hecho fuertes en los cuarteles, se sacudió de las manos la limalla, se metió en la pretina del pantalón el inseparable «macho», su viejo martillo de fragua, y allá se fue con los camaradas riéndose y balanceando el recio corpachón con su aire de ogro jovial y arrabalero. Toda la noche estuvo rondando con los camaradas por los alrededores del cuartel de la Montaña, cuya mole negra se levantaba ante ellos inaccesible. En su interior los militares rebeldes y los jóvenes fascistas que se habían sumado al levantamiento parecían dispuestos a resistir desesperadamente. Unos centenares de socialistas y comunistas armados con pistolas y dirigidos por un teniente de guardias de asalto cercaban el enorme edificio. Bigornia y sus camaradas buscaron inútilmente el punto vulnerable de aquella fortaleza para ellos inexpugnable. Habría que asaltarla a costa de sangre, dando el pecho en las rampas de acceso, que seguramente estarían batidas por las ametralladoras de los rebeldes, o trepando desesperadamente por los bastiones desenfilados, como en los asaltos legendarios a las fortalezas medievales. El gobierno no tenía elementos de guerra bastantes para batir el cuartel. Trajeron un cañón, pero no había artilleros. Se encontró al fin un comandante republicano que se ofreció a disparar contra los rebeldes. Pero él solo no podía hacer fuego. Vino luego un hijo suyo, y ambos, ayudados por Bigornia, que también entendía algo de cañones, hicieron el primer disparo contra el cuartel. La bala se aplastó contra los recios muros como una inofensiva pelota. Hubo que ir en busca de otro cañón más grande. Para ganar tiempo, un avión republicano, el único de que se disponía, echó a los rebeldes unas hojillas intimándoles a la rendición en un breve plazo.

Pero si los medios materiales faltaban, sobraban hombres en cambio. Desde que fue de día, miles y miles de ciudadanos fueron acudiendo a las inmediaciones del cuartel y formaron un cerco infranqueable. Parapetada tras las bocacalles, una gigantesca muchedumbre sin armas, pero con un entusiasmo delirante y suicida, había puesto sitio a los rebeldes, que, impresionados por aquella masa humana, no tuvieron coraje para hacer una salida. A media mañana comenzó a disparar al fin el cañón republicano. El avión dejó caer también unas bombas sobre los tejados del cuartel, y la muchedumbre avanzó formando una masa compacta. Los que estaban delante iban empujados por los que venían detrás, que les hacían avanzar mal de su grado. Las ametralladoras de los rebeldes hicieron fuego sobre la multitud, que se replegó sobre sí misma dando la sensación de que era un solo cuerpo monstruoso, como el de un gigantesco animal antediluviano. Un cañonazo certero hizo saltar una de las puertas del cuartel y por aquel boquete intentaron el asalto los más decididos. Un grupo de guardias, milicianos socialistas y comunistas y obreros sin armas intentó escalar la rampa batida por los rebeldes, a cuyo extremo se hallaba el único acceso posible. Las ráfagas de ametralladoras los segaron. Cayeron unos y retrocedieron otros. Bigornia, que iba con ellos, se encontró en lo alto de la rampa pegado al pretil del paredón, que utilizó como parapeto. En aquel rinconcito desenfilado se habían refugiado los cinco o seis asaltantes que ni cayeron ni volvieron grupas, un sargento del ejército con una escarapela tricolor en el pecho, un muchachillo atónito con aire de estudiante, un guardia de asalto, un miliciano comunista con pinta de señorito, que llevaba colgada del cuello una pistola ametralladora, una mujer con un delantal blanco y Bigornia. Enfrente, a diez o doce pasos, estaba la puerta del cuartel abierta por el cañonazo.

—¡Ánimo! —agregó el sargento—. ¡Otro empujón y estamos dentro!

Pero las balas de los rebeldes llovían en torno a ellos azotando el suelo, cuya tierra salpicaba dando saltitos como si empezase a hervir. Había que cruzar aquella explanada defendida por una terrible cortina de plomo.

—¡Adelante! —gritó el comunista de la pistola ametralladora, y volviéndose a aquellas cuatro o cinco personas acurrucadas en el pretil de la rampa—: ¿Tenéis armas? —les preguntó.

El estudiante hizo un amplio gesto de desolación y se metió las manos en los bolsillos con un ademán desconsolador. El guardia de asalto cargó su carabina máuser. El sargento esgrimió una pistola de reglamento. Bigornia volteó su martillo de fragua por encima de su cabeza. La mujer cogió un pico de su delantal blanco y lo mordisqueó nerviosamente. El comunista la miró estupefacto y la interrogó furioso:

—¿Y usted qué hace aquí, señora?

La pobre mujer, angustiada, respondió:

—Yo tengo un hijo soldado que está ahí en el cuartel, prisionero de los oficiales, y vengo a salvarlo. ¡Es mi hijo, sabe usted!

El comunista no supo qué contestar y se encogió de hombros.

En aquel momento empezaron a disparar desde otra ventana del cuartel que enfilaba aquel rincón donde estaban refugiados.

—¡Si nos quedamos aquí nos asan vivos! —rugió el guardia de asalto—. ¡Adelante! ¡Al cuartel!

—¡Al cuartel! ¡Al cuartel! —decían los seis dándose ánimos. Pero ninguno se lanzaba.

Bigornia entonces enderezó su corpachón y, encarándose con la fachada del cuartel, gritó con voz ronca: «¡Hijos de perra!». Y avanzó rápido, con paso trepidante de oso, bajo el diluvio de plomo. Los demás echaron tras él subyugados. Apenas salió del parapeto rodó el guardia de asalto con un balazo en el pecho. Ni siquiera volvieron hacia él la cabeza. Bigornia ganó indemne el portal seguido del sargento y el miliciano comunista, que disparaban a ciegas sus armas, del estudiante, que gritaba no sabía qué, y de la mujer, que caminaba a tientas tapándose la cara con un brazo, con el mismo ademán grotesco y patético del avestruz asustado. En el portal del cuartel los maderos y el cascote amontonados les impedían el paso. Bigornia blandió el macho bravamente y, volteándolo, cogido con ambas manos, se abrió camino haciendo saltar en astillas cuantos obstáculos encontraba. Un júbilo salvaje resplandecía en su cara apoplética de ogro enfurecido. Así llegó hasta el vasto patio del cuartel. Cuando apareció súbitamente ante los ojos asombrados de los militares rebeldes, su figura debió de tomar proporciones mitológicas. Aquel hombrón fornido con traje azul de mecánico que llegaba milagrosamente ileso hasta allí blandiendo un pesado martillo de fragua debió de parecerles un ser sobrenatural. Bigornia, al verse en el patio del cuartel, irguió el busto, alzó los brazos y los puños crispados y gritó con voz de trueno:

—¡Viva la revolución social!

Su grito rodó por el ámbito enorme del cuartel y retumbó en las galerías, donde los soldados desarmados, apelotonados como borregos y de cara a la pared bajo la amenaza de las pistolas fascistas, comenzaron a moverse inquietos. El estudiante avanzó por el patio detrás de Bigornia. El sargento, receloso, vigilaba los movimientos de los oficiales y los fascistas en las galerías altas.

—¡Cuidado! —gritó—. ¡Van a disparar un mortero sobre nosotros!

Cogió de la mano a la mujer y, conocedor del edificio, la arrastró hacia una puertecilla que había junto a la escalera. Tras ellos se fue el miliciano comunista. Bigornia avanzó hacia el centro del patio a pecho descubierto. Tras él iba el estudiante. No habían llegado aún al otro extremo, cuando una lluvia de metralla cayó sobre ellos. Bigornia, de un salto, se parapetó tras una pilastra. El estudiante que le seguía se desplomó con el cuerpo acribillado.

—¡Ay, mi madre! —gritaba revolcándose sobre las losas del patio, mientras desde las galerías los oficiales disparaban sobre él sus pistolas.

Bigornia salió de su escondite, agarró de una pierna al muchacho y lo arrastró hasta lugar seguro. Encontró una estrecha bóveda que servía para los ejercicios de tiro de los soldados, y allí lo dejó diciéndole:

—Luego volveré por ti. No seas idiota. No vayas a morirte antes, galán.

Cuando salió de nuevo al patio, la escalera estaba llena de soldados desarmados que, tímidamente aún, avanzaban hacia la salida, al verse libres al fin de las pistolas de los fascistas y los oficiales. Otro golpe de asaltantes consiguió atravesar heroicamente la explanada batida por las ametralladoras y pronto el pueblo y los soldados invadieron el patio fraternizando alegremente. La mujer que había entrado con Bigornia apareció en lo alto de la escalera abrazando y besando a su hijo, un cornetilla vivaracho que vitoreaba a la República frenéticamente.

—¡Lo he salvado! ¡Lo he salvado! —gritaba la madre, loca de alegría.

El cuartel de la Montaña, fortaleza casi inexpugnable, se había rendido. Sus recios muros tuvieron la misma inutilidad que las murallas de Jericó.

Los soldados condujeron a los asaltantes a una de las galerías, en la que encontraron un enorme montón de fusiles, con la bayoneta calada. Parece ser que hubo un instante en el que los militares rebeldes intentaron hacer una salida atacando a la bayoneta, pero desistieron por falta de fe en sí mismos y por la poca confianza que les inspiraba la tropa, a la que después de muchas vacilaciones hicieron soltar las armas en aquel montón. Allí se proveyeron de fusiles los asaltantes que habían llegado con las manos vacías. Casi todos ellos tocaban un fusil por primera vez en su vida, y por doquiera partían disparos involuntarios que originaban una gran confusión y algunas bajas. Los asaltantes más decididos, guiados por los oficiales de asalto, se esparcieron por las cuadras del vasto cuartel. Aquella riada humana, aquella gigantesca inundación de multitudes, había paralizado la acción de los rebeldes. Los más bravos oficiales se suicidaban disparándose sus pistolas en la sien o en el cielo de la boca. Los cobardes intentaban huir quitándose las guerreras y disfrazándose de obreros. Las botas altas los traicionaban. Los fascistas llevaban todos el mono azul de los trabajadores. Cuando los grupos de asaltantes cazaban a alguno y lo identificaban lo ponían junto a la pared, le descerrajaban un tiro en la nuca y seguían adelante. Vestido con un mono azul y escondido en un camaranchón encontraron al general Fanjul. Cuando lo sacaban a través del patio, la madre del cornetilla, a la que se lo señalaron como el jefe de la rebelión, se tiró sobre él como una fiera y le arañó el rostro gritándole:

—¡Asesino! ¡Tú eres el que quería que matasen a mi hijo!

Costó un ímprobo trabajo librarlo de sus uñas.

Bigornia, fracturando las puertas cerradas con su mazo potente y destrozando cuantos símbolos e instrumentos militares encontraba al paso, atravesaba las estancias del cuartel seguido de un grupo de obreros que se iban apoderando de cuantas armas encontraban. Uno de ellos había tropezado con una panoplia de esgrima y avanzaba con la cara cubierta con una careta de alambre trazando fintas a diestro y siniestro con un florete. Otro había descabezado de un golpe un maniquí cubierto con una armadura de guerra del siglo XVI y se había encasquetado el casco, provisto de su pomposa cimera y su celada, que luego no acertaba a abrir. Sobre el torso desnudo y los brazos tatuados, aquel casco anacrónico le daba una apariencia absurda de máscara terrorífica. Aquella tropa estrafalaria encontró acorralados en una pieza a unos cuantos militares que levantaron los brazos aterrorizados. Los empujaron con los cañones de los fusiles y los llevaron por delante hasta que salieron a una cuadra amplísima, el gimnasio, por donde los hicieron avanzar y ellos se quedaron rezagados. Cuando los tuvieron a seis u ocho metros de distancia les hicieron una descarga cerrada y luego los remataron tirando a discreción sobre ellos. Bigornia, que no se lo esperaba, se volvió irritado.

—¿Por qué los habéis matado? ¿Quién ha dado la orden de tirar? —preguntó con mal ceño.

—Yo —le replicó el miliciano comunista que entró en el cuartel al mismo tiempo que él y que andaba capitaneando los grupos, siempre con su gran pistola ametralladora colgada del cuello. Bigornia le miró de arriba abajo. Era un hombre joven, afeitado, fino, las manos cuidadas, bien vestido.

—Yo he dado la orden de tirar. ¿Qué pasa?

Bigornia alzó los hombros e hizo un gesto vago.

—¡Bah! ¡No era necesario!

Fue su única respuesta. Dio media vuelta y se fue. El joven comunista y su tropilla siguieron recorriendo las dependencias del cuartel en busca de rebeldes a los que fusilar.

Una muchedumbre inmensa llenaba ya el amplio recinto y se apoderaba ansiosamente de las armas gritando: «¡A Cuatro Vientos! ¡A Guadalajara! ¡A Toledo!».

Muchos camiones cargados de obreros con fusiles partieron para los cuarteles de los cantones, que se rindieron sin lucha. En lo alto de un camión vio Bigornia al cornetilla y su madre. La brava mujer se había colocado sobre el peto del delantal el correaje y las cartucheras de un soldado y, echando un brazo protector sobre el hombro de su hijo, alzaba en el otro el fusil y gritaba furiosa:

—¡Mueran los fascistas!

Al anochecer el pueblo era dueño absoluto de Madrid y de los cuarteles de los cantones. La muchedumbre victoriosa desfilaba por la Puerta del Sol esgrimiendo triunfalmente los fusiles cogidos al ejército. Los vencedores habían arrastrado consigo a la banda de músicos de un regimiento de infantería, que, bajo los movimientos rígidos y verticales de la batuta del músico mayor, intentaba hacer sonar *La Internacional* en las trompas y pífanos castrenses, tercamente rebeldes a los acordes del himno proletario.

El pueblo había triunfado.

Bigornia se metió en la pretina del pantalón azul su martillo de fragua y, balanceando su corpachón de ogro, se fue paso a paso a su casucha de las afueras, donde le esperaban la mujer y los doce o catorce hijuelos. Para que los chicos jugasen les llevaba un puñado de balas nuevecitas y los rutilantes cordones de oro de un capitán ayudante.

Días más tarde los camaradas fueron a buscarle de nuevo a su casucha. Lo necesitaban. El triunfo del pueblo en las calles de Madrid no había sido más que el comienzo de la guerra civil en toda España. El avance constante de las tropas coloniales desembarcadas en Andalucía exigía que el proletariado se organizase militarmente. Hombres había de sobra, pero faltaban especialistas, mecánicos, gente capaz de utilizar el material de guerra que se había cogido en los cuarteles. Bigornia se alistó solícito en las milicias populares. Aunque era un hombre de cerca de cincuenta años, se conservaba fuerte como un roble y animoso como si tuviese veinte. En su juventud había sido un verdadero hércules. Un episodio de aquella época le pintaba. Llegó a Madrid un famoso luchador de jiu-jitsu, Raku, quien, como habitualmente hacía en sus exhibiciones, retó a cuantos madrileños se creyesen con fuerzas bastantes para luchar con él. Bigornia saltó al tapiz enardecido y luchó bravamente con el japonés, que, pronto, merced a una de las traicioneras presas del jiu-jitsu, le saltó al cuello como un gato y le inmovilizó amenazando estrangularle. Estaba vencido. Bigornia, atenazado, intentaba en vano resistir, negándose tercamente a hacer la señal de la derrota. Cogido por aquella tijera de los brazos nervudos del japonés, se asfixiaba por instantes. Los espectadores, angustiados, veían cómo el rostro de Bigornia enrojecía primero, luego se tornaba cárdeno y al final negro. «¡Ríndete, ríndete!», le gritaban asustados. Bigornia, con los ojos fuera de las órbitas, pugnaba inútilmente por arrancarse aquella corbata de hierro dando terribles sacudidas que cada vez eran más convulsas pero menos potentes. «¡Ríndete, ríndete!», repetía la muchedumbre exasperada. No se rendía. Hubo un momento en el que pasó por la sala la sensación de la tragedia. Bigornia estaba a punto de perecer estrangulado. Pero el japonés, que sabía medir bien la humana resistencia, mantenía implacablemente la presión sobre la garganta del adversario, seguro de que en el instante definitivo el hombre que se siente morir cede y se rinde. Bigornia no se rindió. El japonés, desconcertado, tuvo que resignarse a soltar su presa y, temiendo que aquel ser humano que apenas si daba ya señales de vida se le hubiese muerto efectivamente bajo la presión de su garra, abrió la tenaza y le soltó al fin con un ademán de rabia. Bigornia se desplomó. El japonés, asustado, acudió en su auxilio. Bigornia fue volviendo en sí lentamente. Su pecho se inflaba y desinflaba ostensiblemente. Consiguió incorporarse y se quedó de rodillas respirando ansiosamente. Apenas tuvo ánimo se irguió, hizo una profunda aspiración y volviéndose como un rayo hacia el japonés lanzó un alarido salvaje, le cogió por una pierna y, volteándole por encima de su cabeza como si fuese un pelele, lo arrojó al patio de butacas. Lo había lanzado a diez o doce metros de distancia y le había fracturado varias costillas. Éste era el hombre.

De entonces acá habían pasado veinte años. Bigornia, gordo, ventrudo, reposado, en vez del hércules de entonces era aquel otro jovial, un poco terrible y un poco grotesco, que cuando se ajetreaba y corría tenía la misma desconcertante agilidad de los paquidermos. Las mujeres, que antes le buscaban con ahínco atraídas por su planta gallarda y viril, se burlaban ya del fuego que todavía brillaba en sus ojos cuando las miraba codiciosamente, pero, burla burlando, aún se rendían a la sugestión de aquella desbordante y profusa vitalidad y, si bien no conseguía enamorarlas perdidamente, como se descuidasen en el juego y no anduviesen listas las dejaba encintas. Con estas aportaciones extraconyugales mantenía la cifra constante de su prole, y a despecho de difterias y viruelas crecían en torno a él los doce o catorce hijos entre naturales y legítimos.

Ya en el lindero de la vejez se dio a la guerra civil con todo el ímpetu y la tenacidad de sus cincuenta años.

Le destinaron al servicio de los carros de asalto cogidos al ejército. Eran cuatro o cinco armatostes desvencijados que rara vez conseguían recorrer sin percance quince o veinte kilómetros en una jornada. Bigornia, ayudado por media docena de mecánicos jóvenes, estuvo repasándolos cuidadosamente. Se revisaron los viejos motores, se les reforzaron los blindajes y se les reajustó el herrumbroso mecanismo de tracción. No quiso Bigornia someter sus máquinas de guerra a una prueba demasiado dura por las mismas razones que tuvo Don Quijote para no probar por segunda vez la resistencia de su improvisada celada de papelón y alambre, y, fiando más en el efecto terrorífico de su presencia que en la eficacia de su acción destructora, las dio por buenas y dictaminó que estaban en condiciones de entrar en campaña. Tripulados por unos bravos e insensatos proletarios, salieron al fin de Madrid los famosos tanques dispuestos a cortar el avance de las tropas rebeldes que venían en son de conquista por Extremadura. Al mismo paso lento de Rocinante cruzaron aquellos feos artefactos la llanura manchega buscando con más ansia que diligencia al enemigo para retarlo a singular combate. El sol implacable de la estepa castellana calentaba las planchas de acero de los viejos tanques, en cuyo interior se asaban vivos aquellos esforzados paladines. Con el torso desnudo, la piel lustrosa y los ojos febriles, Bigornia y sus camaradas avanzaban a paso de tortuga dentro de aquellos caparazones ardientes. Los campesinos, al ver pasar tales monstruos, levantaban el puño, y las mujerucas aldeanas, asustadas, se quedaban con las ganas de hacerles la cruz como al diablo. Los fugitivos de las comarcas invadidas por los moros y el Tercio, cuando se cruzaban con ellos los contemplaban admirativamente y, reconfortados, seguían su éxodo pensando ilusionados que pronto podrían volver a sus hogares.

Frecuentemente la lenta caravana tenía que detenerse. Bigornia saltaba a tierra y, con su gran martillo de fragua en una mano y la caja de llaves y herramientas en la otra, corría al tanque averiado y se ponía afanosamente al trabajo hasta que conseguía repararlo. Así llegaron hasta Extremadura, donde las tropas de milicianos salidos de Madrid cedían constantemente ante el avance de los moros y el Tercio, apoyados por los aviones italianos. Aquellas masas de obreros y campesinos armados con fusiles y sin oficiales ni disciplina eran barridas por la metralla de la aviación, sin que jamás llegasen a la lucha cuerpo a cuerpo con los invasores. De pueblo en pueblo iban retirándose desordenadamente. Cada vez que el mando republicano establecía una línea de resistencia, los aviones italianos y alemanes comenzaban un terrible y sistemático bombardeo de la población que a retaguardia de la primera línea servía de base al desorganizado ejército del pueblo; la población civil, aterrorizada, huía dejando sin posibilidad de aprovisionamiento a los milicianos, que, como carecían de parques de intendencia y se quedaban sin comer, sin agua y sin refugio posible, aguantaban dos o tres días pegados a los surcos de aquella tierra calcinada de Extremadura bajo el bombardeo constante de la aviación y luego echaban a correr desesperados. Así avanzaba victorioso el Ejército Nacional.

Se pensó entonces que el material del único regimiento de tanques que había en Madrid podría ser útil para contener la retirada, y allá fueron Bigornia y los quince o veinte obreros mecánicos que se ofrecieron para tripularlos. Ya en la línea de fuego, una madrugada, partieron los pesados armatostes de la plaza del último pueblecito republicano, atravesaron las líneas leales y se metieron valientemente por el terreno enemigo. Iban petardeando el campo con los escapes de sus motores y haciendo retemblar la tierra que pisaban con el estrépito de su herrumbroso mecanismo. Las avanzadas de los rebeldes se replegaron y los tanques llegaron victoriosos hasta una aldea evacuada el día antes por los milicianos. Al frente de la caravana, con el torso desnudo fuera del caparazón de acero de la oruga, iba Bigornia. Los rebeldes en su repliegue seguían haciéndoles fuego desde lejos, pero, desafiando el peligro, Bigornia, con su caja de herramientas a la espalda y su martillo en la mano, saltaba de un tanque a otro vigilando la marcha de los motores y el funcionamiento difícil del mecanismo de tracción. Resguardados tras las casas de la aldea esperaron los tanques el avance de los milicianos, pero cuando el rosario de éstos salió de sus parapetos y se desparramó por la tierra desnuda aparecieron en el horizonte quince o veinte aviones de caza que, descendiendo a treinta o cuarenta metros, comenzaron a disparar sobre ellos con sus ametralladoras. Las ráfagas de plomo barrían las filas de los milicianos, que, aplastados contra el suelo, con la nariz metida en los surcos, sentían pasar y repasar sobre sus cabezas los aviones que los diezmaban. El tiempo transcurría, y los aviones iban y venían, relevándose constantemente. Cada vez que un grupo de milicianos se enderezaba e intentaba proseguir el avance, uno de los negros buitres se abatía sobre ellos y los regaba de metralla hasta obligarles a tirarse al suelo otra vez. Era inútil. Cuando un miliciano desesperado echaba a correr hacia atrás o hacia delante, el avión le perseguía y, apenas se había adelantado, le enfilaba con su ametralladora de popa y hasta que se perdía de vista estaba escupiendo plomo sobre él.

Diezmados y aterrorizados volvieron los milicianos a sus líneas. Bigornia y sus hombres vieron entonces cómo los aviones se cernían sobre ellos y comenzaban a bombardearlos. Una bomba explotó junto a uno de los tanques y le inutilizó la cadena de la oruga. Sus tripulantes tuvieron que abandonarlo. Los demás tanques comenzaron a evolucionar para batirse en retirada. Lentos, torpes, renqueantes, intentaban ganar las líneas republicanas bajo las bombas de los aviones que iban bordándoles la ruta. A lo lejos, en lo alto de una loma, aparecieron los puntitos movedizos de la caballería mora. Los tanques abrieron fuego contra aquellos blancos distantes. Bigornia, furioso, hizo un rápido viraje y avanzó con el tanque que conducía en dirección a la fila de jinetes marroquíes. A medida que se acercaba arreciaba el tamborilear de las balas sobre las chapas de acero del blindaje. El tanque, lanzado a toda la velocidad que le permitía su pesado mecanismo, reptaba por los surcos de la labranza, se metía audaz en las hondonadas y trepaba jadeando por los repechos en persecución de aquel enemigo inaprehensible de desconcertante movilidad. Hervía el agua del motor, se ponían al rojo los cañones de las ametralladoras que disparaban sin descanso, y los tripulantes, con las fauces secas y las sienes batiéndoles febrilmente, sentían llegar la asfixia dentro de aquella caja de acero recalentado.

Bigornia, en el volante, crispaba la pierna derecha sobre el acelerador haciendo trepidar horrísonamente el mecanismo. Tenía debajo del asiento una caja de botellas de cerveza, y de vez en cuando rompía de un golpe seco el gollete de una y se tiraba sobre la bocaza abierta ansiosamente el líquido caliente y pegajoso que simultáneamente iba eliminando por los poros abiertos de su piel desnuda, lustrosa como la de un hipopótamo, que cada vez que se rozaba con las planchas del blindaje calentadas por el sol sentía el mordisco de la quemadura.

A la mitad de un repecho el motor dejó escapar dos o tres detonaciones. No podía más. Bigornia lanzó una maldición y sin vacilar un instante abrió temerariamente la portezuela y saltó al campo con su caja de herramientas. Las balas silbaban en torno a él.

—¡Huyamos! ¡Huyamos! —decían sus compañeros viendo aparecer en lo alto de la colina las siluetas de los jinetes moros que correteaban haciendo fuego contra el tanque.

—¡Quietos! —rugió Bigornia—. ¡No es nada! En dos minutos, si no me dan un tiro antes, está reparada la avería. Disparad mientras tanto contra ellos para tenerlos a raya.

Y sin levantar la cabeza estuvo manipulando en el

motor con sus llaves y sus alicates mientras las balas le contorneaban. Los moros, cuando advirtieron que el tanque se había detenido, fueron avanzando y cada vez disparaban sobre él con más precisión. Los compañeros de Bigornia les contenían haciendo fuego desde las troneras mientras oían anhelantes el resoplar del ogro que forcejeaba desesperadamente.

—¡Que nos cogen! ¡Vámonos! —gritaron viendo el cerco de jinetes que se les echaba encima.

—¡Quietos! ¡Ya está! —gritó triunfalmente Bigornia. Saltó otra vez al volante y, poniendo en marcha el motor, hizo un viraje y enfiló las líneas republicanas mientras sus camaradas abrían un círculo de fuego que dispersaba otra vez a los caballistas.

El tanque conducido por Bigornia consiguió reunirse con los otros y juntos continuaron la retirada. Pero la caballería mora venía tras ellos y, a favor de los accidentes del terreno, seguía acosándoles, ayudada por la aviación. Cuando llegaron a las líneas leales se encontraron con que la desbandada era general. Los milicianos, abandonando sus posiciones, corrían en dirección al pueblo y, no considerándose seguros en él, lo atravesaban sin detenerse y seguían trotando empavorecidos por la carretera de Madrid. Mezclados con ellos huían los vecinos que aún no habían evacuado el lugar. La fila de los tanques cerraba la retirada. Pero, pasado el pueblo, la evacuación se convirtió en fuga. Unos destacamentos de caballería rebelde, merced a un rápido movimiento envolvente, bordearon el pueblo, hicieron su aparición en el flanco derecho de la carretera y sembraron el pánico. Los milicianos huían ya a carrera abierta. Los mismos tripulantes de los tanques, no considerando bastante rápida y segura la marcha de aquellos pesados armatostes, los abandonaban al borde de la carretera y echaban a correr fiando su salvación a la ligereza de sus piernas.

Bigornia, que iba al volante del último tanque de la fila, vio desesperado cómo todos sus camaradas desertaban hasta que le dejaron solo. Cuando encontró abandonado en la carretera uno de los tanques que precedían al suyo le entró una rabia loca. Pateaba, blasfemaba, rugía, se daba con la cabezota contra las planchas del inmovilizado artefacto. Llorando de rabia, cogió su caja de herramientas y su martillo, se metió en el tanque abandonado y estuvo desmontando las ametralladoras y las piezas esenciales. Luego de inutilizarlo y desarmarlo, se puso a transportar al tanque que él conducía las municiones que quedaban en el abandonado. Tuvo el tiempo justo. Cuando volvió a poner en marcha el motor de su máquina ya le zumbaban otra vez en los oídos las balas de sus perseguidores.

Un kilómetro más allá alcanzó otro tanque también abandonado. Esta vez no tuvo tiempo más que para preparar su voladura con unos cartuchos de dinamita. La formidable explosión sobrevino cuando aún no había podido alejarse lo suficiente, y sobre el caparazón de su tanque apenas puesto en marcha cayó una masa enorme de hierro, plomo y tierra. Los facciosos que venían acosándole debieron de detenerse allí, porque ya no volvió a sentir el silbido de las balas. Caminó durante una hora al paso lento del armatoste. El campo parecía desierto. La vida había huido de aquellos parajes. Los campesinos aterrorizados abandonaban sus viviendas ante el avance de los conquistadores. Una sensación angustiosa de vacío, de muerte, de desolación, precedía al Ejército Nacional.

Bigornia, rendido al fin, agotado por el esfuerzo de la terrible jornada, se adormecía con el runrunear monótono del motor a lo largo de aquella paramera interminable. Ni un ser humano, ni un indicio de vida en todo lo que alcanzaba la vista.

En un recodo de la carretera vio a través de la visera del tanque una figurilla minúscula que le salía al paso. Era una chiquilla de ocho a diez años con el bracito en alto y la mano extendida. Detuvo el tanque, y la chiquilla, al verle saltar a tierra desnudo de cintura para arriba y con aquella caraza feroz de ogro que tenía, se tiró al suelo aterrorizada gritando:

—¡No me mate! ¡No me mate! ¡Yo soy buena!

Bigornia alzó en sus brazos a la criatura, que se debatía horrorizada escondiendo la carilla.

—¡Yo soy buena! ¡Mamá es buena! —repetía.

Y cuando poco a poco iba convenciéndose de que aquel ogro no la devoraba todavía, con la cara vuelta y sin atreverse a mirarle alzaba la manecita abierta creyendo que con aquel ademán podría conjurar el peligro que la aterrorizaba. Bigornia tapó los deditos tiernos de la criatura con su manaza velluda y sonriendo tristemente le dijo:

—¡Así, guapa, así!

Y le mostraba el puño cerrado. La chiquilla, recelosa, le miraba de través con sus ojazos cuajados de lágrimas.

—¿Qué haces aquí? —le preguntó Bigornia con el tono de voz más amable que pudo arrancar a su garganta—. ¿Y tus padres? ¿Dónde están?

La chiquilla vacilaba antes de contestar.

—¿Tú eres fascista? —preguntó al fin.

—No, guapa, no. ¿Dónde están tus padres? ¿Estás sola?

—Papá se fue a la guerra.

—¿Cómo hacía papá? ¿Así? ¿O así? —le preguntó Bigornia abriendo y cerrando el puño.

—¡Así! —respondió la chica apretando sus cinco deditos. Luego tuvo miedo y agregó—: ¡Mamá es buena! ¡Estábamos en casa! ¡Mamá es buena!

—Y papá, guapa. ¡Y papá! —agregó Bigornia refregándole los cañones de la barbaza por la carilla suave.

Con la chiquilla en brazos echó a andar hacia donde ella le indicaba. En una hoyanca que había a unos cien metros de la carretera estaba tendida y exánime una mujer joven, con la frente sujeta por un pañuelo y los pies envueltos en una manta. A su lado, hundiéndole las manecitas en el regazo, lloriqueaba un renacuajo que aún no tendría dos años. Bigornia reanimó a la mujer, la hizo incorporarse y con unos tragos de cerveza consiguió hacerla hablar. La fatiga y la sed la habían hecho caer extenuada en aquella hoyanca después de una terrible jornada de camino cargada con las dos criaturitas. En todo el día no había podido pararse a descansar ni había probado bocado ni había encontrado quien le diese una sed de agua. Ante el avance de los militares la gente huía a la desbandada y la habían dejado atrás. Cuando no pudo más se tiró en aquel agujero. Tenía los pies ensangrentados y los brazos rendidos del peso de las criaturas: Antes de que la abandonasen del todo las fuerzas había recomendado a sus hijos:

—Si vienen unos hombres malos no levantéis el puño, porque nos matarán; abrid la mano así. ¡Así! ¡Así!

Y se quedó sin sentido enseñando a sus hijuelos el conjuro.

La chiquilla, al ver a su madre inmóvil, había salido a la carretera, aterrorizada por la soledad y el silencio, y, temiendo siempre que aquellos hombres malos la matasen, había salido al paso del tanque extendiendo su manecita como le había recomendado su madre.

Bigornia cargó con los chiquillos y volvió al tanque con la madre apoyada en su brazo. Hizo una camita a la chiquilla entre los soportes de una ametralladora, colocó a la madre a su lado junto al volante y le puso en el regazo al pequeñuelo.

—Echa la cabeza en mi hombro y duérmete —le recomendó.

La pobre mujer le obedeció, y Bigornia sintió en su piel desnuda y febril la caricia de aquella cara fina y fría como si fuese de cera.

Caía la tarde, y el campo calcinado se oreaba con la brisa que penetraba también por la visera del tanque refrescando el estrecho recinto. Bigornia rebuscó en su morral de campaña y encontró unos pedazos de pan que repartió entre la madre y los chiquillos, que poco a poco revivían y le sonreían agradecidos. Cuando, después de diez o doce kilómetros de soledad, llegaron al primer pueblo encontraron al fin los restos dispersos de las milicias que los oficiales y los comisarios políticos intentaban reagrupar después de la derrota, para establecer una nueva línea de resistencia. Bigornia detuvo el tanque en la plaza misma del pueblo en la que hervía una multitud abigarrada y nerviosa. Los milicianos que venían huyendo se mezclaban con los campesinos refugiados y con los nuevos contingentes de milicias que, ante las alarmantes noticias del fracaso, habían sido enviados a toda prisa desde Madrid para contener la desbandada.

Delante de toda aquella gente, Bigornia salió del tanque y, encarándose con los grupos de milicianos que le cercaban curiosos, les gritó:

—¡Cobardes! ¡Cobardes!

Cogió al que tenía más cerca echándole la garra al pecho, lo atrajo hacia sí, le escupió en la cara. «¡Cobarde!», y lo tiró de un manotazo como si fuese un guiñapo. Le abrieron calle y, sin volver la cabeza, echó a andar con su paso de ogro. La mujer le seguía subyugada llevando a rastras a sus hijuelos.

Un hombre joven le salió al paso.

—¿Qué es esto, Bigornia? ¿Qué te pasa? ¿Adónde vas?

Era Luis, el comunista del cuartel de la Montaña. En el pecho y en el gorrillo de cuartel lucía las tres estrellas de comandante. Bigornia le miró de arriba abajo.

—¿Que adónde voy? ¡A mi casa! ¡A esperar allí a los fascistas! ¡Aquí no hay más que cobardes! ¡Cobardes! ¡Cobardes!

Se metió en su casucha del arrabal y no quiso saber más de la guerra ni de la revolución. Rodeado de su mujer y de sus doce o catorce hijos, rumiaba entristecido la derrota encerrándose en un desesperado mutismo. Se había llevado consigo a Isabel, la mujer aquella que se encontró en la retirada, y a los dos pequeñuelos que tenía. Antonia, la mujer de Bigornia, recibió bien a los niños y mal a la madre. Su instinto le hacía adivinar que aquella intrusa era peligrosa a pesar de su aire compungido y de su ánimo angustiado.

Isabel, cuando estalló la rebelión militar, vivía en un pueblecito de Extremadura con su marido, joven artesano que en los primeros días de la guerra dejó a su mujer y a sus hijos y salió alegremente con una tropilla de milicianos mal armados a cortar el paso de los rebeldes. No volvió a saber de él. Algunos paisanos suyos sabían que había estado en Badajoz, y a espaldas de ella hasta aseguraban que fue uno de los que cayeron en la horrenda matanza que hicieron los fascistas en la plaza de toros de aquella ciudad. Pero a ella nunca hubo quien le dijese nada, y así vivía desde hacía ya cuatro meses con la angustia y la ilusión de saber algo de aquel hombre querido que el primer viento de la guerra le había arrebatado. Tuvo que abandonar su casa cuando avanzaron los fascistas, y así, de pueblo en pueblo, aspada, perseguida siempre por el horror de la guerra, había llegado huyendo hasta aquella hondonada al borde del camino de donde la recogió Bigornia.

Antonia, con esa solidaridad que los humildes sienten siempre ante el infortunio, se resignó a tener a la intrusa en su casa y a compartir con ella el pan y el techo, aunque sin desechar del todo el recelo que le producía la presencia de aquella mujer joven a la que la misma tristeza daba un fuerte atractivo. Su hombre, además, a despecho del encono y la rabia con que devoraba silenciosamente la derrota, sentía por aquella mujer una inclinación que por leve que fuese y por muy enmascarada con palabrotas y malos modales que estuviera, no podía pasar inadvertida a la sagacidad de Antonia. Le daba cierta confianza, sin embargo, la soberana indiferencia de la intrusa para con su marido. Aquella mujer joven, separada violentamente de un hombre joven como ella, desaparecido hacía pocas semanas con la aureola del héroe, miraba, en efecto, al viejo Bigornia con gratitud, con miedo, con afecto, es posible, pero sin sentir por él la menor inclinación. Antonia, con ese desmesurado concepto que de sus hombres tienen las mujeres enamoradas, no se explicaba cómo era posible que una mujer débil y afectuosa sintiese un desdén tan absoluto por su marido. Estaba resignadamente habituada a verle hacer presa fácilmente con la garra de su vitalidad exuberante. Pero Bigornia, después de la derrota, había perdido aquella gran fuerza de su indomable voluntad, aquel instinto jamás aherrojado, aquella vitalidad caudalosa que toda una existencia de lucha no había conseguido amenguar. Había llegado al lindero de la vejez en toda la pujanza de su ser indomeñable. Por eso había sido hasta entonces aquel ogro jovial que, a despecho de su madurez, ejercía fuerte atracción sobre las mujeres. Pero por primera vez se sentía vencido, viejo al fin.

Una morbosa ternura por aquella extraña, un sentimiento blando y suave que nunca había experimentado antes le hacían andar desconfiado, temeroso de que se trasluciese aquella su íntima debilidad que como una tara procuraba ocultar con sus brusquedades. Aquella interior flaqueza, aquella súbita ruina de su vitalidad, hasta entonces invicta, era la razón biológica de que Isabel permaneciese a su lado insensible al efecto con que él procuraba envolverla, fría, distante, herméticamente encerrada en el culto a aquel otro hombre joven que el ogro viejo y enternecido no conseguiría desterrar jamás.

Antonia, la esposa, advertía todo aquello confusamente, y su orgullo de mujer enamorada le hacía reaccionar desesperadamente contra aquel desdén insufrible de la intrusa en la que ella misma, de una manera subconsciente, procuraba despertar una inclinación cuya inexistencia consideraba en el fondo como más insufrible agravio que el de la misma infidelidad.

Mientras el viejo Bigornia, encerrado en su tallercito, rumiaba silenciosamente su íntima derrota, que él vinculaba al fracaso de la causa del pueblo, las dos mujeres junto al hogar hablaban de él horas y horas, y poco a poco la esposa celosa iba transmitiendo a la intrusa su devoción por aquel hombre extraordinario.

Bigornia, huraño y triste en su rincón, sentía por primera vez el torcedor del vencimiento. Alguna vez los camaradas fueron a buscarle. La guerra seguía. El ejército rebelde estaba a las puertas de Madrid, pero aún había esperanzas.

—Aquí me encontrarán cuando les dejéis entrar —replicaba Bigornia—. Yo no defenderé más que esto, mi casa, mi mujer, mis hijos. Entonces veremos si vosotros sabéis defender lo vuestro como yo lo mío. ¡No voy a ninguna parte con cobardes!

Y les despedía malhumorado con el anhelo de quedarse a solas con aquella mórbida sensación de su ternura nueva.

—¡Bigornia se ha hecho reaccionario y burgués! —decían los camaradas cuando salían.

—Es que está viejo —apuntaba alguno—. ¡Los viejos no valen para nada!

Un día fue a verle el comandante Luis, aquel joven comunista que entró con él en el cuartel de la Montaña y estuvo también en la derrota de Extremadura. Habló con Bigornia y se lo dijo en su cara.

—Es que estás viejo, Bigornia.

—Allá veremos si tú defiendes lo tuyo con tanto coraje como yo lo mío cuando llegue la hora.

—Lo mío; lo que yo tengo que defender, no es mi casa, sino la revolución —contestó petulante el comunista.

Bigornia se exaltó.

—¿Cómo vais a defenderla? ¿Con qué? ¿Con esos cañones que no tiran, esos aviones que no vuelan y esos tanques que no andan? ¿Con quién? ¿Con esos obreros y esos campesinos que tienen miedo y huyen ante el enemigo? ¿Con esos revolucionarios que corren como gamos apenas aparecen cuatro moros?

—No busques pretextos ni excusas a tu falta de coraje, Bigornia —le replicó el comunista—; hay hombres y hay material. Los que habían de correr ya han corrido cuanto querían. Armas, cañones, tanques, aviones, tenemos al fin. Rusia, la patria del proletariado, nos manda cuanto necesitamos.

Siguieron hablando. El comandante Luis había ido a buscarle porque habían desembarcado en Valencia centenares de tanques modernísimos enviados por Rusia y, aunque venían pilotados por mecánicos rusos, era necesario que los españoles les sustituyeran. Hacían falta hombres como él, expertos y valientes, que se encargasen del nuevo material. Bigornia se dejó subyugar. Iría a conducir un tanque ruso.

Aceptó sólo por la íntima satisfacción de acercarse bromeando al rincón del hogar donde cuchicheaban las dos mujeres y conmoverlas diciéndoles con aire jovial: «Me voy». ¿Era aquella mirada de admiración que brilló en los ojos de Isabel lo único que buscaba? ¿Era aquel complejo de inferioridad que ante la intrusa sentía lo que le había arrastrado a tomar la heroica e insensata resolución? Íntimamente se sentía de antemano vencido. Sabía que no triunfaría en el empeño, sentía que le faltaba el brío, la fe que obra los milagros y protege a los héroes, el fuego interior «que todo lo abrasa». Iba conscientemente al sacrificio. ¿Por qué?

Su vieja fe en el pueblo la había perdido para siempre en Extremadura, viendo a los obreros y a los campesinos armados huir como borregos delante del ejército. Sus utopías anarquistas se esfumaron en el momento mismo en que sintió por primera vez en su vida el deseo de ser un déspota con fuerza bastante para fusilar en masa a los millares de milicianos que se negaban a batirse. Si alguna ilusión libertaria le quedaba, el contacto con los militares rusos acabó de desvanecerla. Durante los días que estuvo en el campamento donde los oficiales y los mecánicos del Ejército Rojo adiestraban a los proletarios españoles en el manejo de los tanques, sintió cien veces el anhelo de rebelarse contra aquella disciplina de hierro que los comandantes rusos imponían con tan inhumana frialdad. Viejo, vencido, desconcertado, se sometió por primera vez en su vida a la presión autoritaria que ejercían los militares rusos sobre los proletarios españoles. Aprendió rápidamente el manejo de los modernos tanques, obedeciendo como un autómata a las imperiosas voces de mando de los oficiales. Cuando estuvo dispuesta para incorporarse al frente la primera expedición, se ofreció voluntariamente a ir en ella como conductor. El suboficial ruso que debía ir en el tanque a que le destinaron no se mostraba muy conforme. Bigornia se dio cuenta de que el ruso en su lengua le rechazaba.

—¿Qué dice de mí? —preguntó al intérprete.

—Dice que prefiere ir a batirse en compañía de un hombre joven.

—Dile —replicó Bigornia— que suba al tanque y que se calle. Todavía no sé yo si los jóvenes de Rusia saben batirse como los viejos de España. Y quiero verlo.

Se encaró con el suboficial ruso y dejándole caer la manaza sobre el hombro le desafió:

—Vamos a ir juntos, galán. Yo conduzco y tú mandas. Si hemos de avanzar por el campo enemigo no pases cuidado. Yo pienso seguir adelante hasta que tú tengas miedo. Cuando lo tengas, cuando no te atrevas a seguir adelante, me lo pides y entonces volvemos. ¡Antes no! ¡Cuando tú tengas miedo! ¿Te enteras?

Se volvió hacia el intérprete y le pidió:

—Anda, tradúcele bien esto.

Y se alejó desdeñoso.

La primera sección de tanques rusos que entraba en campaña se puso en marcha aquella misma tarde. Al anochecer desfilaban los tanques por las calles de Madrid rodeados por una multitud que los aclamaba con un entusiasmo delirante. Bigornia iba al volante de uno de ellos, y el suboficial ruso que le acompañaba sacaba el cuerpo fuera de la torreta de combate y levantando los puños cerrados por encima de su cabeza saludaba triunfalmente a la multitud. Bigornia había recobrado su buen humor, su gran aire de ogro jovial. El suboficial ruso le había dicho que se llamaba Iván, y Bigornia se divertía llamándole paternalmente Juanito. Mientras hacía evolucionar el tanque por las calles de Madrid en medio de la muchedumbre que les aclamaba, se volvía de vez en cuando al ruso, que seguía con el cuerpo fuera de la torreta, y le decía:

—Anda, Juanito, no te exhibas más, que presumes como un torero.

Y se reía con toda su alma de la pueril vanidad de aquel muchacho que había venido desde tan lejos dispuesto a hacerse matar por aquellas gentes extrañas con las que no tenía más signo de inteligencia que aquel ademán de levantar amenazadoramente el puño.

Los tanques rusos no eran como aquellos viejos artefactos que tenía el ejército español. Caminando a cuarenta kilómetros por hora salieron de Madrid antes de que amaneciese, y apenas era de día cuando ya estaban alineados en el frente establecido en aquel sector a unos treinta kilómetros de los arrabales de la capital. Se dio la orden de ataque, y los tanques partieron con una marcha regular y avanzaron guardando las distancias entre ellos con matemática exactitud. Tras ellos debían ir las columnas de milicianos. En la primera etapa del avance, el enemigo, desconcertado por la aparición inesperada de la fila de tanques, abandonó sus posiciones, que fueron ocupadas por la infantería leal. El frente rebelde había sido perforado. Se dio la orden de continuar el avance para envolver a los grupos rebeldes que se habían hecho fuertes en las posiciones rebasadas por los tanques, en las que se quedaban aislados, pero ya entonces los núcleos enemigos, batiéndose a la desesperada, hacían un fuego mortífero contra los asaltantes. Los tanques seguían su avance sin encontrar enemigo que les hiciese frente, pero las guerrillas de milicianos, barridas por el fuego de las ametralladoras rebeldes, sufrían tantas bajas que los hombres comenzaron a flaquear y a quedarse aplastados en los accidentes del terreno. Tras el tanque que conducía Bigornia iba una compañía mandada por el comandante Luis: a medida que avanzaba, aquella tropa iba quedándose en cuadro. Ya era sólo una patrulla de treinta o cuarenta milicianos cuando unas ráfagas de ametralladoras que venían del flanco derecho decidieron a los pocos valientes que hasta allí habían llegado a tirarse a tierra. El comandante Luis, furioso, acosaba inútilmente a sus hombres para que continuasen el avance. Desesperado al ver que no podía moverlos, echó a andar, solo detrás del tanque, con la esperanza de que el ejemplo levantase el espíritu de sus hombres y les arrancase. No lo logró. Solo le dejaron ir a pecho descubierto, y era tal su rabia que solo siguió avanzando. Bigornia y el suboficial ruso desde el tanque le veían marchar tras ellos y se maravillaban del heroísmo y la insensatez de aquel hombre.

—¡Aprende, Juanito, aprende! —gritaba Bigornia al ruso.

Los tanques habían recibido la orden de avanzar hasta alcanzar determinados objetivos y, no obstante la defección de los milicianos, el ruso y Bigornia decidieron seguir adelante hasta llegar al lugar que se les había designado como límite máximo de la operación. Tras ellos, a unos trescientos metros, seguía la figurilla del comandante Luis.

—¡Está loco! ¡Está loco! —decía Bigornia sintiendo cómo las balas del enemigo se aplastaban contra la coraza de acero del tanque.

Se detuvieron y le hicieron señas para que se acercase con el designio de recogerlo, único modo de salvarle la vida. El comandante Luis con el cuerpo doblado hacia tierra se acercaba bajo un diluvio de balas. Estaba ya a pocos metros del tanque cuando se le vio alzarse súbitamente, levantar los brazos y desplomarse. Bigornia saltó a tierra, corrió hacia él, se lo echó al hombro y lo metió en el tanque. Tenía un balazo en el pecho.

Reanudaron la marcha. Bigornia, sin volverse para consultar al ruso, seguía poniendo proa al enemigo. A derecha e izquierda iban dejando posiciones guarnecidas por tropas enemigas que les ametrallaban. Mientras el ruso consultaba fríamente sus instrucciones y el itinerario de la operación, Bigornia seguía atento al volante y al camino. Cuando los ojos de uno y otro se encontraban, Bigornia se sonreía con su bocaza de ogro jovial y preguntaba al ruso:

—¿Qué? ¿Estás contento, Juanito?

—*Da; da. Jaracho!* —repetía el ruso impasible.

Llegaron a un caserío que el ruso tenía marcado en su itinerario con una crucecita.

—*Stoit!*—ordenó.

—¿Qué? ¿Tienes miedo, Juanito? —le preguntó sarcásticamente Bigornia—. Podíamos seguir adelante...

—*Stoit!* —repitió el ruso secamente.

—Como tú quieras, Juanito —replicó Bigornia alzándose de hombros despectivamente.

Abrió la portezuela del tanque y salió. El caserío estaba abandonado.

—Esos cochinos fascistas —gruñó Bigornia— han llegado corriendo hasta Sevilla.

Se acercó al comandante Luis, que yacía desangrándose en un rincón del tanque. Aún estaba vivo. Le descubrió la herida, se la taponó con algodón y le vendó.

—¡Sería una lástima que se muriese! ¡De éstos hay pocos! —fue su único comentario.

El ruso dio la orden de retirada después de hacer varias comprobaciones. Los milicianos no les habían secundado, pero ellos habían alcanzado su objetivo.

Al regreso, los núcleos rebeldes que habían seguido resistiendo en las posiciones de los flancos les hostilizaron con mayor intensidad. Pero el tanque ruso era una maravilla: ligero, seguro, invulnerable, pasaba indemne a cuarenta kilómetros por las zonas más furiosamente batidas. Cerca ya de las líneas republicanas decreció el tiroteo. Entraron en una cañada dominada por un pueblecito que se alzaba sobre un cerro y comprobaron que el enemigo había abandonado aquel paraje en el que no había manera de defenderse contra el fuego que desde el pueblo podían hacer los leales.

Al pueblo se encaminaron para juntarse con ellos. Subió el tanque el repecho, y cuando llegaba a la entrada del pueblo le salió al paso un oficial envuelto en el sultán encarnado de las tropas marroquíes. Bigornia había levantado la visera del tanque y el ruso iba con el cuerpo fuera de la torreta, creyéndose que estaba ya en territorio leal. Cuando vio al oficial juntar los talones y llevarse la mano a la visera de la gorra, Bigornia no tuvo tiempo más que para echar la plancha de protección.

El oficial, al ver aquel tanque que venía confiadamente del lado del ejército fascista, creyó que era un refuerzo que le enviaba el mando y saludó al suboficial ruso levantando la mano a la romana.

—Vienen ustedes oportunamente —les dijo—. La batería que hemos emplazado aquí está castigando duramente al enemigo, pero sólo los tanques pueden desalojar rápidamente a esos bandidos rojos.

El ruso desde la torreta del tanque le miraba sin entenderle.

El oficial, extrañado, le preguntó:

—¿No me entiendes? ¿Eres italiano?

—*Da, da* —replicó el ruso.

Receloso, el oficial le ordenó:

—Salid del tanque.

El ruso entró en la torreta y Bigornia evolucionó como si fuese a colocar el tanque al borde del camino. Lo que hizo fue ponerse en posición de abrir fuego. El ruso, que había comprendido lo que ocurría, cerró rápidamente la torre de combate, se precipitó a la ametralladora y comenzó a disparar. Cayeron en pocos segundos el oficial y los soldados que le rodeaban. Manejado con sorprendente movilidad por Bigornia, dio el tanque dos o tres vueltas por el pueblo segando a los grupos de fascistas que se arremolinaban desconcertados. En una plazoleta escondida descubrieron tres cañones que hacían fuego contra las posiciones republicanas. El tanque avanzó vomitando metralla, abatió a los servidores de las piezas y embistió a los cañones desmontándolos y triturando cuanto encontraba a su paso. Una y otra vez, Bigornia, con una furia salvaje, pasaba sobre los restos de la batería, los armones, las cajas de municiones y los cuerpos de los fascistas, mientras el ruso mantenía en torno a él el círculo de fuego de sus ametralladoras. Luego, avanzaron por una de las calles del pueblo. Una de las cadenas de tracción de la oruga se enganchó en un guardacantón y el tanque quedó inmovilizado. Bigornia forzaba el motor inútilmente dando marcha atrás y adelante sin resultado. Los grupos de facciosos fugitivos, al darse cuenta de lo que ocurría, intentaron acercarse, pero el suboficial ruso los tenía a raya disparando constantemente sobre ellos. Entonces, los fascistas se corrieron por los tejados de las casas y desde uno de ellos, cuyo alero caía exactamente sobre el tanque encallejonado, volcaron un bidón de gasolina y le prendieron fuego. En aquel instante, Bigornia, con las ansias de la desesperación, conseguía al fin desatrancar el tanque y reanudar la marcha.

Cuando logró salir al campo abierto las llamas envolvían el artefacto. Pisó el acelerador, y el viento avivó las llamas convirtiendo el tanque en una gran antorcha. El ruso seguía disparando la ametralladora; Bigornia se envolvió en una manta que llevaba debajo del asiento y, encogido, con los ojos cerrados y la cabeza tapada, echó por la cuesta abajo en dirección a las líneas leales. De vez en cuando se destapaba un instante para ver el camino y a través de la cortina roja que le pasaba por delante de los ojos veía a lo lejos fugazmente las lomas pardas donde debían de estar atrincherados los republicanos. ¿Llegaría hasta allí con vida? Sentía en todo el cuerpo las mordeduras terribles del fuego, el aire le faltaba por instantes y temía de un momento a otro perder el conocimiento. Corrió, corrió enloquecido. El viento, cuando aumentaba la velocidad, echaba hacia atrás la llama viva que les envolvía. La manta de lana en que se había envuelto ardía poco a poco requemándole la piel, que sentía írsele desprendiendo en jirones cada vez que se movía. No pudo más. Pisó por última vez el acelerador con la crispadura de la muerte, y el tanque, después de dar unos terribles bandazos, fue a quedarse empotrado en una zanja.

Cuando acudieron los milicianos el fuego se había extinguido. Sacaron del interior del tanque dos cadáveres casi carbonizados, el del suboficial ruso y el del comandante Luis.

Del volante arrancaron también, dejándole adherida la piel de las manos, una forma humana tumefacta y monstruosa que aún daba señales de vida: Bigornia.

Lo transportaron a un hospital de Madrid, donde intentaron vanamente asistirle. Era imposible que subsistiera. Aquel monstruo que era una llaga viva envuelta piadosamente en copiosos vendajes vivió todavía unas horas.

Sucumbió sintiendo llorar a ambos lados de su cama a dos pobres mujeres.

Consejo obrero

Se levantó furioso y dijo:

—Pido la palabra.

—No hay palabra —respondió el presidente.

—¡Camarada presidente, pido la palabra! —insistió.

—He dicho que no hay palabra.

—¡Por última vez, camarada presidente, te pido la palabra! —gritó con tono amenazador.

—Tu asunto está bastante discutido. ¿Para qué quieres la palabra, vamos a ver? —dijo el presidente transigiendo—. ¡Habla!

Y él, con una rabia feroz revestida de un gran énfasis tribunicio, comenzó:

—He pedido la palabra ante el consejo obrero, primero, para mentarle la madre al camarada presidente, que es un hijo de perra, y después...

Allí acabó la sesión del consejo. Salieron a relucir las pistolas y todos se precipitaron manoteando sobre el provocador que, acorralado, les miraba de uno en uno con los ojos centelleantes. Llovieron sobre él los insultos.

—¡Fascista!

—¡Traidor!

—¡Amarillo!

—¡Lacayo!

Daniel, con la espalda contra la pared, acechaba dispuesto a saltarle al cuello al primero que le pusiese la mano encima. Su torso recio, su cara congestionada y sus manazas encallecidas infundieron respeto. No le tocaron. Fue reculando sin perder la cara a sus enemigos, ganó la puerta y salió.

Al llegar a la verja de la fábrica se volvió y escupió:

—¡Hijos de perra!

Echó a andar con las manos en los bolsillos. Al pasar junto a la tabernita de la esquina se le unió discretamente Bartolo y juntos siguieron caminando sin cambiar palabra. Al cabo de un rato, Bartolo, que lo miraba de hito en hito a través de los cristales gordos de sus gafas, se aventuró a preguntarle:

—¿Qué? ¿Qué han dicho?

—¡Los guarros! —gruñó Daniel—. No han querido oírme. ¡Y han hecho bien, porque si me dejan hablar...!

—Entonces... El sábado, a la calle. ¿No es eso?

—¡A la calle, a la calle! ¿Pero es que ahora se puede estar en la calle? ¿Crees tú que es como antes? ¡Que se enteren tus vecinos de que te han despedido de la fábrica por fascista y verás lo que tardan las milicias en echarte mano y darte un paseo!

—¿Qué hacemos entonces?

—¡No sé...! Seguir yendo al trabajo mientras nos dejen, volver al consejo obrero, discutir, patalear y, en último caso, partirle la cara a uno de esos canallas de delegados. Todo, menos consentir que nos tiren como ratas muertas. ¿No ves que si un consejo obrero te expulsa de la fábrica lo de menos es que quedes sin jornal? ¡Es que te matan al revolver una esquina!

—¿Crees tú que no me paso yo el día entero esperando de hora en hora que las milicias me quiten del torno y me saquen del taller para matarme?

—¡Asesinos!

—Desengáñate, Daniel. Quizá sea más peligroso quedarse en el taller. Ellos necesitan las plazas para los parados del sindicato, para los suyos, para sus protegidos. Y a lo mejor te matan sólo para que haya una vacante. Más vale dejarla por las buenas y salvar el pellejo.

—¡Pero a mí por qué me van a matar! —vociferaba frenético Daniel.

—Porque eres un lacayo de la burguesía. ¿No te lo han dicho?

—¿Porque soy un lacayo de la burguesía o porque no he sido un lacayo de ellos?

—Es igual. ¿Por qué les echó a ellos el patrón cuando fracasó la revolución de octubre? ¿Por qué mató la guardia civil a todos los que los patrones quisieron? Porque no estaban del otro lado, porque no se sometían, porque no se humillaban. Pues lo mismo te exigen ahora los del sindicato para no matarte: que te sometas, que te humilles.

—¿Pero yo no gano mi jornal trabajando?

—¡El trabajo! ¡Bah! ¡Hay demasiados hombres que trabajan! El trabajo lo daban antes como una limosna los patrones; ahora lo dan como un premio los sindicatos. Teníamos que haber hecho méritos revolucionarios. ¡Si aún nos diesen tiempo para hacerlos!

—No; no nos quieren. ¿No has visto que el consejo obrero no me ha dejado siquiera defenderme?

—Sólo hay un medio para salvarse, Daniel, y yo voy a intentarlo.

—¿Cuál?

—Los delegados del consejo obrero, socialistas y comunistas casi todos, no consienten que vivan y trabajen más que los obreros revolucionarios, y ni tú ni yo lo somos; al contrario, nos acusan de fascistas...

—Yo no lo he sido nunca.

—Es lo mismo. Estabas sometido al patrón, reconocías su autoridad, acatabas su derecho, te plegabas a sus caprichos, obedecías... No te van a aceptar nunca los socialistas ni los comunistas...

—Y entonces...

—Es muy sencillo...

Hizo una pausa y agregó:

—Hazte anarquista.

—¡Yo anarquista!

—Tú y yo anarquistas, sí. No tenemos otra salida. Mira, Daniel, los anarquistas son tan revolucionarios como los marxistas del consejo obrero o más; son fuertes, tienen armas, se hacen respetar, defienden a los suyos. Hoy, el obrero que no tenga su carné de un sindicato revolucionario es un paria al que cualquier miliciano puede matar como a un perro. Los comunistas no nos van a dar el carné. Nos lo darán los anarquistas, que necesitan obreros de verdad en sus sindicatos. Tan revolucionarios como los de la UGT seremos con nuestro carné de la CNT en el bolsillo. ¡Vamos por él!

—¿Tú crees que nos lo darán?

—Creo que sí. Yo tengo algunos amigos anarquistas. No son mala gente. Mejores desde luego que todos esos jesuitas hipócritas del comunismo. Con ellos es posible entenderse. Basta con hablarles al corazón. Nos sermonearán, nos asustarán un poco, pero, si se emocionan, si nos creen capaces de redención, nos abrirán los brazos. A los anarquistas les gusta mucho redimir a la gente. ¿Tú sabes los centenares de señoritos fascistas que llevan ya redimidos? —dijo Bartolo guiñando un ojo. Y en voz baja añadió—: Redención a metálico, ¿sabes?

—Total, que son unos granujas.

—Hay de todo, granujas y místicos. Sinvergüenzas capaces de matar a su padre por quitarle un paquete de tabaco y locos que se hacen matar por ideales. ¿Pero, a nosotros, qué nos importa? Lo que necesitamos es salvar el pellejo y si es posible el jornal. ¿Vamos?

Daniel se dejó llevar al sindicato anarquista, donde se entrevistaron con un amigo de Bartolo, el viejo Felipe, anarquista de toda la vida, a ratos ladrón y a ratos apóstol de la idea por mesones aldeanos y patios de presidio. Era un hombrezuelo seco, amojamado, con los ojos negros muy hundidos en las cuencas amoratadas, el pelo ralo y ceniciento aplastado sobre la frente, unas cuerdas muy tirantes en el cuello delgado que sostenía difícilmente la cabezota y un tórax hundido de tuberculoso. Acogió a Bartolo bromeando:

—¿Qué te trae por aquí, reaccionario? ¿Vienes a que te demos los cuatro tiros por la espalda que te mereces?

Bartolo siguió la broma condescendiente y procuró congraciarse con él.

—Creí que estarías en el frente, Felipe. Hombres como tú son los que hacen falta allí...

—En el frente de la sierra estuve desde el primer momento, pero me dieron un balazo y luego tuve una pulmonía. Aún estoy convaleciente.

—¡Bah! Tú eres fuerte.

El hombrecillo se estiró complacido.

—No creas, no creas. El corazón no marcha bien. Está viejo. Ha sufrido mucho. Cuando tuve la pulmonía creyó el médico que no la resistía. Por eso me han quitado del frente y me han destinado a los servicios de retaguardia.

—¡Vamos, Felipe, un enchufito! ¡A comer jamones incautados! ¿No es eso?

—¡Sí, sí! ¡Qué idea tenéis los reaccionarios de la revolución! No puedo ir a la sierra, a la lucha, porque mi corazón no resiste la altura ni las marchas penosas, pero aquí tengo encomendado un servicio que se las trae. Menos mal que el esfuerzo físico es poco.

Y bajando la voz agregó:

—No lo digas a nadie. Estoy en el pelotón de ejecuciones de la cárcel Modelo.

Daniel no pudo dominar una exclamación.

—¿Y está usted enfermo del corazón, camarada? —preguntó.

—Los anarquistas somos la hostia, compañero. Sabemos retorcernos el corazón, si hace falta, para cumplir nuestro deber revolucionario. Lo que esos jovencitos comunistas que presumen de coraje no se atreven a hacer, aquí está el viejo Felipe, anarquista, dispuesto a hacerlo en bien de nuestros sagrados ideales. Aunque el corazón se me salga por la boca.

Daniel tuvo una sensación aguda de malestar. Su sana y fuerte vitalidad repugnaba el contacto con aquel ser patológicamente débil y morbosamente cruel. Bartolo, contemporizador, llevó la conversación adonde a ellos les convenía. El viejo Felipe se dejó convencer fácilmente y les llevó a la secretaría, donde otro camarada les hizo llenar unas fichas y les dijo que tenían que aguardar la decisión del responsable.

Éste vino tarde. Los responsables anarcosindicalistas llegaban siempre tarde a todas partes. Felipe se marchó dejando a Daniel y Bartolo recomendados. Él les garantizaba. El responsable acogió severamente a los dos obreros, escuchó la pretensión que llevaban, frunció el entrecejo y después de echarles un discurso terrorífico consintió en aceptarles provisionalmente si daban «su palabra» de no ser fascistas.

La dieron. Daniel, abiertamente. Bartolo, con ciertas sutilidades y salvedades sobre su pasado.

—El pasado no nos importa —dijo solemnemente el responsable—; todos los hombres se pueden redimir. Por incultura o por hambre es posible haberlo sido todo, hasta criminal, hasta fascista... Lo importante es que la conciencia proletaria se despierte algún día...

Salieron con sus carnés de sindicalistas en el bolsillo. Por primera vez desde que comenzó la guerra civil pudieron caminar sin miedo por las calles oscuras. Cuando un miliciano, cegándoles con el resplandor de su linterna eléctrica, les dio el alto respondieron altivamente:

—¡CNT!

—¡Salud, camaradas! —dijo el centinela dejándoles el paso franco.

Daniel y Bartolo respiraron a sus anchas. Volvían a ser hombres. Se fueron cada uno a su casa pensando que al fin iban a poder dormir tranquilos.

Cuando los pasos de Daniel resonaron en la escalera, Manuela, su mujer, que había estado durante tres horas detrás de la puerta al acecho de su marido y pensando a cada instante que ya se lo habrían matado, se dejó caer extenuada por la angustia:

—¡Al fin! —dijo cuando le vio aparecer. Y, tiritando, le colocó sobre la mesa el pucherillo y se metió en la cama.

Daniel apartó la comida con desgana, sacó su flamante carné de sindicalista y allí, bajo la luz de la lámpara familiar, con sus pueriles flecos de cristal, estuvo considerándolo complacido. Luego cogió un lápiz y un plieguecillo de papel y mascándose la lengua se puso a escribir lentamente: «Al consejo obrero de la Metalúrgica Madrileña, S.A.: Reclamación del obrero tornero Daniel López, afiliado a la CNT, al que se ha despedido injustamente...».

—¿Y se nos van a escabullir esos dos canallas?

El camarada Carlos, secretario del comité ejecutivo del consejo obrero, tiró con rabia sobre la mesa de la gerencia la reclamación del tornero Daniel.

—¿Qué dice? —preguntó Esteban, otro miembro del consejo.

—¡Pse! Que no ha sido nunca fascista, que no se le puede acusar más que de haber defendido su jornal...

—¡Traicionando a sus compañeros!

—... para dar de comer a sus hijos...

—¡Yo también tengo hijos y se han quedado sin comer!

—... que si él ha hecho traición en alguna huelga, todos los delegados del consejo obrero han hecho también traiciones...

—¡Yo no!

—... como puedo demostrar caso por caso...

—¡Es un canalla!

—Y que, ¡agárrate!, se halla afiliado al sindicato metalúrgico de la CNT, que defenderá su derecho de proletario. ¿Qué te parece?

—A ese tío hay que darle un paseo esta misma noche.

—¡Despacio! ¡Despacio! Primero hay que «desmontar su plataforma». Aquí denuncia que todos los miembros del consejo obrero han hecho traiciones a la causa del proletariado y afirma que está dispuesto a probarlo. Esto no podemos dejarlo así. ¡Qué más quisieran los anarcosindicalistas! No hay más remedio que dejarle hablar, destruir una por una sus acusaciones, concretar bien los cargos que existen contra él, y luego, que las milicias de retaguardia le echen mano. Lo primero es completar su ficha. Descuida que tiene méritos bastantes para el paseo.

—Y el otro, ¿Bartolo?

—Ése es más zorro y tiene más miedo. Comunica al consejo que, no obstante hallarse afiliado a un sindicato revolucionario, la CNT, naturalmente está dispuesto a ceder su plaza en el taller a otro compañero más cualificado por su actuación sindical. Pide sólo que si se le despide se le dé un certificado firmado por el consejo obrero que le permita buscar trabajo en otra fábrica. Se bate en retirada, vamos.

—¡Hay que echarlos! ¡A los dos!

—Descuida. Vamos a utilizar nuestro servicio de información para completar sus fichas y poder apabullar a los de la CNT, que procurarán defenderlos. Lo mejor sería poder demostrarles que eran militantes activos del fascismo. Como sabes, han caído en nuestras manos los ficheros secretos de los afiliados de la Falange. Vamos a ver...

El camarada Carlos, secretario del comité ejecutivo, verdadero dictador del consejo obrero y hombre de confianza del Partido Comunista, puso en movimiento el flamante «aparato policíaco» de la revolución con una simple llamada telefónica.

Mientras desde el suntuoso despacho de la gerencia los nuevos amos, mejor servidos que los antiguos, lanzaban el «alalí» a sus sabuesos y los azuzaban a la caza del hombre, se veía a través del amplio ventanal que iluminaba la confortable estancia el desfile silencioso de los obreros que entraban al relevo. Ni la guerra ni la revolución habían traído para ellos grandes mudanzas. Daniel y Bartolo, solos, huraños, atravesaban la verja de la fábrica y, sin cambiar palabra con sus compañeros, entraban en el taller y se ponían afanosamente al trabajo. En la secretaría, contigua a la gerencia, tecleaban como siempre las mecanógrafas inutilizando muchos plieguecillos porque, distraídas, en vez de encabezar las cartas poniendo «camarada», como se les había ordenado, seguían escribiendo «muy señor mío» y porque se obstinaban en estrechar las manos de los clientes, en vez de enviarles saludos proletarios. La revolución tenía también su etiqueta. A la puerta de la dirección se mantenía inconmovible el ordenanza del director, el viejo Tudela, impecable siempre dentro de su librea, que no había habido manera de arrancarle ni de desabotonarle siquiera. Muy celoso de su menester y haciendo uso del derecho que le concedía su carné de antiguo sindicado, el fiel ordenanza del director había querido seguir en su puesto y se obstinaba en desempeñar cerca del camarada Carlos la misma función solícita de viejo criado que durante largos años había ejercido con el patrón burgués. Siempre correcto y ceremonioso, el viejo Tudela seguía guardando respetuosamente las distancias cuando se hallaba en presencia de los delegados del consejo obrero, del mismo modo que antes las guardaba con los accionistas de la compañía, y para las bromas groseras del camarada Carlos tenía la misma condescendiente benevolencia que para los accesos de ira y de soberbia del antiguo director. Su larga vida de servidumbre le había enseñado a comprender y aun a disculpar mejor que nadie las intemperancias y las injusticias del que manda. Tudela, con sus cincuenta y tantos años de domesticidad, sabía que el jefe es siempre arbitrario, violento e ininteligente. Desde el primer día hizo extensiva al camarada Carlos la misma solícita y benévola afección que había tenido por su antiguo señor. El nuevo amo le parecía más duro, pero más razonable. En el fondo de su alma de criado tenía tan lamentable concepto de uno y otro, que podía permitirse el lujo de disculpar a ambos. A veces el camarada Carlos estaba de buen humor y embromaba al viejo servidor.

—¿Qué hay, camarada Tudela? ¿Sabes que tus correligionarios, los fascistas, se han llevado ayer una paliza formidable en la sierra?

—Yo no soy fascista.

—Bueno, carlista, es igual.

—Perdone, no es igual. Yo fui carlista en mi juventud, cuando la otra guerra, hace sesenta años.

—¿Y erais ya entonces tan criminales como ahora?

Tudela cabeceaba disgustado y respondía:

—Entonces nos batíamos hombre contra hombre,

lealmente. Entonces no había aviones como esos que han asesinado a mi nietecillo en su cuna. Entonces...

El viejo Tudela se exaltaba con el recuerdo.

—... entonces, el cabecilla Cucala, cuando íbamos a entrar en batalla contra los cristinos, nos daba a cada uno de los muchachos de su partida tres balas, sólo tres balas, y nos advertía: «Cuando termine el combate tenéis que devolverme una». Ésa era la guerra que hacíamos los carlistas de entonces: dos disparos y a buscar cara a cara al enemigo. Ahora... ahora no son los carlistas los que hacen esa guerra. Los carlistas no hemos hecho nunca la guerra como los militares de profesión, que se encarnizan contra el enemigo aunque sea de su propia sangre. ¡Todos nuestros generales habían salido del pueblo! —decía el viejo Tudela, orgulloso de encontrar un resquicio demagógico en el viejo carlismo.

—Es decir, que erais unos revolucionarios o poco menos —replicaba riendo Carlos.

—No; peleábamos por nuestro Dios, nuestra Patria y nuestro Rey, pero no matábamos por matar ni trajimos a España extranjeros que asesinaran a los españoles.

Hizo una pausa. Carlos le escuchaba distraído, pensando en otra cosa.

—Hoy —siguió diciendo Tudela— se mata a los hombres como si fuesen ganado.

Y bajando la voz añadió:

—Aquí como allí; los míos como los suyos, compañero Carlos; en todas partes andan sueltos los asesinos y...

—¡Alto, Tudela! ¡Alto! Si no quiere que le denuncie a las escuadrillas de retaguardia —cortó Carlos violentamente.

Fue a salir. Tudela, que se había retirado a una respetuosa distancia, se adelantó a abrirle la puerta. Carlos, irritado, le empujó hacia delante.

—¡Vamos! No sea usted lacayo, Tudela —le dijo.

Salió. En la penumbra del pasillo un hombre que le estaba esperando se le acercó tímidamente.

Aquel hombre, Valentín el contramaestre, era como un alma en pena que vagaba por los pasillos de la fábrica desde que comenzó la guerra, convertido en el espectro de sí mismo. Día y noche iba y venía por las naves desiertas o pobladas de trabajadores con la cabeza baja, la mirada huidiza y atravesada, sin encontrar en aquel mundo hostil que le rodeaba el asidero de una frase amable o de una mirada afectuosa. A su paso los obreros se apartaban de él como si estuviese apestado, cesaban las conversaciones y una atmósfera de vacío y hostilidad le mantenía aislado. A veces oía decir a su espalda:

—¿Pero a ese tío canalla cuándo lo matan de una vez?

Valentín bajaba más aún la cabeza y seguía adelante buscando inútilmente un rostro amigo ante el que ensayar una sonrisa humilde y forzada. Sus ojos claros tenían la misma expresión temerosa que los de un perro ante el amo irritado. A veces, él mismo, incapaz de soportar aquel tormento, se preguntaba:

—¿Cuándo me matarán de una vez?

No le mataban. Las milicias habían ido a buscarle al día siguiente de la revolución, como fueron a buscar a todos los contramaestres de la fábrica para hacerles pagar con un balazo en la nuca su servidumbre al capitalismo y su crueldad para con los obreros. Fue providencial que en los primeros momentos no le encontrasen a él, que era al que con más ahínco buscaban, porque había sido el hombre de confianza del capitalista, el ejecutor de sus venganzas, el delator, el «rompehuelgas», el «cuchillo de los trabajadores», como le llamaban. Consiguió esconderse en los sótanos y desvanes de la fábrica, que conocía mejor que nadie, y escondido estuvo mientras las milicias cazaban y ponían junto a la pared a los demás capataces, que con muchos menos motivos que él fueron implacablemente ejecutados. Cuando al fin dieron con él, se planteó un grave problema. Valentín era ya el único jefe de talleres que quedaba vivo. Si le mataban también, huidos los ingenieros y el director, era casi seguro que el trabajo tuviera que interrumpirse. Sólo él conocía la técnica de determinadas labores y poseía los secretos de la fabricación. Las fórmulas de ligas y aleaciones y las clases de la instalación. El problema se puso a debate en el pleno del consejo obrero. En el fondo de la cuestión todos estaban conformes. Valentín, traidor cien veces a la causa del proletariado, merecía ser librado inmediatamente a la justicia de las milicias de retaguardia. La necesidad de asegurar la continuidad de la producción merecía, sin embargo, que se reflexionase sobre el caso. Los delegados más exaltados, los que habían llevado a los butacones del salón del consejo un odio feroz, votaban por la entrega inmediata de Valentín a las milicias; pasase lo que pasase. Otros, más prudentes, ya que no más piadosos, se mostraban partidarios del aplazamiento. El camarada Carlos, el «ojo de Moscú», dio la fórmula. Valentín no sería entregado de momento a las milicias, quedaría en la fábrica controlado por dos camaradas de confianza que, además de la misión de vigilarle, tendrían la de ir imponiéndose de sus funciones, adiestrándose en ellas y apoderándose poco a poco de los resortes y secretos de la fabricación, hasta que pudiesen sustituirle. Entonces Valentín sería entregado a las milicias. Para que éstas no se lo llevasen antes de tiempo, se tomó la precaución de que el cuitado no saliese de la fábrica, y allí comía y dormía como una alimaña acosada que se esconde en su agujero. Se había comprometido a imponer de los secretos y dificultades de su cometido a los dos hombres de confianza del consejo obrero, y cada día que pasaba aquellos dos hombres, hábilmente escogidos, estaban más diestros. «Pronto no necesitarán de mí —pensaba—, y entonces me matarán.»

Y temiendo que le matasen si no se prestaba a adiestrar a los que habían de sustituirle, y sabiendo que le matarían también cuando les hubiese adiestrado, vivía en una creciente ansiedad y una angustia terrible que le hacían andar día y noche como un alma en pena por los pasillos de la fábrica esperando y a veces deseando que las milicias fuesen de una vez por él y le librasen de aquel tormento.

Transcurridas ya varias semanas, había empezado a hacerse ilusiones. «Les he servido lealmente —pensaba—; quizá me indulten...» Pero el odio que le tenían era inextinguible. En la última reunión del consejo, el delegado del taller de laminación, Benito, planteó la cuestión brutalmente.

—¿Se puede saber cuándo va a ser expulsado del taller y entregado a las milicias ese canalla del contramaestre?

Benito era uno de los caudillos revolucionarios de la fábrica. Hombre fuerte, rebelde y violento, había sido en otro tiempo el cabecilla de las huelgas movidas contra la empresa capitalista. Expulsado por ésta, había vuelto al taller merced a la revolución y se obstinaba en mantener ciegamente en el consejo obrero el espíritu de revancha y el ansia vengativa.

—¿Cuándo acabamos con ese enemigo a muerte de los proletarios? —apremiaba.

El camarada Carlos, impasible, replicaba fríamente:

—Cuando podamos; cuando nos convenga. No vamos a poner en peligro el funcionamiento de la industria por la impaciencia del camarada Benito.

—Es que yo me niego a convivir con ese miserable. Prefiero que se cierre la fábrica a seguir soportándole en ella.

Carlos sonreía imperturbable.

—¡Y si no se le expulsa hoy mismo, me voy del consejo!

—Nada de amenazas, camarada. A ti te necesitamos menos que al contramaestre, por muy revolucionario que seas. ¿Te enteras? —replicó Carlos.

Benito saltó furioso.

—A quienes no necesitamos es a los jesuitas que se dedican a proteger fascistas y a salvarles la vida. ¡Estaría bueno! La revolución ha triunfado para que yo, ¡yo!, pueda vengarme de esa canalla. Esto es lo único que me importa. Si se cierra la fábrica, que se cierre. Si para que la revolución siga adelante tengo que soportarlo, prefiero que se pierda la revolución.

Se levantó iracundo y, encaminándose a la puerta, anunció:

—¡Ya os enseñarán a hacer justicia revolucionaria!

Dio un portazo y se fue.

Por eso Valentín, a quien un alma piadosa le había contado la escena, estaba en el pasillo aguardando pacientemente al camarada Carlos.

—Vengo a darle las gracias —le dijo con voz entrecortada— porque sé que me ha defendido usted en el consejo.

Carlos, seco y hostil, replicó:

—Le han engañado. Yo no defiendo traidores. Defiendo la fábrica.

Y le volvió la espalda.

Aquella misma madrugada una patrulla de milicianos se presentó en la fábrica. Aprovechándose de que no había en ella más que un viejo guardián asustado, los milicianos entraron en el edificio y estuvieron registrándolo hasta que sacaron entre los cañones de sus pistolas al contramaestre Valentín. Le metieron en un auto que partió hacia los desmontes de las afueras.

No volvió a saberse más de él. Benito había cumplido su amenaza.

Carlos, al día siguiente, cuando se enteró, no hizo más que decir, rechinando los dientes:

—¡Idiota! A ese imbécil de Benito, ya que no lo fusilaron los burgueses como debían, vamos a tener que fusilarlo nosotros.

Y siguió trabajando.

El sudor que le caía a chorros por la cara se lo enjugaba pasándose por la frente la manga sucia de su blusa de taller. Y seguía. Le faltaban las palabras, vacilaba, sufría penosos silencios, volvía a decir lo mismo que ya había dicho, pero seguía. Sus jueces le miraban impasibles.

Aquel silencio glacial le desconcertaba. Pero hacía un esfuerzo y seguía.

—¿No tienes nada más que decir, camarada? —le preguntó el presidente en una de aquellas pausas en las que el orador parecía detenerse ante un abismo.

—¡Sí, sí! Tengo que decir mucho más. ¡Es... que no me sale!

Lo que Daniel quería decir a toda costa y no sabía era la indignación que a borbotones sentía hervir en su pecho contra aquella inhumana «justicia de la revolución» que querían hacer con él.

—Yo no he sido nunca revolucionario —decía—, pero tampoco tenía obligación de serlo. Nadie me puede llamar traidor a la revolución porque nunca me había comprometido a hacerla ni ayudarla. Yo ganaba mi jornal trabajando honradamente. No era mal compañero. Creo yo. Servía al patrón...

Una sonrisilla delgada de uno de los consejeros le exasperó:

—¡Como le servíais todos vosotros, cochinos!

Estalló una tempestad de protestas.

—¡Todos, todos! —vociferaba Daniel—. ¡Cuando perdíais las huelgas veníais humillados a lamer la mano al patrón para que os diese trabajo!

El presidente cortó el tumulto.

—Procura justificarte sin injuriar a los camaradas si quieres que te escuchen con paciencia.

Daniel bajó el tono.

—Yo servía al patrón... La fábrica era suya; él mandaba y nosotros los trabajadores obedecíamos. Procuraba estar a buenas con él. Vosotros luchabais; yo no. Vosotros queríais mandar; yo me había resignado a obedecer. Vosotros queríais ser los dueños de la fábrica; yo no lo he soñado nunca. ¡Ya sois los amos! ¡Ya mandáis! No os pido más sino que me dejéis vivir y trabajar como me dejaba el patrón. No os discuto la victoria, no os reclamo una parte. Yo no era de los vuestros, no estaba en vuestro sindicato, pero tengo derecho a la vida y al trabajo. ¡No vais a ser peores que los burgueses!

Daniel se detuvo asustado de su propia elocuencia. Miró en torno a él. Las caras de los consejeros seguían impasibles. Únicamente desde un rincón penumbroso del salón llegó hasta sus ojos el relámpago de una mirada amiga que le animaba a seguir. Don Jorgito, el viejo administrador de la fábrica, incorporado al consejo obrero en calidad de técnico, sin voz ni voto, le enviaba el aliento de su simpatía.

—Yo —terminó Daniel— he estado siempre solo. Solo, en medio de la calle, luchando con el hambre y la miseria, me hice hombre; solo aprendí mi oficio y solo tuve que defenderme contra los patrones que me explotaban. ¡A nadie debo nada! ¿Qué me pedís? ¿De qué me acusáis ahora?

Hubo un largo silencio.

—¿Tienes algo más que añadir, camarada? —le preguntaron.

—No.

—Puedes retirarte. El consejo deliberará sobre tu asunto y se te comunicará la resolución.

Hicieron pasar luego a Bartolo, que compareció ante el tribunal asustado, medroso, mirando de través a los consejeros. Balbuceó unas excusas torpes, pidió perdón y prometió ser en adelante leal a la revolución. Como prueba de adhesión a la causa exhibió su flamante carné de sindicalista.

Los delegados socialistas y comunistas se le rieron en su cara cuando invocó aquella patente sucia, y el delegado anarquista protestó y salió en defensa de Bartolo.

—¿Has pertenecido o no a los sindicatos amarillos que dirigían los patronos? —le preguntaron para cortar el incidente.

—Sí; no tuve más remedio..., me obligaban... —se vio forzado a reconocer.

—Eso no importa —dijo el delegado anarquista—. El obrero cuando se ve acosado puede claudicar por hambre.

—¿Eres fascista?

Bartolo sabía que se jugaba la vida en aquel instante.

—¡No! —dijo.

—¿No estabas inscrito en las listas de la Falange Española?

—¡No! —repitió.

—Basta. Puedes retirarte.

Cuando hubo salido, el delegado anarquista protestó violentamente contra la sistemática persecución por parte de los comunistas a los obreros que pertenecían a la CNT.

—Si no aceptaseis a los fascistas, no desconfiaríamos.

—¡Nosotros no aceptamos fascistas!

—¡Ése lo es! Y debía estar ya fusilado. Pero no te preocupes. Nuestras milicias no tardarán en echarle el guante.

—A ése no se le toca el pelo de la ropa porque mi sindicato no lo consiente. Es un obrero nuestro cuya vida y cuyo trabajo defenderemos con nuestras pistolas. ¿Estamos?

—¿Aun siendo fascista?

—¡No! Si es fascista, si nos ha engañado, no esperaremos que le matéis vosotros. Los anarquistas sabemos cortar por lo sano y hacer justicia más dura aún con los enemigos emboscados a nuestro alrededor que con los que tenemos enfrente. ¡Lo que no sabéis hacer vosotros!

—¿Y si yo te demuestro que Bartolo os traiciona, que era fascista y sigue siéndolo? —le replicó Carlos desafiándolo.

—Demuéstramelo y le mato yo mismo como a un perro. Pero hay que demostrármelo. ¡Antes no se le toca ni un cabello!

—Yo te lo demostraré. Y basta —concluyó Carlos—. Vamos ahora a estudiar el problema de la permanencia en el taller de estos dos obreros enemigos de la causa del proletariado. Después las milicias serán las que se encarguen de ellos.

Sobre Bartolo no había duda. Era un miserable lacayo de la burguesía que tenía sobre su conciencia infinitas traiciones a la causa del proletariado. Con la única protesta del delegado anarquista, que se reservó el derecho de pedir la revisión del asunto, se tomó el acuerdo de expulsar a Bartolo del taller.

—No le denunciaréis a las milicias ni le pasará nada mientras nuestro sindicato no ponga en claro sus antecedentes y su conducta, ¿eh? —aclaró el delegado de la CNT.

—Compañero —le dijeron—, nosotros no tenemos nada que ver con eso. Allá él con las milicias. Si algo debe, ya se lo harán pagar.

En cambio, sobre Daniel hubo un arduo debate. En el fondo, ninguno de los delegados le quería. Le odiaban tanto o más que al traidor Bartolo. En último caso siempre era más peligroso aquel tipo fuerte y entero que cualquier pobre diablo de los que estaban cayendo a diario. Un hombre como Daniel era el peor enemigo de la revolución y de la dictadura del proletariado. Había que acabar con él. Les detenía el escrúpulo de que no se le había podido encontrar por ninguna parte rastro alguno de actividad contrarrevolucionaria. Ni había sido fascista, ni había pertenecido jamás a ningún sindicato amarillo. Se había limitado a desconocer y desacatar las organizaciones proletarias de la lucha de clases, a no secundar las huelgas y a procurarse mejoras económicas trabajando a destajo o en horas extraordinarias, contrariando los acuerdos e intereses sindicales. Daniel había sido siempre el enemigo de la organización. Su rebeldía contra la disciplina proletaria y su desdén por los líderes obreristas estaban bien probados. Pero, a pesar de todo, era indiscutiblemente un obrero, un proletario ciento por ciento; ni un «cuchillo para los trabajadores» ni un «lacayo de la burguesía». ¿Tenían derecho a condenarle quienes en nombre del proletariado hacían la revolución y administraban la justicia revolucionaria?

Todos, en el fondo de su conciencia, sabían que no.

Le condenaron, sin embargo. ¿Por qué? Por lo mismo que condenaban antes la burguesía: por miedo. Miedo a la libertad. El miedo odioso del sectario al hombre libre e independiente. ¡Fue una lástima! El día en que el consejo obrero expulsó del taller al obrero tornero Daniel, se perdió la causa del pueblo. Los cañones del ejército sublevado martilleaban inútilmente las trincheras de Madrid; los aviones italianos y alemanes asesinaban en vano mujeres y niños. Pero la causa del pueblo se había perdido por este sencillo hecho. Porque el consejo obrero de una fábrica había tomado el acuerdo de expulsar a un obrero por el delito de haber defendido su libertad.

Antes de que terminase la jornada, cuando ya oscurecía, se presentaron en la fábrica seis u ocho milicianos. En cuanto los vio aparecer en el taller, Bartolo, que estaba sobre aviso, se deslizó hábilmente antes que lo advirtieran y huyó. ¿Adónde? La entrada de la fábrica estaba tomada por otros milicianos que no dejaban salir a nadie. ¿En dónde refugiarse? Con el corazón palpitante recorrió los pasillos del vasto edificio, subió a las oficinas, pasó de largo ante la gerencia, donde no había de encontrar amparo, y se halló al final acorralado ante la puerta del despacho del administrador. La abrió y se precipitó sobre don Jorgito.

—¡Sálveme! ¡Vienen a buscarme! ¡Me matan! ¡Me matan!

Don Jorgito, consternado, se desplomó en un sillón.

—¿Y qué puedo hacer yo, hijo? ¡Me matarán a mí también!

—¡Sálveme! ¡Déjeme telefonear!

El viejo administrador, aterrado, le señaló el teléfono que estaba sobre su mesa. Bartolo marcó un número que tenía bien grabado en la memoria. Mientras esperaba la respuesta, su cara pálida, en la que se había cuajado una mueca inexpresiva, daba una impresión repelente de figura de cera. ¡No contestaban! ¡Ay, qué angustia! ¡Sí! ¡Al fin!

Con palabras atropelladas y patéticas, Bartolo avisaba al sindicato anarquista que una patrulla de milicianos comunistas se lo quería llevar para matarle y pedía que lo protegiesen.

—¡Venid, compañeros! ¡Venid ahora mismo! ¡Que me matan! ¡Que me matan!

Estuvo repitiéndolo desesperadamente sobre la bocina del teléfono hasta que sintió que la puerta del despacho se abría y un miliciano con la pistola en la mano le amenazaba. Don Jorgito se incorporó y se interpuso heroicamente.

—¡Alto! ¿Qué vienen ustedes buscando aquí?

—A ese canalla.

—Es un obrero de la fábrica al que yo no entregaré sin una orden del consejo obrero.

El jefe de la patrulla se fue hacia el viejo don Jorgito rechinando los dientes.

—Ése se viene con nosotros y tú también, viejo, si intentas oponerte.

El viejo temblaba, y temblando y todo quería sacar fuerzas de flaqueza para oponerse. Le dieron de lado y, encañonando a Bartolo, le dijeron con tono que no admitía réplica:

—Vamos.

Bartolo avanzó silencioso. Don Jorgito, al ver que se lo llevaban, reaccionó desesperado y quiso interponerse otra vez.

—¡Dadme a lo menos vuestra palabra de que no le pasará nada! ¡Si no es así, no le entrego! —decía consternado.

Le sentaron de un manotazo. Cuando después de un momento de estupor miró en derredor suyo y tuvo la certidumbre de lo irreparable, de que se lo habían llevado, le entró una congoja mortal. ¿Cómo no había sabido impedirlo? ¿Pero era que se podía matar así a los hombres? Impotente, aterrorizado, sentía cómo el tiempo pasaba, un instante tras otro, minuto por minuto, hora por hora, toda una eternidad.

Era ya noche cerrada cuando se abrió de nuevo la puerta de su despacho. Sus ojos espantados vieron asomar la cara lívida de Bartolo, que se le acercó diciéndole con un júbilo que daba miedo:

—¡No me han matado, don Jorge, no me han matado! ¡Me ha salvado usted! —y le cogía las manos y se las besaba.

Contó, como pudo, la aventura. Los milicianos comunistas que se lo habían llevado le condujeron a un pabelloncito que había en la Casa de Campo, donde lo sometieron a un interrogatorio sumario.

—Creí que no lo contaba. A poca distancia de aquel pabelloncito es donde fusilan a la gente. Ya me daba por muerto cuando se presentó una patrulla de milicianos anarquistas. Los de mi sindicato, prevenidos por el aviso telefónico que les di desde aquí, iban a rescatarme. Y, quieras que no, me arrancaron de las garras de los comunistas. Antes de discutir siquiera se echaron los fusiles a la cara y dijeron: «Este obrero es de nuestro sindicato y se va ahora mismo en libertad. ¿Hay quién se atreva a oponerse?». Luego se encararon conmigo y me dijeron: «Estás libre, compañero. Largo de aquí». No me lo hice repetir, y aquí estoy, don Jorge. Allí se quedaron anarquistas y comunistas discutiendo, pero yo he salvado ya el pellejo.

Don Jorgito alzó los brazos al cielo. La resurrección de aquel hombre le había vuelto a la vida; estaba convencido de que si le hubiesen matado, su pobre corazón de viejo y su conciencia escrupulosa no habrían sabido soportarlo. Cogió las manos de Bartolo y las estrechó con ansia. Aquellas manos tenían aún un sudor frío que le produjo espanto. Poco a poco se fueron serenando ambos. Bartolo, pasado el trance, cobraba ánimos y empezaba a sentirse seguro.

—¡Estoy vivo, don Jorge, estoy vivo!

Se despidió para irse a su casa, donde le esperaban con angustia.

—¡Ten cuidado, hijo!

—¡Ya no hay cuidado, don Jorge!

Salió a la calle con el corazón estremecido y respiró a pleno pulmón. La ciudad a oscuras y sin ruido no le infundía ya pavor. Las zozobras, las angustias de aquellos días se alejaban. El gran riesgo estaba ya pasado. Le parecía que ya no había guerra ni revolución. Caminó, contento de sentirse vivir como nunca lo había estado. Al llegar a la esquina de su calle divisó unos bultos apostados junto a su portal y el corazón le dio un vuelco. Aquellas sombras avanzaron hacia él y cuando lo tuvieron cerca le cegaron con el hacecillo de luz de una linterna. Intentó sacar su carné de sindicalista, pero una voz conocida que le heló la sangre en las venas le dijo fríamente:

—No hace falta. Ven con nosotros.

Sólo anduvieron unos pasos. Allí cerca había un jardincillo municipal en el que durante el día jugaban los niños y hacían calceta las viejas, y allí se detuvieron.

Aquella voz del delegado del sindicato anarquista que Bartolo conocía bien volvió a sonar:

—Nos has engañado. Te admitimos en nuestro sindicato porque nos dijiste que estabas a nuestro lado; negaste en el consejo obrero que fueses fascista, te creímos y hemos ido a arrancarte de las manos de los comunistas; ahora resulta que eres un traidor, un fascista canalla que se infiltraba en nuestras líneas para vendernos y vas a pagar tu traición con la vida.

—¡Yo no soy fascista!

—Mira.

Le puso ante los ojos un trozo de cartulina.

—Tu ficha sacada de los ficheros de la Falange Española. ¿Eres tú ése?

Bartolo fijó en ella los ojos y permaneció unos momentos anonadado. Sintió en la nuca un contacto frío y casi simultáneamente un latigazo en los sesos que le hizo saltar en chiribitas su pobre vida de miserias, trabajos, anhelos y traiciones.

Allí quedó con la cara sobre el césped húmedo.

Don Jorgito, en su alcoba, al meterse entre las sábanas, sentía el halago de su conciencia satisfecha que le arrullaba el sueño.

Daniel, expulsado del taller por «inorganizado», vagabundeaba por la ciudad asediada en busca de un pedazo de pan para sus hijos. Durante unos días creyó que le esperaba el mismo fin que a Bartolo y a los contramaestres de la fábrica. Estaba resignado a la idea de que le matarían, y teniéndola descontada, sólo pensó en llevarse por delante al que pudiese de sus enemigos. Morir, bueno. Pero morir matando. Se procuró una pistola y durante varias semanas vagó al azar con ella en el bolsillo y el dedo puesto en el disparador. En cualquier instante podría sobrevenir el desenlace inevitable. A veces se cruzaba en la calle con un grupo de milicianos. Apenas les veía venir los encañonaba sin sacar el arma del bolsillo. Un movimiento sospechoso de cualquiera de ellos y hubiese disparado. Se sentía en medio de la ciudad como si estuviese en un bosque, y era sobre las aceras y las plataformas de los tranvías como una fiera acosada y perdida en el laberinto de la selva virgen. Receloso y hambriento, pasaba a veces por delante de los cuarteles de las milicias y de los ateneos libertarios, en los que veía con rabia y envidia a los hombres de la revolución bien armados y equipados ante los grandes calderos donde hervía abundante y apetitosa la comida. Empujado por el hambre, merodeaba en torno a aquellos nuevos hogares del pueblo improvisados por la revolución, de los que se sentía proscrito como un apestado. ¿Por qué? ¿No era él también hijo del pueblo?

Un día, vencido al fin por el hambre, aflojó la mano que tenía crispada sobre la pistola y entró en uno de aquellos cuarteles a pedir un pedazo de pan.

—El pan —le dijo enfáticamente un comisario comunista— es para los hombres que luchan por la revolución.

—Yo soy un proletario dispuesto a luchar por el pan y por la libertad.

El comunista le miró receloso. ¿Todavía un fascista emboscado? ¡Bah!, un pobre diablo sin conciencia revolucionaria, concluyó. Para ir a morir al frente servía, sin embargo. Le pusieron en una mano un plato de comida y en la otra un fusil.

Daniel, convertido en miliciano de la revolución, luchó como los buenos.

Y murió batiéndose heroicamente por una causa que no era suya. Su causa, la de la libertad, no había en España quien la defendiese.

El refugio

Como los chicos corrían más llegaron antes al refugio. Aquello de esconderse de los aviones no pasaba de ser para ellos un juego divertido. El padre y la madre salieron de la casa rezagados, gruñendo, hartos ya de tanto ajetreo. Aquello era insoportable. ¿Cuántas veces al día tenían que abandonar sus quehaceres para ir a meterse en los sótanos del caserón designado como refugio para los vecinos de aquel viejo rincón de Bilbao? La vida se les hacía imposible. Los aviones fascistas bombardeaban la villa de hora en hora y en ocasiones los cuatro toques de sirena que anunciaban el cese del peligro eran seguidos de una nueva señal de alarma, porque otra escuadrilla facciosa venía a relevar a la que en aquellos momentos se alejaba después de derramar su carga mortífera sobre las viviendas hacinadas de los barrios populosos, en cuyas entrañas se apiñaba estremecida una abigarrada muchedumbre que, no obstante las rigurosas órdenes dictadas para que se guardase silencio en los refugios, promovía una algarabía formidable, un espantoso guirigay en el que se destacaban los llantos desgarrados de los niños, las voces broncas de los padres agrupando a su prole y los gritos histéricos de las mujeres, que clamaban a todos los santos de la corte celestial contra aquel castigo que les llovía del cielo.

En el breve intervalo que solía haber entre el toque corto de alarma y los tres largos toques que señalaban la presencia del peligro, los chicos, que conocían ya de sobra el camino del refugio, atravesaban la calle en dos saltos y se metían bulliciosos en el sótano, contentos de encontrarse de nuevo reunidos con los demás chicos de la vecindad en aquel estrecho recinto que tenía para sus imaginaciones infantiles el prestigio de un misterioso subterráneo de algún palacio encantado. La madre, que antes de abandonar su cocina se obstinaba en dejar recogidos sus pucheros, y el padre, que iba a esconderse siempre de mala gana y un poco humillado, no llegaban nunca al refugio más que cuando ya la primera explosión sacudía el ámbito de la ciudad e iba retumbando de montaña en montaña con pavoroso estruendo. Por eso, porque las cuatro criaturitas estaban ya dentro del refugio y el padre y la madre, rezagados, no habían entrado aún, fue por lo que el destino pudo hacer aquella espantosa jugarreta.

Una bomba de ciento cincuenta kilos, lanzada por un avión fascista, fue a caer sobre el tejado del refugio, traspasó como si fuesen de papel los pisos del caserón y explotó sobre las cabezas del medio millar de seres hacinados en los sótanos. Tembló la tierra como si sus entrañas se hubiesen desgarrado; tejas, ventanas y chimeneas fueron escupidas al cielo y, entre aquella masa de humo negro que se estiraba violentamente hacia lo alto en un instante y luego se abullonaba vencida, aparecieron los recios muros heridos de muerte por las anchas grietas que abrió en ellos la explosión de la dinamita. Aquellas grietas se agrandaron en unos segundos y cuando ya por ellas se le veían las tripas al caserón, los altos paredones se inclinaron solemnes y se abatieron con pavoroso estruendo alzando al llegar al suelo una gran nube blanca que lo borró todo. Ya no se vio más.

El padre y la madre que presenciaron, paralizados por el espanto, aquella fantasmagoría apocalíptica fueron cegados por densas oleadas de polvo y humo y cayeron al fin, batidos por la lluvia de tierra, hierros y maderos que el cielo devolvía. Pasó el tiempo. EI *Junker* niquelado brillaba al sol como un juguete, allá a lo lejos, junto a las crestas del Sollube. La gran nube de polvo y humo se elevaba lentamente sobre el barrio viejo de Bilbao y los ojos de los bilbaínos, agrandados por el terror, iban descubriendo la magnitud de la catástrofe. El caserón se había desplomado y no quedaba de él más que un montón ingente de cascote, vigas de hierro retorcidas, maderos astillados y planchas de cemento cuarteadas. Debajo había medio millar de seres humanos: todos los infelices que se habían refugiado en el sótano.

Sacudiéndose la tierra que casi le había sepultado, ciego, medio asfixiado, con la cabeza turbia y el cuerpo magullado por el cascote que le había caído encima, el padre se incorporó penosamente y poco menos que a rastras llegó hasta el montón humeante de ladrillos y bloques de cemento y se puso a gritar llamando desesperadamente a sus hijos. Trepó por aquella montaña informe dando alaridos espantosos. Los últimos paredones se desplomaban en torno suyo. A través de las nubecillas de polvo que cada derrumbamiento levantaba, se le veía saltar de un lado para otro manoteando y llamando a sus hijos con voces patéticamente inarticuladas que ahogaba el sordo rumor del corrimiento de los escombros, que iban poco a poco estabilizándose hasta formar una pirámide abrupta en cuya base se quedaban sepultados aquellos centenares de infelices, que huyendo de los aviones se habían guarecido en los sótanos de la casa derrumbada. Con el rostro cubierto de sangre, las ropas en jirones y las manos destrozadas, aquel hombre enloquecido removía furiosamente los ladrillos y los hierros retorcidos gritando cada vez con voz más ronca y más débil:

—¡José Mari! ¡Chomin! ¡Iñasio! ¡Carmenchu!

Los primeros vecinos que se atrevieron a llegar hasta allí, tuvieron que luchar a brazo partido para sujetar a aquel loco furioso que, con las uñas ensangrentadas forcejeaba desesperadamente para mover los enormes bloques que tapaban lo que fue la entrada del refugio.

La noticia de la catástrofe corría por todo Bilbao y centenares de personas acudían a prestar auxilio. Un hormiguero de seres atemorizados comenzó a remover aquella montaña de escombros, pero la confusión y la angustia dificultaban el salvamento. Cada cual removía el montón de cascotes por donde se le antojaba. Hasta que acudieron los bomberos y unas cuadrillas de obreros con herramientas, no se hizo nada eficaz. Siguiendo las indicaciones de los técnicos se comenzó a abrir a golpe de pico un camino hacia el lugar más accesible del sótano.

Pronto se oyeron las voces débiles y lejanas de los que estaban sepultados. El equipo de salvamento trabajó entonces con brío redoblado y al cabo de unos minutos de angustia silenciosa en los que sólo se oían los golpes secos de los picos y los azadones y el jadear fatigoso de los que febrilmente los manejaban, se consiguió apartar los enormes bloques de cemento que habían sepultado en vida a tantos seres infelices.

Por el boquete abierto asomó primero una cabecilla calva, en cuya boca desdentada ponía el terror una mueca espantosa. Apenas lo izaron cogiendo al hombre por debajo de los sobacos, aquella cabeza se tronchó sobre el pecho, roto al fin el resorte de la angustia que la había mantenido erguida. Salieron después por aquel boquete hasta treinta o cuarenta personas; casi todas ellas apenas se veían a salvo se desplomaban inertes. Una mujer llevaba en brazos un niño de dos años con los ojazos azules muy abiertos y los bracitos colgando, al que vanamente intentaba reanimar con sus besos. Se lo quitaron del regazo antes de que se diese cuenta de la inutilidad de sus caricias.

Los que salieron por su pie de aquel agujero no llegaron al medio centenar y, sin embargo, en el refugio debía haber, al ocurrir la explosión, de trescientas a quinientas personas. Los bomberos agrandaron el boquete y se metieron en el sótano, de donde fueron extrayendo a los que allí yacían, unos desmayados, otros heridos, muertos otros. Así y todo no se encontró más de un centenar de personas. La bóveda del sótano se había hundido por el centro y los refugiados habían quedado incomunicados a uno y otro lado.

Pero simultáneamente al salvamento intentado por aquel lugar, los infelices que quedaron sepultados al otro lado del sótano se habían ido abriendo camino con las uñas a través de los escombros y pronto se pusieron en comunicación con el exterior. Dentro quedaron únicamente los que estaban heridos y aprisionados por el cascote y los que habían muerto en su mayoría asfixiados. Fueron extrayéndose sus cuerpos inertes y colocándoseles en unas parihuelas que eran alineadas a lo largo de una pared frontera. Los vecinos que no habían encontrado aún a sus deudos recorrían horrorizados aquella fila de máscaras espantosas talladas por la muerte en las que buscaban los rasgos de los seres queridos. El padre aquel cuyos cuatro hijos, José Mari, Chomin, Iñasio y Carmenchu, habían entrado en el refugio segundos antes de la explosión, rendido al fin, agotadas sus fuerzas, recorría con la mirada perdida la fila de las víctimas que se extendía a lo largo del muro: tras él, pálida como una muerta y con los ojos secos, iba la madre. Ella fue la que vio primero con sus ojos voraces aquella camilla en la que traían a dos de sus hijuelos: José Mari y Chomin, abrazados para siempre: estaban como cuando se dormían en su cunita: las cabezas juntas, los brazos del mayor, José Mari, cubriendo el cuerpecillo menudo del pequeño Chomin. Los vio un instante y cayó como fulminada por un rayo.

Unos vecinos piadosos se la llevaron de allí. Por eso no vio cómo después sacaban, cogiéndolo a puñados, el cuerpecillo destrozado también de Iñasio. El padre, sí. Lo vio y palpó con sus manos temblorosas aquella cabecita tierna espantosamente machacada. Cuando se lo quitaron de entre las manos se quedó anonadado, insensible. Superada su capacidad de dolor, más allá del horror y del sufrimiento, consideraba con un frío estupor la catástrofe, incapaz ya de sentir más. Había visto los cuerpos destrozados de sus tres hijuelos varones y se maravillaba tanto de haber podido verlo como de poder pensar en ello con aquella calma, aquella serenidad mortal que le invadía. ¿Y su hija? ¿Y su Carmenchu?

Ya nada podía aterrarle. Vagaba al azar sobre las ruinas removiendo con el pie los escombros y a cada instante esperaba encontrar el cuerpo destrozado de su hija entre aquel revoltijo de hierros, maderos y cascote; lo esperaba ya sin horror; aceptando la tremenda posibilidad con una espantosa sangre fría.

Cayó la tarde y, busca que te busca entre el cascote, vino la noche. Los trabajos de salvamento continuaban con agobio. Además de los cincuenta y tantos cadáveres retirados ya de entre los escombros faltaban aún veinte o treinta personas que positivamente habían estado en el refugio al ocurrir el hundimiento y aún no habían sido halladas ni muertas ni vivas. Sus deudos, desesperados, vagaban como él entre las cuadrillas de obreros que seguían trabajando a la luz cruda y espectral de los mecheros de acetileno. Poco a poco fueron marchándose los meros curiosos. Los mismos familiares de los desaparecidos, agotados, desistían de la angustiosa y estéril búsqueda. Es inútil, decían los más sensatos. Quienes estén aún sepultados no pueden seguir viviendo. Seguramente han perecido ya. Mañana al ser de día se encontrarán sus cadáveres.

—Entre esos cadáveres —pensaba el padre aquel— estará el de mi Carmenchu.

Pero se resistía a alejarse del siniestro paraje. Las cuadrillas de obreros seguían trabajando. Se acercó a una de ellas. Los hombres luchaban tenaces por abrirse camino.

—Es inútil —resollaba uno—; necesitaríamos tres días para remover todo esto; los bloques desprendidos son enormes; sería mejor emplear la dinamita.

—¿Y si hay gente con vida aún?

—¡Qué va a haber ya a estas horas!

Uno de los obreros se fijó entonces en el padre aquel que les escuchaba absorto. Se callaron apesadumbrados y redoblaron el esfuerzo. El padre se alejó silencioso con los brazos caídos a lo largo del cuerpo.

Un poco más allá creyó advertir que los que trabajaban habían encontrado algo. Se acercó con una glacial desesperanza cuajada en los ojos. El grupo de trabajadores se apiñaba en torno a un agujero. Dieron voces.

—¿Qué habéis encontrado?

Otra víctima.

—Viva o muerta.

—¡Muerta, hombre, muerta!

El grupo de los que trabajaban para extraer el cadáver no le dejaba acercarse. Oyó una voz que decía:

—¡Es una muchacha! ¡Pobre!

El padre entonces apartó furioso a los que estaban delante de él y se metió en el agujero gritando.

—¡Mi hija! ¡Mi Carmenchu!

Quisieron llevárselo de allí, pero no había fuerzas humanas capaces de arrancarle. Debatiéndose con los que intentaban apartarle se acercó a su hija.

El mechero de acetileno colocado en el fondo de aquel agujero producía un deslumbrante entrecruzamiento de sombras duras y haces de luz blanca y fría. Se tiró de bruces y asomando la cara por el cruce de unos maderos vio al fin el rostro de cera de Carmenchu al que aquella luz daba una lividez espectral. Tenía el cuello doblado en un escorzo difícil y reposaba la cabeza sobre una viga de hierro que había quedado cogida entre dos enormes bloques de cemento. Uno de aquellos bloques pesaba sobre el tierno cuerpecillo.

—¡Carmenchu! ¡Mi Carmenchu! —gritaba el padre como un poseído, intentando vanamente llegar con las manos extendidas hasta aquella cabeza de la que le separaba aún la maraña de hierros y cascote.

—¡Carmenchu!

Entonces, a la luz deslumbradora del acetileno se vio lo inconcebible. ¿Era una alucinación? La niña había abierto los ojos y sus labios se habían movido.

—¡Carmenchu! —rugió el padre.

—¡Está viva! ¡Está viva! —gritaron todos.

Con una fuerza insospechable el hombre aquel apartó los hierros y los maderos que le separaban de su hija, y alargó las manos temblorosas hasta tocar su cabellera rubia. Sintió la niña la caricia y volvió a plegar los labios como si sonriese.

—¡Vive! ¡Vive! —gritaba el padre estremecido de pies a cabeza.

Se puso a quitar con ímpetu los escombros amontonados que tapaban el cuerpo de la niña, de la que sólo se veían la cabeza doblada hacia atrás y un brazo.

El equipo de salvamento agrandó el hoyo aquel en unos segundos y pronto estuvieron rodeando a la muchacha sepultada cinco o seis hombres que afanosamente apartaban el cascote que la cubría. Se vio entonces que el cuerpecito de la inocente estaba aprisionado por un bloque enorme de cemento, que si bien había resbalado sobre la viga de hierro en que la niña apoyaba la cabeza ladeándose, gracias a lo cual no la había aplastado, debía estar gravitando por su parte inferior sobre las piernecitas de la infeliz criatura. El padre intentó inútilmente mover aquella mole.

—¡Papá! —dijo Carmenchu—. ¡Papá, sácame de aquí!

Juntaron todos sus esfuerzos y quisieron levantar el bloque de cemento. Estaba empotrado en otros bloques análogos y apenas consiguieron moverlo. En cambio, la niña abrió los ojos desmesuradamente y luego los cerró haciendo rodar la cabeza sobre la viga en que la apoyaba.

—¡Cuidado! —gritó uno—. ¡Si movemos el bloque podemos matarla!

—¡Que venga un médico!

—¡Un ingeniero para dirigir la maniobra!

—¡Una grúa!

—¡Más hombres!

—¡Lo que sea!

—¡Salven, salven ustedes a mi hija! —pedía de rodillas el padre. Vino el jefe de los trabajos de salvamento. Para sacar de allí la criatura sin hacerle daño había que levantar primero una serie de bloques de cemento y vigas de hierro que se empotraban los unos en los otros. Era, a lo menos, una hora de trabajo. ¡Manos a la obra!

¿Tendría la pobre víctima resistencia para esperar? Mientras se oían las voces de mando de los capataces y el resuello de los obreros que empujaban los bloques acudió el médico, quien después de pulsar aquel brazo inerte se apresuró a ponerle unas inyecciones de aceite alcanforado. La vida se le escapaba.

Reanimada por las inyecciones la niña abría los ojos e intentaba sonreír a su padre que le pasaba las manos destrozadas y temblonas por la frente de cera. Oíase el jadear angustioso de los hombres que removían los bloques. A veces una masa de escombros falta de apoyo rodaba hasta el fondo del agujero levantando una nubecilla de polvo que ponía un halo blanquecino en torno a la llama de la lámpara. El padre cubría la cabeza de la niña con su cuerpo y suspiraba:

—¡Hasta cuándo! ¡Hasta cuándo!

Media hora después, el médico tuvo que poner una nueva inyección a la niña para reanimar su corazón, que poco a poco se debilitaba. El padre junto a ella le murmuraba al oído palabras incoherentes de esperanza y alegría.

—¡Mi Carmenchu! Estate quietecita que dentro de nada ya no sufrirás más. Te vamos a sacar ahora mismo y te curaremos muy bien para que no te duela... Vendrás a casa y podrás jugar y correr y divertirte... Se acabará la guerra... y tendrás un vestido bonito... y no habrá aviones ni bombas... e iremos al bosque y a la playa... y nos reiremos mucho, mucho. ¡Porque ya no habrá guerra!

La niña escuchaba con los ojos cerrados aquella letanía pueril que debía llegar como una brisa hasta el fondo de su alma en lucha por desasirse de aquel cuerpecillo mutilado. Los hombres rudos que forcejeaban incansables para apartar los escombros tenían lágrimas en los ojos.

Cuando al fin consiguieron dejar libre y descarnado el bloque de cemento quc aprisionaba a la niña habían pasado dos horas y estaba ya amaneciendo.

Agrupáronse entonces todos ellos y en medio de un silencio imponente se oyó la voz de mando de un capataz, resonó unánime el estertor de aquellos pechos contraídos por el esfuerzo y el bloque fue alzado en vilo. El padre tiró suavemente de la criatura y con ella en brazos, estrechándola contra su pecho, salió de la hoyanca y se sentó en un promontorio de escombros mientras el médico, de rodillas ante él, examinaba las horribles magulladuras que tenía el breve cuerpecillo. La claridad difusa del alba luchaba ya con la masa de luz compacta del mechero de acetileno. El médico suspendió de improviso su exploración de las heridas, pulsó la muñeca de Carmenchu que colgaba inerte y después se irguió sin decir palabra. El padre le miraba fijamente a los ojos sin atreverse a preguntar.

En aquel instante hendieron el silencio del alba las vibraciones alarmantes de las sirenas. Todos alzaron los ojos hacia el cielo lechoso del amanecer. Sobre las crestas del Sollube aparecían otra vez los puntos refulgentes de una escuadrilla de aviones fascistas. Las sirenas marcaron insistentes la señal de peligro y las cuadrillas de trabajadores tuvieron que retirarse a los refugios. En unos segundos quedó desierta aquella vasta extensión de ruinas donde los hombres, como hormiguitas, se afanaban por salvar unas vidas que otros hombres se obstinaban en destruir. Sobre aquella desolación de escombros no quedó más alma viviente que aquel padre sentado en un promontorio de cascote con el cadáver caliente de su hija entre los brazos.

Los aviones de bombardeo alemanes e italianos se abatieron como aves de presa sobre el caserío de la villa dormida. Pronto comenzaron a sentirse las formidables explosiones que desgarraban las entrañas de la población. El eco de las montañas repetía indefinidamente los estampidos: vibraban en el aire los proyectiles lanzados por los cañones antiaéreos, crepitaban las ametralladoras y en medio de aquel estruendo apocalíptico, el padre aquel, con su hija muerta entre los brazos, permanecía absorto, indiferente al espantoso desencadenamiento de todas las potencias de destrucción provocado por aquella monstruosa concepción de la guerra total.

Cuando los aviones de bombardeo hubieron arrojado

su carga sobre las vulnerables viviendas urbanas se abatieron a su vez sobre ellas los pequeños aviones de caza que volando a ras de los tejados barrían las calles con el plomo de sus ametralladoras.

Uno de aquellos aviones minúsculos bajó inclinando el ala hacia tierra en un viraje audaz hasta volar a pocos metros de altura sobre la explanada cubierta de escombros. Describió un círculo completo en torno a aquella figura inmóvil del padre infeliz, que ni siquiera alzó la cabeza para mirarlo. Luego, cuando ya se iba, al remontar el vuelo, el avión escupió sobre aquella figura que parecía petrificada la rociada de plomo de su ametralladora.

Las balas fustigaron el aire y la tierra en torno suyo, pero el hombre no se movió. El dolor le había hecho invulnerable e invencible.

Hospital de sangre

La monjita se inclina sobre el bufetillo, traza una crucecita en lo alto del pliego y luego, con letra delgada de educanda de las Damas Irlandesas, escribe: «Querido tío...».

Se queda un momento suspensa. ¿Qué contará? ¿Qué es lo que debe contar y qué es lo que debe prudentemente callarse? La Divina Providencia sabrá inspirarla. Durante un largo rato la pluma de la monjita rasga sobre el pliieguecillo y sólo este leve ruido y otro igualmente tenue que produce el borde de su toca almidonada al rozar con el pupitre arañan el inmenso silencio de la madrugada en la villa dormida. Únicamente en la alta noche, en esta paz momentánea del conticinio, es posible encontrar un punto de sosiego para recapacitar sobre la tragedia del día —la del día que ha pasado y la del que va a venir—, para rezar por los que murieron ayer y por los que han de morir hoy y, si queda lugar, para escribir unas frases de aliento y esperanza a los deudos lejanos, aunque no sea más que para que no se crean que también ella ha perecido. Pronto vendrán los claros del día y comenzarán otra vez el afán y el horror de la guerra.

Las sirenas rasgarán el alba con su estridente silbido anunciando una vez más que los aviones alemanes vienen a seguir sembrando la muerte por todo Bilbao; los heridos de ayer despertarán sobresaltados y querrán tirarse de sus lechos impulsados por sus febriles reacciones de terror o de ira; retumbarán otra vez los estampidos de las bombas y al final vendrán como siempre las ambulancias trayendo nuevos cargamentos de carne desgarrada, de seres mutilados, de monstruos horrendos a los que hay que conservar la vida que se les escapa por las brechas abiertas en sus pobres cuerpos cribados por la metralla.

Luego, durante todo el día, no cesan ya un instante el quehacer y la angustia. Casi de hora en hora los aviones alemanes vienen a bombardear los barrios populosos y los objetivos militares que les van señalando con meticulosa precisión sus espías.

¿Cómo es posible que haya en Bilbao mismo quienes traidoramente vayan señalando a los aviadores extranjeros los sitios precisos donde deban dejar caer sus bombas? ¿Es que esos espías que decretan cada día quiénes han de morir horas más tarde tienen alma bastante para poder vivir sin remordimientos al lado de los que van a ser sus víctimas? ¿Por mucho que sea su rencor, es que no ven con sus propios ojos a las criaturitas inocentes y a las inofensivas mujeres que todos los días sucumben? ¿Será posible que quienes así proceden sean cristianos y vivan en el santo temor de Dios? La monjita se niega a aceptarlo.

Sabe, sin embargo, que es verdad; que entre las personas piadosas de Bilbao hay muchas que anhelan sobre todo el triunfo del fascismo, cueste lo que cueste, y porque se logre ayudan a acrecentar la crueldad del ataque señalando impíamente a los agresores los puntos más vulnerables de la villa asediada, los lugares donde más terrible ha de ser el estrago. Ella misma ha descubierto más de una vez los manejos de los espías. Con sus pasitos quedos de religiosa y ese deslizarse imperceptible como las sombras que se aprende en las galerías claustrales, ella ha podido descubrir más de una vez en los pasillos y las salas de los hospitales, a la cabecera misma de los moribundos, la señal de inteligencia entre dos cómplices, el cuchicheo sospechoso o el traspaso furtivo de un mensaje, los tenues hilillos con que se teje la red del espionaje. Ella sabe que entre las enfermeras improvisadas que se han reclutado al azar, los practicantes poco escrupulosos, los estudiantes de medicina fascistas, los proveedores de los hospitales y los visitantes hay muchas gentes sin escrúpulos que se consagran a la horrible tarea de arrancar las noticias del frente a los infelices que vuelven de la línea de fuego sangrantes y extenuados. A veces sus ropas monjiles han hecho que los espías presumiesen en ella una tácita complicidad y entonces ha tenido que bajar los ojos avergonzada o que rehuir con un ademán tímido la infame propuesta. Sabe que en cualquier momento una palabra suya hubiera bastado para acabar con aquellas maquinaciones, pero le horrorizaba pronunciarla. ¿No cometería entonces el mismo pecado que ellos cometen? ¿Puede ignorar acaso que una denuncia por espionaje equivale a decretar un fusilamiento? No, no delatará a nadie. Ahora, mientras escribe a sus deudos en el silencio de la madrugada, piensa que acaso deba tranquilizar su conciencia sin denunciar concretamente a nadie, haciendo saber lo que ocurre en los hospitales de Bilbao de un modo general e impreciso. Su tío, a quien está escribiendo en este instante, podría evitarlo. ¿Debe ella ponerle en antecedentes?

El ruido del motor de un automóvil detenido a la puerta del hospital y el repiqueteo del timbre de la portería dejan su duda en suspenso. Ha llegado otra ambulancia con heridos del frente. La monja se mete en el pecho la carta que está escribiendo y sale a recibirlos. La hora es desacostumbrada. Habitualmente la evacuación de heridos se hace a prima noche tan pronto como cesan los bombardeos de la aviación. Pero, según explica en vascuence el miliciano que conduce la expedición, ha sido necesario a última hora buscar alojamiento a aquellos cuatro milicianos asturianos que no han consentido quedarse en el hospital laico adonde primeramente habían sido llevados.

—Gente difícil —advierte el miliciano vasco—. En Dios no creen y por eso les habíamos llevado primero a un hospital sin monjas, pero no han querido quedarse. Dicen que las enfermeras son señoritas fascistas disfrazadas. Como no entienden el vascuence, todo lo que entre ellas hablan les parece sospechoso. Los traemos aquí por ver si ustedes, las religiosas, se dan mejor maña para sosegarlos y consiguen que se dejen cuidar. Son unos bravos mozos, pero difíciles, difíciles...

Los cuatro milicianos asturianos fueron instalados en una misma sala, un poco alejados de los demás. Era norma general en el país vasco el no llevar a los hospitales atendidos por religiosas más que a los heridos creyentes, *casheros* vascos, casi todos; los mineros de Asturias, ateos casi sin excepción, eran hospitalizados en los centros servidos por personal sanitario laico.

Uno de los milicianos asturianos venía con todo el cuerpo, la cabeza, la cara misma, los brazos y las manos, vendados como una momia egipcia. Desde la camilla de la ambulancia volcaron en el lecho del hospital aquel rígido paquete de gasas sanguinolentas. Mientras le movían de un lado para otro giraba en torno con desconfianza la pupila del único ojo que le habían dejado al descubierto, queriendo abarcar rápidamente cuanto le rodeaba. Al ver las tocas blancas de la monja, se puso a gruñir rabiosamente:

—¡Estas tías puercas! ¡Dios y su madre! ¡Cuándo acabaremos con ellas!

La monja, insensible, le remetía las sábanas y le ajustaba las almohadas a la rigidez de su cuello inmovilizado por el vendaje. La pupila del herido, ágil y buida, la seguía como la punta de un florete. Su boca tumefacta, con los labios reventados por la fiebre le escupía un chaparrón de blasfemias.

—Cállese, cállese, hermano y se sentirá mejor —le pedía la monja.

—¡No quiero, ea!

—Le dolerá más si se excita.

—¡Que duela!

La monja iba y venía silenciosa, atendiendo a cuatro recién llegados. Uno de ellos, más prudente, intentó disculpar a su camarada.

—No haga usted caso, compañera. El pobre Juanón está furioso y tiene motivo para estarlo; la metralla le ha puesto el cuerpo hecho una criba, tiene heridas por todas partes, y ha perdido un ojo y el brazo derecho. ¡Era el dinamitero más bravo de Asturias y se siente morir como un perro! ¿Cómo quiere usted que no blasfeme?

—Este es un hospital de religiosas. ¿Por qué no se han quedado ustedes en el hospital laico?

El blasfemo que estaba a la escucha se incorporó furioso.

—¡Porque... malas sois vosotras las beatas, pero peores son las enfermeras laicas! ¡Esas, todas, todas, son fascistas! ¡Espías fascistas a las que deberíamos ahorcar en racimos! Venimos aquí porque tenemos derecho a que nos curen, y blasfemamos porque nos da la gana.

—¡Chist! ¡A callar!

Desde el otro rincón de la sala, un herido reclamaba silencio.

—¿Qué le pasa a ese? —gruñó Juanón.

—¡Cállense! Ya que no por nosotras, por sus propios camaradas —terció la monja—. Los que vienen a este hospital son casi todos católicos y han dado su sangre como vosotros en la lucha contra el fascismo. ¿Por qué habéis de hacerles sufrir con vuestras blasfemias?

—¡Tíos carcas! ¡Más valía que supieran batirse con coraje en vez de ir rezando el rosario mientras corren! —replicó Juanón.

Una sombra larga y delgada se alzó entonces de una de las camas y se acercó amenazadoramente al asturiano; era un hombre alto y escuálido, todo huesos y pellejo, la nariz grande, la boca sumida. Tenía el brazo derecho en cabestrillo. Echó la garra que le quedaba libre al pecho del asturiano, le levantó en vilo cogiéndole por el vendaje y le dijo arrimándole aquella nariz que parecía una proa a la pupila febril:

—Tú nada tienes que decir de los *gudaris*. Un *cashero* de Euzkadi cristiano viejo pelea contra los fascistas como cualquier asturiano «loco, vano y mal cristiano». ¿Entiendes?

Dejó caer sobre el lecho aquel paquete de carne doliente y se volvió a su cama farfullando protestas y amenazas en vascuence. La monja, compadecida, se acercó al asturiano. Imposibilitado para moverse, atenazado por el dolor, Juanón tenía clavada en el techo su pupila de acero. Sus labios contraídos seguían blasfemando.

Tenía las mandíbulas encajadas y una espuma pastosa se le juntaba en las comisuras de los labios. La monja limpió con su pañuelo la baba de aquellos labios blasfemos y puso su mano fría sobre la frente abrasada de Juanón. Los labios del dinamitero seguían moviéndose como si blasfemasen todavía, pero ya la voz se le ahogaba en la garganta. Pasó el tiempo. La monja sentada al borde de la cama de Juanón rezaba por él. Los labios del uno y de la otra se movían silenciosos en una común y distinta apelación.

Cuando, poco a poco, fue cayendo el párpado escondido sobre el globo de aquel ojo terrible, la monja se levantó calladamente, se fue otra vez a su bufetillo, sacó del pecho la carta a medio escribir y reanudó el lento rasguear de la pluma sobre el plieguecillo.

«Mi fe, cada día más firme —escribía— me aparta más y más de los que en nombre de Dios cometen tales crímenes y me aproxima a los desgraciados que ignorantes de Él y aún blasfemando de Su Santo Nombre son víctimas de esta horrible guerra...».

Sintió un ronco quejido y, dejando la pluma, se acercó de nuevo a la cama de Juanón.

—«*¡Les bombes! ¡Les bombes!*» —decía delirante el asturiano.

Volvió a poner su mano fría y suave como un sedante sobre la frente del herido que sintió la caricia y se quedó otra vez sosegado.

Por los cristales sucios de una ventana entraba ya la claridad del alba. De vez en cuando, Juanón se estremecía y en sus labios volvía a dibujarse neta la imagen de una blasfemia.

Sonó distante el silbido de una sirena que anunciaba la alarma del nuevo día, que ya apenas apuntaba. Hubo un torpe y sobresaltado removerse en todo el dormitorio.

—¡Ya están ahí otra vez! —gruñó un herido.

Las sirenas repitieron apremiantes sus avisos. Otro herido se incorporó estupefacto y sin decir palabra echó a andar hacia la puerta como un sonámbulo.

—¿Adónde va, hermano? —le preguntó la monja saliéndole al paso.

El hombre la miró estúpidamente y sin decir palabra se volvió dócil a su cama, se arropó, se tapó la cabeza con la almohada y se hundió en la inconsciencia.

Súbitamente sonó un estampido formidable que hizo vibrar el edificio desde sus cimientos y pobló el ámbito con una masa densa de ruido.

Juanón, prisionero de sus vendajes, saltó de la cama como disparado por un resorte, trazó en el aire una pirueta inverosímil y lanzó un grito feroz:

—«*¡Les bombes! ¡Les bombes!*»

Quiso correr, tropezó y cayó de cara contra el suelo dando un golpe seco, que sonó a macizo. La monja intentó levantarle. Era ya inútil. Arrodillada junto a él estuvo rezando hasta que se lo llevaron.

Las explosiones del bombardeo aéreo sonaban cada vez más distantes.

La monja se acercó por última vez a su pupitre y todavía escribió dos o tres líneas en el plieguecillo: «Que Dios ponga acierto en sus decisiones para que nos libre pronto de este infierno. Así lo pido en mis oraciones en las que a toda hora le tengo a usted presente...».

Firmó, cogió un sobre y escribió la dirección que era: «Señor don Indalecio Prieto. Ministro de Defensa del Gobierno de la República. Valencia».

«Actual; es decir, clásico; es decir, eterno.»
JUAN RAMÓN JIMÉNEZ

Desde LIBROS DEL ASTEROIDE queremos agradecerle el tiempo que ha dedicado a la lectura de *A sangre y fuego*. Esperamos que el libro le haya gustado y le animamos a que, si así ha sido, lo recomiende a otro lector.

Al final de este volumen nos permitimos proponerle otros títulos de nuestra colección.

Queremos animarle también a que nos visite en www.librosdelasteroide.com y en Facebook, donde encontrará información completa y detallada sobre todas nuestras publicaciones y podrá ponerse en contacto con nosotros para hacernos llegar sus opiniones y sugerencias.
Le esperamos.

Otros títulos del autor en Libros del Asteroide:

Juan Belmonte, matador de toros (10ª ed.):
Una de las mejores biografías escritas en España en el siglo XX.

El maestro Juan Martínez que estaba allí (11ª ed.):
El gran periodista sevillano conoció a Martínez en París y, asombrado por las peripecias que este le contó, decidió recogerlas en un libro apasionante.

La agonía de Francia (9ª ed.):
Uno de los más lúcidos y certeros análisis escritos sobre la caída de Francia en manos de los nazis.

La vuelta a Europa en avión (5ª ed.):
Los reportajes que Chaves Nogales escribió sobre su viaje en avión por Europa en 1928.

Otros títulos publicados por Libros del Asteroide:

1 En busca del barón Corvo, **A.J.A. Symons**
2 A la caza del amor, **Nancy Mitford**
3 Dos inglesas y el amor, **Henri Pierre Roché**
4 Los inquilinos de Moonbloom, **Edward L. Wallant**
5 Suaves caen las palabras, **Lalla Romano**
6 Historias de Pekín, **David Kidd**
7 El quinto en discordia, **Robertson Davies**
8 Memoria del miedo, **Andrew Graham-Yooll**
9 Vida e insólitas aventuras del soldado Iván Chonkin, **Vladímir Voinóvich**
10 Las diez mil cosas, **Maria Dermoût**
11 Amor en clima frío, **Nancy Mitford**
12 Vinieron como golondrinas, **William Maxwell**
13 De Profundis, **José Cardoso Pires**
14 Hogueras en la llanura, **Shohei Ooka**
15 Mantícora, **Robertson Davies**
16 El mercader de alfombras, **Phillip Lopate**
17 El maestro Juan Martínez que estaba allí, **Manuel Chaves Nogales**
18 La mesilla de noche, **Edgar Telles Ribeiro**
19 El mundo de los prodigios, **Robertson Davies**
20 Los vagabundos de la cosecha, **John Steinbeck**
21 Una educación incompleta, **Evelyn Waugh**
22 La hierba amarga, **Marga Minco**
23 La hoja plegada, **William Maxwell**
24 El hombre perro, **Yoram Kaniuk**
25 Lluvia negra, **Masuji Ibuse**
26 El delator, **Liam O'Flaherty**
27 La educación de Oscar Fairfax, **Louis Auchincloss**
28 Personajes secundarios, **Joyce Johnson**
29 El vaso de plata, **Antoni Marí**
30 Ángeles rebeldes, **Robertson Davies**
31 La bendición, **Nancy Mitford**
32 Vientos amargos, **Harry Wu**
33 Río Fugitivo, **Edmundo Paz Soldán**
34 El Pentateuco de Isaac, **Angel Wagenstein**
35 Postales de invierno, **Ann Beattie**
36 El tiempo de las cabras, **Luan Starova**
37 Adiós, hasta mañana, **William Maxwell**
38 Vida de Manolo, **Josep Pla**
39 En lugar seguro, **Wallace Stegner**
40 Me voy con vosotros para siempre, **Fred Chappell**
41 Niebla en el puente de Tolbiac, **Léo Malet**
42 Lo que arraiga en el hueso, **Robertson Davies**
43 Chico de barrio, **Ermanno Olmi**

44 Juan Belmonte, matador de toros, **Manuel Chaves Nogales**
45 Adiós, Shanghai, **Angel Wagenstein**
46 Segundo matrimonio, **Phillip Lopate**
47 El hombre del traje gris, **Sloan Wilson**
48 Los días contados, **Miklós Bánffy**
49 No se lo digas a Alfred, **Nancy Mitford**
50 Las grandes familias, **Maurice Druon**
51 Todos los colores del sol y de la noche, **Lenka Reinerová**
52 La lira de Orfeo, **Robertson Davies**
53 Cuatro hermanas, **Jetta Carleton**
54 Retratos de Will, **Ann Beattie**
55 Ángulo de reposo, **Wallace Stegner**
56 El hombre, un lobo para el hombre, **Janusz Bardach**
57 Trilogía de Deptford, **Robertson Davies**
58 Calle de la Estación, 120, **Léo Malet**
59 Las almas juzgadas, **Miklós Bánffy**
60 El gran mundo, **David Malouf**
61 Lejos de Toledo, **Angel Wagenstein**
62 Jernigan, **David Gates**
63 La agonía de Francia, **Manuel Chaves Nogales**
64 Diario de un ama de casa desquiciada, **Sue Kaufman**
65 Un año en el altiplano, **Emilio Lussu**
66 La caída de los cuerpos, **Maurice Druon**
67 El río de la vida, **Norman Maclean**
68 El reino dividido, **Miklós Bánffy**
69 El rector de Justin, **Louis Auchincloss**
70 El infierno de los jemeres rojos, **Denise Affonço**
71 Roscoe, negocios de amor y guerra, **William Kennedy**
72 El pájaro espectador, **Wallace Stegner**
73 La bandera invisible, **Peter Bamm**
74 Cita en los infiernos, **Maurice Druon**
75 Tren a Pakistán, **Khushwant Singh**
76 A merced de la tempestad, **Robertson Davies**
77 Ratas de Montsouris, **Léo Malet**
78 Un matrimonio feliz, **Rafael Yglesias**
79 El frente ruso, **Jean-Claude Lalumière**
80 Télex desde Cuba, **Rachel Kushner**
81 A sangre y fuego, **Manuel Chaves Nogales**
82 Una temporada para silbar, **Ivan Doig**
83 Mi abuelo llegó esquiando, **Daniel Katz**
84 Mi planta de naranja lima, **José Mauro de Vasconcelos**
85 Los amigos de Eddie Coyle, **George V. Higgins**
86 Martin Dressler. Historia de un soñador americano, **Steven Millhauser**
87 Cristianos, **Jean Rolin**
88 Las crónicas de la señorita Hempel, **Sarah Shun-lien Bynum**
89 Canción de Rachel, **Miguel Barnet**
90 Levadura de malícia, **Robertson Davies**
91 Tallo de hierro, **William Kennedy**

92 Trifulca a la vista, **Nancy Mitford**
93 Rescate, **David Malouf**
94 Alí y Nino, **Kurban Said**
95 Todo, **Kevin Canty**
96 Un mundo aparte, **Gustaw Herling-Grudziński**
97 Al oeste con la noche, **Beryl Markham**
98 Algún día este dolor te será útil, **Peter Cameron**
99 La vuelta a Europa en avión. Un pequeño burgués en la Rusia roja, **Manuel Chaves Nogales**
100 Una mezcla de flaquezas, **Robertson Davies**
101 Ratas en el jardín, **Valentí Puig**
102 Mátalos suavemente, **George V. Higgins**
103 Pasando el rato en un país cálido, **Jose Dalisay**
104 1948, **Yoram Kaniuk**
105 El rapto de Britney Spears, **Jean Rolin**
106 A propósito de Abbott, **Chris Bachelder**
107 Jóvenes talentos, **Nikolai Grozni**
108 La jugada maestra de Billy Phelan, **William Kennedy**
109 El desbarajuste, **Ferran Planes**
110 Verano en English Creek, **Ivan Doig**
111 La estratagema, **Léa Cohen**
112 Bajo una estrella cruel, **Heda Margolius Kovály**
113 Un paraíso inalcanzable, **John Mortimer**
114 El pequeño guardia rojo, **Wenguang Huang**
115 El fiel Ruslán, **Gueorgui Vladímov**
116 Todo lo que una tarde murió con las bicicletas, **Llucia Ramis**
117 El prestamista, **Edward Lewis Wallant**
118 Coral Glynn, **Peter Cameron**
119 La rata en llamas, **George V. Higgins**
120 El rey de los tejones, **Philip Hensher**
121 El complot mongol, **Rafael Bernal**
122 Diario de una dama de provincias, **E. M. Delafield**
123 El estandarte, **Alexander Lernet-Holenia**
124 Espíritu festivo, **Robertson Davies**
125 El regreso de Titmuss, **John Mortimer**
126 De París a Monastir, **Gaziel**
127 ¡Melisande! ¿Qué son los sueños?, **Hillel Halkin**
128 Qué fue de Sophie Wilder, **Christopher R. Beha**
129 Vamos a calentar el sol, **José Mauro de Vasconcelos**
130 Familia, **Ba Jin**
131 La dama de provincias prospera, **E.M. Delafield**
132 Monasterio, **Eduardo Halfon**
133 Nobles y rebeldes, **Jessica Mitford**
134 El expreso de Tokio, **Seicho Matsumoto**
135 Canciones de amor a quemarropa, **Nickolas Butler**
136 K. L. Reich, **Joaquim Amat-Piniella**
137 Las dos señoras Grenville, **Dominick Dunne**
138 Big Time: la gran vida de Perico Vidal, **Marcos Ordóñez**
139 La quinta esquina, **Izraíl Métter**

140 Trilogía Las grandes familias, **Maurice Druon**
141 El libro de Jonah, **Joshua Max Feldman**
142 Cuando yunque, yunque. Cuando martillo, martillo, **Augusto Assía**
143 El padre infiel, **Antonio Scurati**
144 Una mujer de recursos, **Elizabeth Forsythe Hailey**
145 Vente a casa, **Jordi Nopca**
146 Memoria por correspondencia, **Emma Reyes**
147 Alguien, **Alice McDermott**
148 Comedia con fantasmas, **Marcos Ordóñez**
149 Tantos días felices, **Laurie Colwin**
150 Aquella tarde dorada, **Peter Cameron**
151 Signor Hoffman, **Eduardo Halfon**
152 Montecristo, **Martin Suter**
153 Asesinato y ánimas en pena, **Robertson Davies**
154 Pequeño fracaso, **Gary Shteyngart**
155 Sheila Levine está muerta y vive en Nueva York, **Gail Parent**
156 Adiós en azul, **John D. MacDonald**
157 La vuelta del torno, **Henry James**
158 Juegos reunidos, **Marcos Ordóñez**
159 El hermano del famoso Jack, **Barbara Trapido**
160 Viaje a la aldea del crimen, **Ramón J. Sender**
161 Departamento de especulaciones, **Jenny Offill**
162 Yo sé por qué canta el pájaro enjaulado, **Maya Angelou**
163 Qué pequeño es el mundo, **Martin Suter**
164 Muerte de un hombre feliz, **Giorgio Fontana**
165 Un hombre astuto, **Robertson Davies**
166 Cómo se hizo La guerra de los zombis, **Aleksandar Hemon**
167 Un amor que destruye ciudades, **Eileen Chang**
168 De noche, bajo el puente de piedra, **Leo Perutz**
169 Asamblea ordinaria, **Julio Fajardo Herrero**
170 A contraluz, **Rachel Cusk**
171 Años salvajes, **William Finnegan**
172 Pesadilla en rosa, **John D. MacDonald**
173 Morir en primavera, **Ralf Rothmann**
174 Una temporada en el purgatorio, **Dominick Dunne**
175 Felicidad familiar, **Laurie Colwin**
176 La uruguaya, **Pedro Mairal**
177 Yugoslavia, mi tierra, **Goran Vojnović**
178 Tiene que ser aquí, **Maggie O'Farrell**
179 El maestro del juicio final, **Leo Perutz**
180 Detrás del hielo, **Marcos Ordóñez**
181 El meteorólogo, **Olivier Rolin**
182 La chica de Kyushu, **Seicho Matsumoto**
183 La acusación, **Bandi**
184 El gran salto, **Jonathan Lee**
185 Duelo, **Eduardo Halfon**
186 Sylvia, **Leonard Michaels**
187 El corazón de los hombres, **Nickolas Butler**

188 Tres periodistas en la revolución de Asturias, **Manuel Chaves Nogales, José Díaz Fernández, Josep Pla**
189 Tránsito, **Rachel Cusk**
190 Al caer la luz, **Jay McInerney**
191 Por ley superior, **Giorgio Fontana**
192 Un debut en la vida, **Anita Brookner**
193 El tiempo regalado, **Andrea Köhler**
194 La señora Fletcher, **Tom Perrotta**
195 La catedral y el niño, **Eduardo Blanco Amor**
196 La primera mano que sostuvo la mía, **Maggie O'Farrell**
197 Las posesiones, **Llucia Ramis**
198 Una noche con Sabrina Love, **Pedro Mairal**
199 La novena hora, **Alice McDermott**
200 Luz de juventud, **Ralf Rothmann**
201 Stop-Time, **Frank Conroy**
202 Prestigio, **Rachel Cusk**
203 Operación Masacre, **Rodolfo Walsh**
204 Un fin de semana, **Peter Cameron**
205 Historias reales, **Helen Garner**
206 Comimos y bebimos. Notas sobre cocina y vida, **Ignacio Peyró**
207 La buena vida, **Jay McInerney**
208 Nada más real que un cuerpo, **Alexandria Marzano-Lesnevich**
209 Nuestras riquezas, **Kaouther Adimi**
210 El año del hambre, **Aki Ollikainen**
211 El sermón del fuego, **Jamie Quatro**
212 En la mitad de la vida, **Kieran Setiya**
213 Sigo aquí, **Maggie O'Farrell**
214 Claus y Lucas, **Agota Kristof**
215 Maniobras de evasión, **Pedro Mairal**
216 Rialto, 11, **Belén Rubiano**
217 Los sueños de Einstein, **Alan Lightman**
218 Mi madre era de Mariúpol, **Natascha Wodin**
219 Una mujer inoportuna, **Dominick Dunne**
220 No cerramos en agosto, **Eduard Palomares**
221 El final del affaire, **Graham Greene**
222 El embalse 13, **John McGregor**
223 Frankenstein en Bagdad, **Ahmed Saadawi**
224 El boxeador polaco, **Eduardo Halfon**
225 Los naufragios del corazón, **Benoîte Groult**
226 Crac, **Jean Rolin**
227 Unas vacaciones en invierno, **Bernard MacLaverty**
228 Teoría de la gravedad, **Leila Guerriero**
229 Incienso, **Eileen Chang**
230 Ríos, **Martin Michael Driessen**